『十三五』国家重点图书出版规划项目

国家社会科学基金重大项目『中国近代日记文献叙录、整理与研究』

（项目编号：18ZDA259）阶段性研究成果

中国近现代稀见史料丛刊【第八辑】

张剑 徐雁平 彭国忠 主编

翁曾纯日记 瀚如氏日记（外二种）

（清）翁曾纯等 著

王振伟 整理

本辑执行主编 徐雁平

凤凰出版社

图书在版编目（CIP）数据

翁曾纯日记　瀚如氏日记 : 外二种 / (清) 翁曾纯等著 ; 王振伟整理. -- 南京 : 凤凰出版社, 2021.10
(中国近现代稀见史料丛刊. 第八辑)
ISBN 978-7-5506-3466-4

Ⅰ. ①翁… Ⅱ. ①翁… ②王… Ⅲ. ①日记－作品集－中国－清代 Ⅳ. ①I264.9

中国版本图书馆CIP数据核字(2021)第147688号

书　　名	翁曾纯日记　瀚如氏日记（外二种）
著　　者	(清)翁曾纯 等 著　王振伟 整理
责任编辑	徐珊珊
装帧设计	姜　嵩
出版发行	凤凰出版社(原江苏古籍出版社) 发行部电话025-83223462
出版社地址	江苏省南京市中央路165号,邮编:210009
出版社网址	http://www.fhcbs.com
照　　排	南京凯建文化发展有限公司
印　　刷	江苏凤凰通达印刷有限公司 江苏省南京市六合区冶山镇,邮编:211523
开　　本	880毫米×1230毫米　1/32
印　　张	6.125
字　　数	159千字
版　　次	2021年10月第1版
印　　次	2021年10月第1次印刷
标准书号	ISBN 978-7-5506-3466-4
定　　价	62.00元

(本书凡印装错误可向承印厂调换,电话:025-57572508)

袁行霈先生题辞

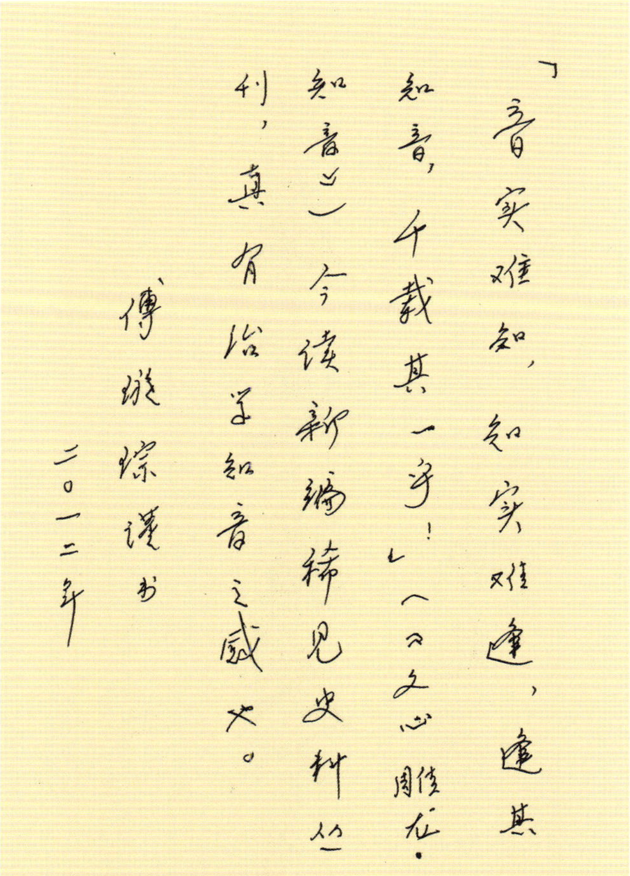
「音实难知，知实难逢，逢其知音，千载其一乎！」（《文心雕龙·知音》）今读新编稀见史料丛刊，真有治学知音之感矣。

傅璇琮谨书

二〇一二年

傅璇琮先生题辞

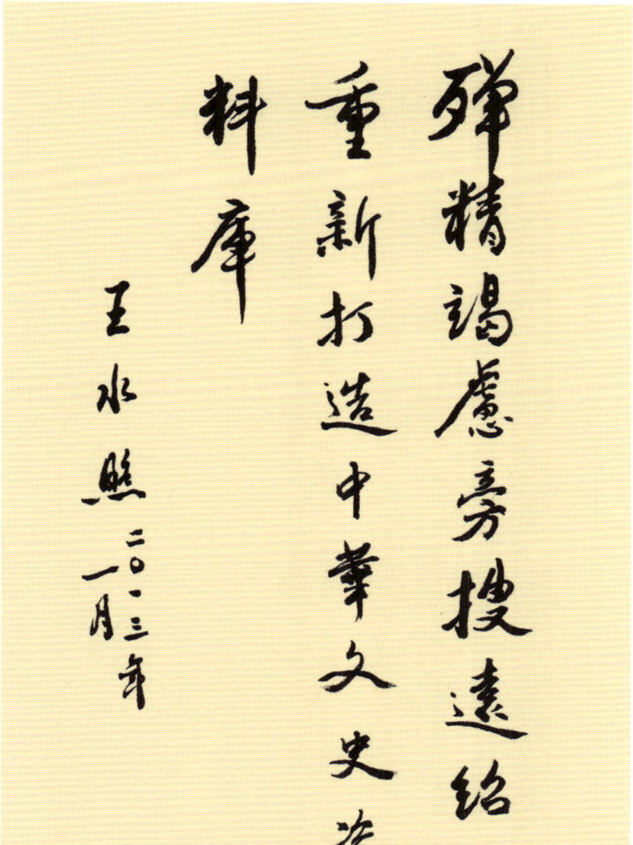

王水照先生题辞

《中国近现代稀见史料丛刊》总序

在世界所有的文明中，中华文明也许可说是"唯一从古代存留至今的文明"（罗素《中国问题》）。她绵延不绝、永葆生机的秘诀何在？袁行霈先生做过很好的总结："和平、和谐、包容、开明、革新、开放，就是回顾中华文明史所得到的主要启示。凡是大体上处于这种状况的时候，文明就繁荣发展，而当与之背离的时候，文明就会减慢发展的速度甚至停滞不前。"（《中华文明的历史启示》，《北京大学学报》2007 年第 1 期）

但我们也要清醒看到，数千年的中华文明带给我们的并不全是积极遗产，其长时段积累而成的生活方式与价值观具有强大的稳定性，使她在应对挑战时所做的必要革新与转变，相比他者往往显得迟缓和沉重。即使是面对佛教这种柔性的文化进入，也是历经数百年之久才使之彻底完成中国化，成为中华文明的一部分；更不用说遭逢"数千年来未有之变局"、"数千年未有之强敌"（李鸿章《筹议海防折》），"数千年未有之巨劫奇变"（陈寅恪《王观堂先生挽词序》）的中国近现代。晚清至今虽历一百六十余年，但是，足以应对当今世界全方位挑战的新型中华文明还没能最终形成，变动和融合仍在进行。1998 年 6 月 17 日，美国三位前总统（布什、卡特、福特）和二十四位前国务卿、前财政部长、前国防部长、前国家安全顾问致信国会称："中国注定要在 21 世纪中成为一个伟大的经济和政治强国。"（徐中约著《中国近代史》上册第六版英文版序，香港中文大学 2002 年版）即便如此，我们也不能盲目乐观，认为中华文明已经转型成功，相反，中华文明今天面对的挑战更为复杂和严峻。新型的中华文明到底会怎样呈现,又怎样具体表现或作用于政治、经济、文化等层面,人们还在不断探索。这个问题,我们这一代恐怕无法给出答案。但我们坚信,在历史上曾经灿烂辉煌的中华文明必将凤凰浴火,涅槃重生。这既是数千年已经存在的中华文明发展史告诉我们的经验事实,也是所有为中国文化所化之人应有的信念和责任。

不过,对于近现代这一涉及当代中国合法性的重要历史阶段,我们了解得还过于粗线条。她所遗存下来的史料范围广阔,内容复杂,且有数量庞大且富有价值的稀见史料未被发掘和利用,这不仅会影响到我们对这段历史的全面了解和规律性认识,也会影响到今天中国新型文明和现代化建设对它的科学借鉴。有一则印度谚语如是说:“骑在树枝上锯树枝的时候,千万不要锯自己骑着的那一根。”那么,就让我们用自己的专业知识与能力,为承载和养育我们的中华文明做一点有益的事情——这是我们编纂这套《中国近现代稀见史料丛刊》的初衷。

书名中的“近现代”,主要指1840—1949年这一时段,但上限并非以一标志性的事件一刀切割,可以适当向前延展,然与所指较为宽泛的包含整个清朝的“近代中国”、“晚期中华帝国”又有所区分。将近现代连为一体,并有意淡化起始的界限,是想表达一种历史的整体观。我们观看社会发展变革的波澜,当然要回看波澜如何生,风从何处来;也要看波澜如何扩散,或为涟漪,或为浪涛。个人的生活记录,与大历史相比,更多地显现出生活的连续。变局中的个体,经历的可能是渐变。《丛刊》期望通过整合多种稀见史料,以个体陈述的方式,从生活、文化、风习、人情等多个层面,重现具有连续性的近现代中国社会。

书名中的“稀见”,只是相对而言。因为随着时代与科技的进步,越来越多的珍本秘籍经影印或数字化方式处理后,真身虽仍“稀见”,化身却成为“可见”。但是,高昂的定价、难辨的字迹、未经标点的文本,仍使其处于专业研究的小众阅读状态。况且尚有大量未被影印或数字化的文献，或流传较少，或未被整合，也造成阅读和利用的不便。因此，《丛刊》侧重选择未被纳入电子数据库的文献，尤欢迎整理那些辨识困难、断句费力、裒合不易或是其他具有难度和挑战性的文献，也欢迎整理那些确有价值但被人们习见思维与眼光所遮蔽的文献，在我们看来，这些文献都可属于"稀见"。

书名中的"史料"，不局限于严格意义上的历史学范畴，举凡日记、书信、奏牍、笔记、诗文集、诗话、词话乃至序跋汇编等，只要是某方面能够反映时代政治、经济、文化特色以及人物生平、思想、性情的文献，都在考虑之列。我们的目的，是想以切实的工作，促进处于秘藏、边缘、零散等状态的史料转化为新型的文献，通过一辑、二辑、三辑……这样的累积性整理，自然地呈现出一种规模与气象，与其他已经整理出版的文献相互关联，形成一个丰茂的文献群，从而揭示在宏大的中国近现代叙事背后，还有很多未被打量过的局部、日常与细节；在主流周边或更远处，还有富于变化的细小溪流；甚至在主流中，还有漩涡，在边缘，还有静止之水。近现代中国是大变革、大痛苦的时代，身处变局中的个体接物处事的伸屈、所思所想的起落，藉纸墨得以留存，这是一个时代的个人记录。此中有文学、文化、生活；也时有动乱、战争、革命。我们整理史料，是提供一种俯首细看的方式，或者一种贴近近现代社会和文化的文本。当然，对这些个人印记明显的史料，也要客观地看待其价值，需要与其他史料联系和比照阅读，减少因个人视角、立场或叙述体裁带来的偏差。

知识皆有其价值和魅力，知识分子也应具有价值关怀和理想追求。清人舒位诗云"名士十年无赖贼"(《金谷园故址》)，我们警惕袖手空谈，傲慢指点江山；鲁迅先生诗云"我以我血荐轩辕"(《自题小像》)，我们愿意埋头苦干，逐步趋近理想。我们没有奢望这套《丛刊》产生宏大的效果，只是盼望所做的一切，能融合于前贤时彦所做的贡献之中，共同为中华文明的成功转型，适当"缩短和减轻分娩的痛苦"(马克思《资本论》第一卷第一版序言)。

《丛刊》的编纂，得到了诸多前辈、时贤和出版社的大力扶植。袁行霈先生、傅璇琮先生、王水照先生题辞勖勉，周勋初先生来信鼓励，凤凰出版社姜小青总编辑赋予信任，刘跃进先生还慷慨同意将其列入“中华文学史史料学会”重大规划项目，学界其他友好也多有不同形式的帮助……这些，都增添了我们做好这套《丛刊》的信心。必须一提的是，《丛刊》原拟主编四人(张剑、张晖、徐雁平、彭国忠)，每位主编负责一辑，周而复始，滚动发展，原计划由张晖负责第四辑，但他尚未正式投入工作即于2013年3月15日赍志而殁，令人抱恨终天，我们将以兢兢业业的工作表达对他的怀念。

《丛刊》的基本整理方式为简体横排和标点(鼓励必要的校释)，以期更广泛地传播知识、更好地服务社会。希望我们的工作，得到更多朋友的理解和支持。

2013年4月15日

目　录

前　言

本书共收《蘅斋日记》《瀚如氏日记》，附《海岱日记》《燕游日记》，共四种日记，皆藏于中国科学院文献情报中心（即中科院图书馆）。其中《蘅斋日记》《瀚如氏日记》为稿本，《海岱日记》《燕游日记》为刻本。《海岱日记》所记为康熙三十五年（1696）张榕端祭祀泰岳事，《燕游日记》所记为乾隆三十四年（1769）雷国楫押解税饷由江苏进北京事，所记时间并不符近现代的时间断限。然据《中国古籍总目》，《海岱日记》仅见藏于中国科学院图书馆、《燕游日记》亦比较稀见，且两种日记所记内容相对完整，故亦作整理附于书后，以利使用。

《蘅斋日记》中科院文献情报中心古籍目录未著录撰者，原稿亦未署名。查其文中称翁曾荣为其四弟、翁斌孙为其侄子。日记中自记《申报》登涉及其家事一事，“有湖北巡抚翁某捐田赡族，伊子浙江候补知府翁曾纯等克承先志，建立义庄，赏给匾额一方，着该家属祇领”，查《德宗实录》，十七年载“赏捐田赡族，故湖北巡抚翁同爵扁额曰“谊周族鄘”，知该稿实为翁曾纯日记。

翁曾纯（1834—1895），字子祥，号吉卿，翁同爵长子。光绪十六年（1890）八月任广信督销局，十八年六月调衢州厘局，十九年委衢州府，官至浙江知府。《蘅斋日记》全书共两册，第一册封面题《蘅斋杂志》，第二册封面题《蘅斋琐记》。日记所记时间并不连贯，所涉内容主要为翁曾纯在江西广信督销局、浙江衢州厘局经办盐务事。《蘅斋杂志》所记时间为光绪十七年正月、二月、三月、十月，为其在江西任上事。《蘅斋琐记》所记时间为光绪二十年一月、九月、十月、十一月，为其在浙江任上事。

《瀚如氏日记》为瀚如氏所撰，其生平不详。前有光绪三十一年自序，据自序，其为满族下层文人，曾在理藩院尚书怀恪勤公处襄理书记，庚子之变时曾在安民公所、协巡局帮缮事务，光绪二十八年因此得奖县丞遇缺即补。三十年外务部主政恩伯华以其亲戚绍远峰任四川大邑县令缺人帮理文牍，荐其往四川大邑任事，本书便是其赴任四川，以沿途所见所闻并抵川逐日所办之事记录而成。

全书所记时间自光绪三十年九月二十三日至次年三月初十日。其中自九月二十三日至十一月二十六日为瀚如氏记自北京至天津，然后沿海路至上海经长江去四川大邑县途中见闻，于每天所经之行程记述特别详细。十一月二十六日后为其在大邑县帮办时所记内容，主要为其所帮办公文的事，于大邑县民人诉讼案件之详情和地方衙门日常事务记之甚详。

《海岱日记》作者为张榕端(生卒不详)，字子大，号朴园，河北磁州人。翰林宏文院庶吉士张溍之子，康熙十五年进士。三十四年授内阁学士兼礼部侍郎，官至内阁学士，康熙四十二年以病乞休，著有《宝啬堂集》《河上草》等。

《海岱日记》前有谭弘宪、陈士鑛、高缉睿、李兴祖、徐嘉炎等人序跋，卷中天头偶有徐嘉炎评点。全书所记自康熙三十五年正月二十八日出京至当年五月十五日回京，共计一百零六天事。此书《四库全书总目》著录于史部传记类杂录之属，“是编乃康熙丙子榕端奉命祭告所作。以是年正月出都，登泰山，历东镇沂山、东海，往返凡四阅月。逐日记其道路所见，附以诗歌。于山川古迹，无所考证。而工于点缀景物，叙致时有可观。其诗则已刊入《宝啬堂集》，此为复出矣”。

《清朝通典》卷四十四“本朝定制义法，悉协敬稽祀典，于岳镇海渎有时巡展祭，有因事遣祭，有所专祭于名山大川，有奉特典崇建庙祀者”。韩菼序“国家有事于名山大川，大臣恭成命以行礼也”，此为康熙临亲征噶尔丹时遣派张榕端致祭泰岱、沂镇、东海。《四库全书总目》虽以其“于山川古迹，无所考证”，但张榕端除所奉公事外于道路见闻、旅中杂事、名胜古迹等多有记载，对了解清代致祭和当时景况亦足与史传相参考。

《燕游日记》作者为雷国楫(生卒不详)，字松舟，陕西蒲城人。监生，所任多为松江府下层官吏。乾隆二十九年任宝山典史，三十年任松江府经历，三十六年为华亭县丞，三十七年署淀山司巡检。好山水，善吟咏，著有《龙山诗话》《苏愚诗文集》等。

《燕游日记》前有王鸣盛、高辰、季梦荃序，王廷士、高辰、季梦荃题辞。全书所记为雷国楫乾隆三十四年十一月下旬奉文委解浒墅关税进京，自当年十二月初一日从青浦县开行至乾隆三十五年闰五月初八日回到松江府，往返水陆程共计一百八十八日事。全书于沿途所经州郡之沿革、山川名胜、宫室第宅、丘陵冢墓、风俗物产等内容以及名贤游览之作，委曲琐屑靡不备录，如记无锡有酒名惠泉、高邮多畜鸭、甘罗城地出篆钱。其中对进京所经运河水道之深浅、河闸之启闭、河流分合之源委，记载尤为详悉。

本书整理所遵凡例如下：

(一) 原书所有文字包括人名、地名等尽量改用简化字，不引起歧义者多遵从原书原貌。

(二) 原书采用年号、干支纪年，此次整理在原年月日后增加公元纪年，以圆括号标注于后。《海岱日记》《燕游日记》以其距今较远，不再标示。

(三) 原书空缺无字者用符号“□”、难以辨识者用符号“■”、订正之字用符号“【 】”、补字用符号“( )”予以标示。正文双行小字者，一律小一号字体排于其后。《海岱日记》天头评点文字放于括号内置于所指文后，文中所撰诗用楷体以作区别。

(四) 原书中表示敬称的抬头、空格，一概删去改为文字连排。所引他书语句多有节引，亦加双引号以示区别。

(五) 为符本丛刊体例，兹将《蘅斋杂志》《蘅斋琐记》统名为《翁曾纯日记》。

由于学力有限，文中难免讹误，还请阅者批评和包涵。

翁曾纯日记

翁曾纯

蘅斋杂志

光绪十七年岁次辛卯正月元旦日
（公元 1891 年 2 月 9 日）

正月初一日丙寅（2 月 9 日） 天气晴朗，祥云捧日，足征年丰人乐之瑞。卯刻，拜天地祖宗及灶君宅神等。局中诸友来贺年禧，余一一答拜。家人及局勇等亦皆来叩贺。少顷，周云山二尹、何芸叔参军来见。因余到局后从未一见，故贺年必须请见也。朱浣苹鹾尹来见。盐栈六家栈伙来贺禧，余接见之。共来五人，钟梅亭、何莒生、成燕庭、沈岑英、冯路云，略谈数语即去。余亦乘轿到城隍庙烧香，复到县署孟子卿大令处，暨章子翔、史岵庄两老夫子处拜年。顺道到粮厅周捕厅、何守戎学师、绅士张子鸿、厘局陈树人处，均未晤见，余随即回局。傍晚金秉陶来，庄锡华亦来。余因假寐甚倦，是以未见，随遣人差帖谢步贺禧。夜冷甚，大风，三更后尤冷。余即就睡，天将明风渐止。

初二日丁卯（2 月 10 日） 天晴。午后孟子卿大令因昨未晤，复来贺年，接见之下谈江西官场情形甚详细，渠到府贺年、到省拜年尚未定见也。晚，生字盐栈商伙吴佩蓴来见。此人向在徽州盐局，于盐务大局情形颇为明白透彻，能办公事之人不多觏覯也，谈许久方去。夜冷甚。

初三日戊辰（2 月 11 日） 天晴。旭日东升，红云烂缦。清晨寒气逼人，辰巳之交稍为和暖，然冰冻仍坚结不解。未刻，陈树人来谈，半晌始去。今日接杭省来信，知候补道龚幼龛年伯、候补府李小涵均已病殁，苏松盐局差已委蒋道台国桢。接办矣。夜仍冷甚。

初四日己巳(2月12日) 天晴。午饭后,余坐轿到厘局,晤陈树人,县署晤孟子卿大令、刑席。史岵庄账房因病未愈,不获晤谈,账房章子翔正在梦见周公,亦未见。复顺道答拜洪翰林名号□及张子鸿,均未晤,回局,天将曛黑矣。夜,隔岸龙灯络绎,金鼓喧阗,颇热闹。

初五日庚午(2月13日) 天晴,午后气候稍和暖。夜祭祖先,仿家乡上供五日之例,特不供真容,因屋宇狭窄不堪也。

初六日辛未(2月14日) 天晴,暖日烘窗,颇有春意。晨起惊悉县署钱席史岵庄病殁,心中为之凄怆。史君人品端方,极重友谊。偶染微疾,为庸医所误,遂至不起,可为痛惜。闻身后行橐萧条,上有老母,下有孤儿,家累甚重。何以为生,伤哉。孟子卿素与岵庄颇为契合,当必为之妥筹审计,不负死友也。午后,天气稍暖。今日祀神,此间风俗不用佛马,但燃放炮竹而已。

初七日壬申(2月15日) 天气晴和,大有春初景象,山茶花亦渐开放。惜此间梅树却有,而盆景佳者绝少,是以未曾购成。闻每盆价只数百文,绿萼梅、贴骨红极多,老椿甚少。午后微阴,夜有风,核定十二月报销稿。

初八日癸酉(2月16日) 天阴暖甚,似有雨意,午后微露日光。铅弋贵缉私冯委员瑶芬。来贺年,晤谈半晌始去。傍晚上广兴缉私徐委员天爵。亦来拜年,谈悉广丰一案,额裕山太尊催周密庵大令作速办结。是以得早定案,否则尚有需时日也。徐蓉江送夏布衫料两件、墨拓一卷、花豆两匣、香菰两匣,余受之,给来使洋一元又钱四百文。冯君前日亦送食物,余面谢之。夜起风,甚大而不冷。

初九日甲戊【戌】①(2月17日) 天晴。午后,差遣委员钮大使德芳叙堂。来见。此君三摄典史,颇为老练。去秋因倾跌伤足,不能行动。是以上广缉私不获到差,委差遣徐君天爵。接办。渠愿意仍当差遣,可谓能知足者矣。见时嘱其勿行礼,恐其拜跪不便也,渠亦

---

① 原稿干支处"戌"写作"戊",后多有此种情况,径改。

甚为感激。夜冷甚。

初十日乙亥(2月18日) 天晴。午刻,操验上广缉私局送来新补巡勇五名。技艺平常,姑准补充。申刻县署孟子卿大令招饮,席散回局已二更许矣。夜微有月色。同座五人,陈树人、三缉私。

十一日丙子(2月19日) 阴雨,清晨冷甚。雨雪霏霏,辰巳之交渐止。竟日无客。

十二日丁丑(2月20日) 天晴,暖甚。饭后朱浣苹、徐蓉江两缉私来见,谈片刻即去。余乘轿吊史岵庄老夫子,晤粮厅周云山,备悉岵庄家累甚重。其弟就一小馆在福建省城,一老母三幼弟几乎不能赡养。岵庄夫人及诸儿女,竟有无家可归之叹。孟子卿为之画策,求人帮助,子卿每年送六十金干脩,亦可谓竭诚尽致矣。酉刻,余请孟子卿、陈树人、朱浣苹、冯翠岑、徐蓉江五人夜饭。席散,微有雨星,龙灯适到盐局,甫散。

十三日戊寅(2月21日) 天晴。今日邀各盐栈商伙夜饭,藉杯酒之欢以联络商情也。到者四人,吴佩萼、钟梅亭、成燕庭、冯路云,因拉吴玉池同座,连余主人共六人。席散方二鼓。各处龙灯共三十余起,俱到盐局中来。余照向例,每起赏钱二百文,或加赏四百文不等,颇为热闹。厘局龙灯外,又有虎豹犀象灯及各种鱼灯,酬以银牌、红布、灯烛、茶食四色,因其不取分文也。

十四日己卯(2月22日) 天晴。躁热殊甚,只能穿棉衣。午后孟子卿大令送来粉元宵一盘,受之。粮厅周云山二尹亦送来元宵粉饼两大盘,受之。夜,龙灯络绎而来,共有三十余起。金鼓之声喧阗聒耳,四鼓方散。

十五日庚辰(2月23日) 天晴。早起拜天地祖宗、灶君宅神,遣人送张子鸿粉元宵一盘,聊以应景而已。傍晚接到京信一函,之善腊月初七日所发。欣悉都寓人口均安,快慰之至。夜,龙灯四十余起衔尾而至,兼有狮灯夹杂其间,且有鱼灯数起亦相间而来,钲鼓之声不绝于耳。三鼓后,有清唱两班来唱,笙簧箫鼓,颇为可听。一起赏以番蚨两枚,一起赏以番蚨四枚,欢欣鼓舞而去。人散后已五鼓外矣,夜月色甚佳。

十六日辛巳(2月24日) 天阴,辰刻大雨。檐溜有声,午后雨止。

十七日壬午(2月25日) 天阴,午后微有日光。天将曛黑,接到京信一函,奎儿腊八日所发。信局注明二十三日发,由旱路来。又接之善腊月十五日信,备悉都寓人口平安,大为欣喜。夜微有月光,稍起风。

十八日癸未(2月26日) 天阴。晨起,公益兴烟栈庄锡五代觅怀玉山所出黄蛤,其形类癞虾蟆,送来三十对。陆仰云亦欲配药,因托其觅来也。据云此物大补,阴分能治阴虚痨损等症,并治滑精梦遗诸病,拟买之,配合丸药为救急之用。傍晚小雨,将黑大雨如注,黄昏时雷雨交作。三更时又雨一阵,雷声隆然,夜躁热。

十九日甲申(2月27日) 阴雨。写一信寄侯子幹八弟,子幹内弟分府宁波历有年所。余去年秋间曾发一函通音问,迄今未接复信。因由信局递寄一函,交吴玉池加封写明住址。今信局收取回条,谅可达到也。午后大雨如注,雷电交作,傍晚稍止。夜,水声奔腾喷湃,终夜有声,雨不止。

二十日乙酉(2月28日) 天阴,微露日光。午后大雨,竟日不止,晚雷声隆隆。夜仍雨,直至天明未尝停点,溪河水声甚急。

廿一日丙戌(3月1日) 早晨阴雨,张子鸿送来黄精一盘、黄蛤四对。黄蛤此间土人呼为蛤蚧,此物雌雄相应寻声而至,逢卯则相交。既交则不脱,两两跃出石洞。土人云土地鸡能补精髓,治脱阳之症,每逢卯年卯月则出。今年气候较早,故正月即出。头卯黄蛤一只俱无,二卯甚多,过二月即无从寻觅也。此物玉邑土产,送人为配药之用,然供适口充肠焉。雨声不绝,入夜雨更大,今日开印。

廿二日丁亥(3月2日) 阴雨竟日,晚稍止。夜雨甚急,檐溜如注。

廿三日戊子(3月3日) 黎明阴云四合，雨势骤急。午后稍止，仍阴。孟子卿大令到广信府拜年，余遣人送行。今日知去年冬季课银已到栈，各栈核对数目，即行缴局，不至有耽搁也。夜雨声绵绵，彻夜不绝，直至天将明始稍止。

廿四日己丑(3月4日) 阴雨竟日，天将黑，雨稍停点。二更时，玉邑有马灯送局中来，余酬应之，即江西所谓清音班也。随搭戏台，初出台马灯五匹，继而演戏十二出，与戏班无异。金鼓齐鸣，笙簧杂奏，胡琴月琴，尤为出色。脚色亦齐备，唱口与徽班相等。五更始演竟，赏给以洋蚨四元。又另赏洋一元，帐房亦加赏二元，人散已东方将白矣。

廿五日庚寅(3月5日) 天阴。今日核定委解去腊应缴冬季课银稿件，共计课银一万。

廿六日辛卯(3月6日) 阴，微雨。卯刻，药铺伙来配合十全大补丸加黄蛤三对。一料共合成三料，每料二千数百文，竟日之力始配就。夜大雨，彻夜不绝，天明方止。

廿七日壬辰(3月7日) 天阴，午后日光微露，稍有晴意。二更后仍雨声绵绵，檐溜如注。

廿八日癸巳(3月8日) 天冷甚，黎明雨声阵阵，辰刻稍止。午后城内送马灯来，余许以今夜来演。傍晚发箱担来，掌灯时演起。演戏十出，颇为热闹，赏以洋蚨四元。又加赏二元，连账房、盐栈赏共合八元之数，已满其所欲矣。夜稍有晴意，微暖。

廿九日甲午(3月9日) 早晨天阴，午后渐露日光。玉山县孟子卿大令自广信府回，来拜。余以微有感冒头痛身热不能见客，未见。盐栈各伙钟梅亭等四人亦来求见，因本月销数短绌，故来商酌也。余未见。告以销数短绌，各栈须赶紧设法疏通，徒到局哓哓，于事无益也。账房友陆仰云，渠因接家信丧其嗣子，急欲告假旋家料理一切。渠上有老母，遭此景况，焦灼万状，故不得不允其所请。说定三月为期，四月中必须来局，不能再迟矣。吴春亦告假，回家省视，老金福年老多病,因嘱仰云挈之同行。夜暖甚。

二月初一日乙未(3月10日) 天晴。黎明陆仰云等发行李登程,挑夫、轿夫喧闹半晌,余拟送行,已起身矣。辰刻,余到灶君宅神前行礼。今日嘱屈葆初搬住账房内,因沈燕卿一人太寂寞,故令葆初下榻一房,彼此有照应也。夜躁热殊甚。

初二日丙申(3月11日) 天晴朗,大有春意。饭后铅兴分局委员费钧来见,渠交卸回省,路过总局,故来面谈一切也。傍晚接到大保寄来京信,知都寓人口平安,欣慰之至。此信正月初二所发,由旱道来,故迟之,至今始到。腊月我所汇寄库平四十金,已收到矣。

初三日丁酉(3月12日) 天晴。早饭毕,余即坐轿到县署,答拜孟子卿大令,谈良久方回局。渠到广信府额裕山太尊处拜年,前日方回来也。天将曛黑,有人挑山茶花来卖。余以洋蚨一元买茶花两盆,一大红宝珠,一五彩者,颇为鲜艳,价亦甚廉。

初四日戊戌(3月13日) 天阴湿,云四合,山色模糊。黄昏后大雨倾盆,雷电交作,夜稍止。

初五日己亥(3月14日) 阴雨竟日。核定半年报销稿,夜仍雨。

初六日庚子(3月15日) 阴雨。午刻,张子鸿来邀便饭。渠在园中演剧,固辞不获。同座孟子卿、章子翔、陈树人、朱浣苹,连余及主人共六人,即在彼夜饭,回来已将二鼓矣。今日雨未停点,夜雨声、水声几不成寐。

初七日辛丑(3月16日) 大雨竟日。常广纲商递一公禀,请将义泰森栈被冯缉私误拿之盐发还等语。余批以既经前常总办批候宪示,自应禀请运宪批示祗遵。拟抄录全案,用红白禀径禀运宪,案悬一载,不能再延宕也。

初八日壬寅(3月17日) 阴。晨起核定正月盐价及销数稿。晚接常熟家信,菉卿四弟近体尚好,两宅人口均安。惟四弟因心境不佳，渐有老态，且老年兄弟天各一方，未免惓怀不置耳。

初九日癸卯(3月18日) 天阴。令药店来配合黄蛤丸，取卯年卯月卯日也。午后上广分局委员邓佩菘，由省奉札来局禀到禀见，略询杭省情形。邓君号蒲洲，系丙子科举人。与弢夫侄同年，人甚谙练，谈有顷即去。送礼八色，余受茶叶四瓶而已。傍晚送委札去，夜微雨。

初十日甲辰(3月19日) 早晨天阴，傍晚微雨数阵。将黑，魏葆卿自杭省来。渠初二日起身，舟行八日即达常山，一路顺流而下，极为稳速。今日一早由常山雇轿夫、挑夫动身到东新桥，微遇雨，行李铺程尚未受潮。到局余正欲晚饭，谈悉杭省近事及家乡情形，同乡诸君均安好，惟张雨生、宗亦洲二人因许方伯有内召之命，未免索然扫兴，恐久无差委，不能支撑耳。闻席治臣在省甚窘迫，有欲回虞之说，未知确否。然彼到省不久，诸事未谙，初登仕途，全不合格，真有爱莫能助之势。钱芹生兄仍在皖中，亦未送眷回里，将来或致信招之来玉。如不能来，再想他法也。今日接到京信，合寓均平安。大保正月廿二日所发，到此仅十余天，极迅速，大为快慰。夜大雨达旦。

十一日乙巳(3月20日) 天阴。酉刻接到奎儿京信，正月廿三日所发。知我汇寄京平银五十两已照数收到，京寓人口均平安。黄昏时大雨如注，檐溜有声，半夜稍止。余连日肝气不适，饮食尚好，不至疲倦也。

十二日丙午(3月21日) 交春分节，天阴。午后厘局陈树人即来邀，余乘轿到张子鸿园中。今日陈树人备酒席，张子鸿请观剧，两人合请客。余与孟子卿两人，主则陈、张二人，共四人同座，章子翔、朱浣苹均有事未到。初更时信局送来苏州信一函，奎儿媳所寄，附来耳枕两个，系正月廿五日所发，近体甚安适。

十三日丁未(3月22日) 天阴。常广各栈商禀冯缉私误拿义泰之盐，请录全案转禀运宪云云。余以事隔一年，不能再延宕不结。因抄录全案具禀宪台，请提数成充公，余盐发还以恤商艰，未识上宪如何批示。若能照准,则各栈商亦无不允洽也。吴汾伯身任甲商,不能了事,一味延宕耳。

十四日戊申(3月23日) 天阴。今日余备酒席,在公堂请章子翔、张子鸿、何捕厅、邓蒲洲、魏葆卿,连余共六人。席竟将二鼓,夜冷甚。

十五日己酉(3月24日) 天气晴和,春风拂拂。山茶花俱放颜色,娇艳异常,且有幽淡之致。今日奎儿生日,上下皆吃面。余备夜饭,邀局中诸友,杯酒相聚,甚快意也。傍晚邓蒲洲鹾尹来见禀辞,拟明日开舟赴差次矣。

十六日庚戌(3月25日) 天晴。余接杭省郭谷斋太守来信,云许星台方伯奉命内召解篆,即起程入都。僚属理应公饯,府班有差使者出份金八元,望即速寄省局以便托首府县备办云云。余拟即托其列入衔名,随后再缮禀送行也。昨日有广丰人曾洪崽、杨鸿荣。来局喊禀,被上广缉私局巡勇谢元泰、何金标、蒋利义、童洪标四人叠次讹诈洋银数十元。今又栽诬,民不聊生,只得哀求局宪救命等语。余因嘱吴玉池函知徐蓉江问其,此四勇总局早经斥革,何以革勇胆敢在外滋事,务须即速严查究办。此信即交分局委员邓蒲洲带去,以免专人送信到彼也。另有致额裕山太守一函,并附告示稿一纸,亦托其带呈广信府。因近来销数短绌,拟出示禁止私盐,并于出月派勇会营汛到广丰一带会哨也。今日接运宪札,此间总巡一差已委盐经历王俭。

十七日辛亥(3月26日) 天晴。工部主事吴锜号剑秋来拜,未见。掌灯时接到奎儿京寓来信,合宅平安,慰甚。三鼓后,有本地秀才三人闹进局门,酒醉不堪。将局勇陈文肆行殴打,头破血流,反扭送来局,声言有一唐姓家人开放洋枪打人,是以我等捉打局勇。三人一姓姚、一姓祝,一则不说姓名,势甚汹汹,大闹不休。局中立即唤地保来,一并送至县署,孟子卿随即发饭歇看管。因时已夜半,且酒醉,是以未问。实则唐升同陈文在土娼家滋事,已非一次也。

十八日壬子(3月27日) 天晴。早晨孟子卿传局勇陈文讯问一堂，未提唐升。因秀才皆非安分之徒，时常滋事。且半夜闹进盐局，殊属可恶。将二人责手掌四十下，发学管押。一姚姓逃去，出票差提。午饭后孟子卿来拜，告知已讯云云，余亦不便深问也。

十九日癸丑(3月28日) 天晴。午后，余出门，先到厘局，晤陈树人，谈有顷，即进城答拜吴剑秋工部。复至孟子卿大令处，稍叙寒暄即回局。夜，张子鸿便衣来，谈半晌始去。渠因学师将赴广信府城送考，嘱其求宽二秀才之罪，可否即行释放云云。余允之，即托伊转告孟子翁，令其具结完案而已。三鼓时甚躁热。

二十日甲寅(3月29日) 天晴。今日孟子翁将两秀才开释，遣人来告知，余告以不必送来谢罪矣。

廿一日乙卯(3月30日) 天晴。晨起，余因局勇陈文伤已稍平，不至有意外之虞，将陈文不守局规，酗酒滋事，条示局门，立即斥革。并将家人唐升严加申饬，立即撵逐回籍，不准逗留。因起衅之由，实为唐升开枪恐吓以致陈文被众毒打也。先是，外间讹言四起，有不平之意，至是人心大定矣。

廿二日丙辰(3月31日) 天晴。今日先妣杨太夫人忌辰，余茹素，不见客。余遣人送吴剑秋行，赠以程仪四元。缘吴剑秋系工部主政，与奎儿同部当差，许见面时提及。且是叔父门生，又有世谊，故不得不应酬也。

廿三日丁巳(4月1日) 天晴。清晨催唐升速即动身，恐其不即起身。此间仇恨甚多，有狭路倘逢拔刀相向之势，真有性命之忧。驱之至，所以救之也。

廿四日戊午(4月2日) 天晴。午后缉私委员徐蓉江来见，有公事面禀，并带来广信府额禄山太守信一函，会衔禁私告示底稿一纸。信中云，告示剀切详明，妥当之至，可即照办，无容更改矣。徐蓉江即日禀辞回局，临行云广丰私贩拒捕一案，渠曾面禀额太守。允其即日札催周密庵大令，嘱赶速详办了结此案云云。并知总巡已委王俭接办，朱浣平【苹】大使即须交卸矣。

廿五日己未(4月3日) 天晴。午饭后写京信两函,聊述近况以报平安,傍晚交全泰盛信局寄去。

廿六日庚申(4月4日) 天晴,暖甚。晚间接大保二月初七日所发家信,合宅人口平安,快慰无似。夜微雨。

廿七日辛酉(4月5日) 清明节,天阴雨。今日写信致俞调卿表弟,将唐升怙恶不悛出外滋事,几至酿成大祸,业已撵逐回籍,恐其饰词遮掩,来虞诳骗等事,兹特飞速函知。千万不可容留,免致他日累及家主。此人情性乖张,语言狂悖,到此露尽劣迹。若在家乡目无法纪,必遭讼累,不可不早虑及,故特专函将细情告知,未识调卿能相信否也。

廿八日壬戌(4月6日) 天阴雨。晚接到宁波侯公馆来信,骇悉子幹八弟于初九日病殁。身后萧条,贫无以殓,赖诸同乡集凑数十元草草棺殓。数口嗷嗷,淹留异地,闻之可胜浩叹。将来搬柩接眷回锡,所费均无着落,为之奈何。我谊属至戚,无可推诿,拟先凑数十番寄宁,聊救目前之急,以后再陆续接济。惟独力难支,必须与侯伟人商量,或仗同乡帮助,庶几众擎易举耳。

廿九日癸亥(4月7日) 天阴。祝永生由杭旋局,解饷事已妥置矣。黄祝氏有一禀云,氏夫黄天福被私贩杀毙,孤子幼小,求赏恤银并乞赐恩粮云云。局中查阅案卷,并无恤银旧案,恩粮亦从无此例。惟孤子充补勇粮似尚可行,但此勇本总巡管带,仍批总巡朱委员议覆,再行核办。缘该勇被杀甚惨,情实可怜也。

三十日甲子(4月8日) 天晴。前任粮厅徐昌绪之子号新圃者起程入都,托其携去银器一匣、衣裤一身、家信一函,交京寓查收,谅不至有遗误。徐君系叔父所中举人门生也。

三月初一日乙丑(4月9日) 天晴。辰刻,余到灶君宅神前行礼。今日徐新圃起身进都,不及送行矣。微雨。

初二日丙寅(4月10日) 天阴。午后接常熟屈君乐来信,因知侯子幹八弟殁于宁郡。眷口孤苦无依，嘱余照应，缘无锡三婶有信转托也。魏葆卿亦接家信，伊家中不戒于火，烧去厨房三间，可谓家运不顺极矣。

初三日丁卯(4月11日) 天阴。余饬房叙一委查常玉盐数稿，向例委内稽查。委员因魏葆卿近况窘迫，此差或可稍为润色也。

初四日戊辰(4月12日) 天晴，躁热殊甚。傍晚捕厅何子若请夜饭。余乘轿到彼，同座有孟子卿、张子鸿，其余一城守、一汛地，连主人六人。酒席甚丰，席散回局。大雨随至，雷电交作，半夜方止。

初五日己巳(4月13日) 早晨大雨如注，午后放晴。今日值月，盐栈禀请减价一文。每斤盐售价三十五文，悬牌示局门，并行知各分局。晚天阴雨，冷甚。

初六日庚午(4月14日) 黎明雷雨交作，竟日雨不止。夜停点，大风，冷甚。徐委员有信致吴玉池，广丰一案即日可详结矣。

初七日辛未(4月15日) 天阴雨。今日札饬总巡朱委员，广丰一案须了结再交卸。王委员俭。一札且留局中，大约即日可到玉山矣。

初八日壬申(4月16日) 天阴，午后雨。北风凛冽，可穿皮衣，为近年来所罕见。闻前日大雷电，离此十余里，冰雹打伤田禾牛马，并有人亦受伤者，房屋倒坍者被灾极重。并闻前日黎明霹雳一声，死一大蛇。乡民来传说如此，想非虚语也。

初九日癸酉(4月17日) 天阴，冷甚。午后接运宪札饬，据常广纲商许某等禀请结保鲍永泰、朱万丰充举经商，在地经理完课办销以资整顿等情到局。吴甲商并未禀局，此举大约是敷衍公事门面，众纲商未必尽允洽，以后尚有口舌争讼也。

初十日甲戌(4月18日) 天晴，稍冷。今日遣沈燕卿到刘道生钱店汇寄英洋六百元，交杭省延康庄朱虞臣兄手收，以清欠款。其利金若干，俟杭省来信再寄还。

十一日乙亥(4月19日) 天晴朗，气候渐和暖。午后写信，寄宁波侯公馆。子翰身后萧条无以为活,余寄英洋四十元托程少蓉转交,谅不至有遗误。另致少蓉信一函,吴玉池函致程克谦托其照拂,并嘱其将详细情形示知云云。

十二日丙子(4 月 20 日)　天晴,谷雨节。今日核定禁私告示稿,画行移请广信府会衔会印画行。并请其札饬广丰、贵溪二县出示,严禁闽私。晚接绍所甲商吴敬仪来禀,结保经商鲍永泰、朱万丰二人到地经理课销事宜,并议复各条。此事且俟经商到玉,看其如何举动再作计较也。夜暖甚。

十三日丁丑(4 月 21 日)　天晴暖。傍晚接大保都中来信,二月廿七日所发,合宅人口平安。奎儿得本司帮稿,趋衙甚勤,余闻之欢喜无量。并接屈味霞常熟来信,家乡诸亲友均安好。今日陆楣生振基。来,未见。夜躁热殊甚。

十四日戊寅(4 月 22 日)　卯刻雷雨大作,檐流如注,午刻稍放晴。晚陆楣生又来见,询悉常洲人,与恽氏有姻谊。到省多年,分府到广信已七年矣。渠系江西县丞班次,求余函托额禄山太守照拂,允之。夜微雨,酉刻接杭州信,许藩台尚未交卸。

十五日己卯(4 月 23 日)　天阴。午刻余到灶君宅神前行礼。接陆仰云信,合宅均好。黄昏时大雨阵作,雷声隆隆,三更雨止,微露月光。

十六日庚辰(4 月 24 日)　天阴雨。傍晚,粮厅周云珊邀请夜饭。余乘舆而往,酒馔极丰,席散回局,将近二更。夜大雨如注。

十七日辛巳(4 月 25 日)　天阴。午刻,张子鸿约福建会馆观剧。余到彼坐谈半日,同座有沈燕卿、屈葆初、魏宝卿三人,将晚冒雨而归。公益兴庄锡五同林介田来拜,不及晤面。夜雨声潺潺,冷甚。今日有人喊禀杨总哨恃势凶殴等事。

十八日壬午(4 月 26 日)　天阴雨。午刻林介田来,余晤之。介田系二十年前老友,谈悉伊老景不佳。此次为烟业同行中事来玉,伊顺便托余为伊子觅馆地。余婉辞之,只好将来再行想法,一时无处说项也。晚大雨不止。

十九日癸未(4月27日) 天阴。今日广信府将告示会印稿移还,并告示一百道用印交原勇带回。夜雨声不绝。

二十日甲申(4月28日) 清晨大雨倾盆,午刻稍止。晚又雨,竟日未曾停点,夜复雨声萧萧。今日天气阴寒,可御皮衣,毫无春光明媚之致。回忆家乡龙舟竞渡,画舫兰桡,鳞列水次,不胜感慨久之。

廿一日乙酉(4月29日) 天阴。写就各营及缉私卡信,并公文告示,派人送广信、河口两处。夜微雨。

廿二日丙戌(4月30日) 天晴。傍晚总巡委员王槎生到玉山,住客栈内。夜小雨。今日接奎儿初一日京信,合寓平安,慰甚。

廿三日丁亥(5月1日) 清晨微雨一阵即止,午刻稍放晴光。晚,王槎生来禀见。谈悉,伊系上海人,王庆云运副之弟,带来程少蓉、杨望洲宗瀛。信两函。夜微暖。

廿四日戊子(5月2日) 天晴。竟日起禀稿。晚接到杭省延康庄覆信,收到英洋六百元票据一纸,寄还该我利洋六十二元零。又接俞调卿表弟复信,唐升并未回常云。

廿五日己丑(5月3日) 天晴。余作信一函致额禄山太守,告以订期廿六会哨。如遇阴雨,改期晴霁日举行,已遍告各管暨缉私卡矣。并催询广丰拒捕一案,务须严饬周令速办了结。缘朱委员学源。交卸在即,总巡已奉到运台札到玉山。再分府委员陆振基。景况甚累,恳其移外照拂云云。傍晚专派勇丁送信到广信府投递,恐驿递或有迟误也。夜大雨如注,五更仍不止。今日送王槎生委札。

廿六日庚寅(5月4日) 今日换戴凉帽。辰刻风雨萧萧,冷甚。余连日咳呛气逆,颇不适。午后王槎生来谢委,余因头痛不果见。竟夜雨不止。

廿七日辛卯(5月5日) 天阴。午后微雨,冷甚,可穿重棉。余咳逆因冷更甚。夜雨声阵阵,至天明不绝。

廿八日壬辰(5月6日) 天阴,辰刻微雨。午后阵雨不止,天气严寒，可穿皮衣。今日交立夏节，而寒暖不均，如此亦一奇事也。夜，雨止。玉山街市上樱桃、梅子等毫无所有，此地不识九熟为何物也。

廿九日癸巳(5月7日)　天晴朗，气候稍暖。今日缮发浙省藩臬两宪贺禀两函，交全泰盛信局寄至长班陈宝。处呈递，当可速到。缘驿递迟延太甚，不足恃也。

十月初一日壬辰(11月2日)　天晴，气候和暖，大有春意。晚起贺浙藩台刘名树堂。到任禀稿。夜起覆侯伟人信一函，并寄还英洋二百元也。

初二日癸巳(11月3日)　天晴。晨起，将侯伟人信并英洋二百元交到刘道生，汇寄杭省清和坊信源鼎记钱庄，转交侯公馆收明。又托刘道生寄苏省保吉利桥潘宅，转交奎少奶奶平安家信一函、英洋六十元，均守候收条，切勿迟误。今日阅《申报》得悉，江南题名录吾家获中两人，一翁炯孙，一翁顺孙。少年科第，取青紫如拾芥。此非祖功宗德，即系本人前生宿慧，否则乌得有如此容易耶。以视皓首穷经、困顿场屋者，难易真有天壤之别，不禁为之浩叹。

初三日甲午(11月4日)　天晴。县署厘局均送寿礼，概辞却之。盐栈公送酒席一桌，受之，寿礼则略，受烛、面、鱼翅、火腿四色而已。庸字盐栈钟梅亭送菊花六盆，受之，花种甚好，玉邑已不易得矣。杨总哨送菊花六盆，亦受之，花叶极茂密，此间无买处也。

初四日乙未(11月5日)　天气晴朗。拜寿者来，均辞谢之。余衣冠神前行礼毕，吴玉池、陆仰云、沈衍庆三人进内祝寿，家人辈亦来叩祝。随遣人邀各盐栈来午饭，即以昨日盐栈送来酒席款之，并留面。

初五日丙申(11月6日)　天晴。饭后余到各处谢寿，回局已傍晚矣，颇觉疲倦。夜躁热。今日答拜张子鸣。

初六日丁酉(11月7日)　天晴。午后遣人去邀普宁寺和尚来诊脉，因余近体不适，且咳呛痰喘比前更甚。是以请其诊视，服条理药。据和尚云，六脉皆无神，系气血两亏，病后失调之故。必须赶紧将咳呛先治好，随即进大补气血之剂，当可见效。惟用药必须用参茸等类，不能再用附桂等燥药。因心脾受伤，肺阴亦不足，须养荣益气兼培补本原也。和尚脉理甚精，看症极细，于女科尤专门，室人因亦请其开一调理方。据云，诸恙皆血亏所致，即臂痛亦是血枯。筋脉不舒，须养血补气，肝恙自全愈。仅仅平肝破气，徒耗阴分耳。于是定一煎药方，服数剂后再请其开膏滋药方也。二鼓服药，夜咳呛果稍平，痰亦喉间稍清，不至汩汩有声。五更西风数阵，冷甚。

初七日戊戌（11月8日） 黎明阴云四合，辰刻大雨如注。巳午之交，檐溜有声。午后仍雨，竟日不止。起更时又大雨，至三更仍未停点。今日午后，接到京寓大保九月十八日所发信，得悉合寓平安，欣慰之至。

初八日己亥（11月9日） 阴雨。早晨咳呛渐平，气逆亦愈。余仍服原方，因其有效也。午前阅《申报》，知九月廿五日上谕"有湖北巡抚翁某捐田赡族，伊子浙江候补知府翁曾纯等克承先志，建立义庄，赏给匾额一方，着该家属祗领"。此系叔父知吾家义庄已达部，故托李兰生名鸿藻。尚书、张樵野名荫恒。侍郎改题为奏，是以有此恩旨也。先府君仰承先文端公遗志捐立义庄，置田一千亩以赡养宗族。府君殁后，菉卿弟因循数年之久，屡催不办。余以手足之谊不欲揭其短，是以隐忍不言。去岁八月间四弟妇病殁，余即函致四弟嘱其首先赶办义庄。嗣知已由县详报各大宪，直至今始得到部。虽时日稽迟，府君见背，不及目睹庄成，然幸已办妥。且天语褒嘉，不特一人荣幸，并为九族光宠。府君有知，当亦含笑九原矣。凡我子孙，尤当仰体先人之志，以敦睦族谊为先务也。竟日大雨不止，入夜淅沥有声。

初九日庚子（11月10日） 早晨晴霁，街市尚泥泞。午后备绣礼衣料等十四色，贺孟子卿嫁女，再四推却不受。昨接恽杏云夫人讣闻，因写一唁信致恽菽原运副，并送奠分八元交信局寄常州青果巷恽宅，当不误也。夜微有月色，冷甚。

初十日辛丑(11 月 11 日) 天晴。午后阅上广巡勇及本局勇丁操,技艺尚娴熟。余照例给赏号,并面谕上广巡勇,不准藉端索诈。如果查出,不但斥革,且要送县究办,尔等须各凛遵也。操毕,已天将曛黑矣。夜月色甚佳,天气冷甚。

十一日壬寅(11 月 12 日) 天晴。巳刻,到县署贺孟子卿嫁女之喜。伊婿系张翼伯景渠之孙,名炳骏,入赘来玉。喜事一切礼仪均照绍兴风俗,与苏州不同。余在彼看其结亲拜堂及坐床撒帐等礼节,与吾乡相似。余夜饭后回局,今日颇觉倦乏。

十二日癸卯(11 月 13 日) 天晴。接席治臣来信,知伊于月之初六日由杭动身。外稽查委员袁学瓒赓。同伴搭船而来,大约望前后可到局来矣。

十三日甲辰(11 月 14 日) 天晴。早饭毕,余阅铅弋贵缉私局送操巡勇技艺,刀矛叉均无甚出色者。因面谕各什长,须勤加操练,否则技艺不精,何以堵缉私枭乎。钮委员接办未久,诸事欠熟,因亦嘱其认真查察,勿任勇丁在外滋事等语,今日发回上广兴巡勇回卡。夜甚冷。

十四日乙巳(11 月 15 日) 天晴。午后买螃蟹两元,每洋一元买十七蟹。此间均系九江贩来,是以价甚昂贵。此间菊花极难得,持螯而无菊可对,亦殊乏趣也。今日札发铅弋贵巡勇回河口镇,照例给发赏号钱。

十五日丙午(11 月 16 日) 天阴。早晨,余因受寒,体中不适。县署孟子卿邀观剧,余辞之。午刻又遣人来请,余勉强乘轿而往。到彼后,演戏颇热闹,唱口亦好。与陈树人、张子鸿、章子翔诸君畅谈,极为快意。二鼓始回局,稍觉乏力。三鼓即赶紧就睡。

十六日丁未(11 月 17 日) 天阴。卯刻张子鸿派匠人拆卸屋址,拟起造房屋数间,住房可稍宽展也。将黑时,席治臣自杭省搭伴来玉,随即进局。余因头痛畏风,未曾晤见,明日再与之细谈一切矣。

十七日戊申(11 月 18 日) 天晴。晨起咳嗽气疼,午饭后稍愈。

袁委员到局来谒见,号郎甫。广东人。自幼在浙,口音皆杭州说话,人亦性情和平。此次来与席治臣同伴,甚相得也。傍晚晤席治臣,细谈别后情况及杭省近事,快甚。治臣送笺纸、茶叶、螃蟹、橘子,受。

十八日己酉(11月19日) 天晴,暖甚,大有小春之意。午刻,袁委员来谢委,余因头痛未见。晚与席治臣谈屈蕴卿事,颇为诧异。不知伊近日作何光景,分府广信已成与否,皆无从得悉也。申刻,缮就双红禀祝浙抚崧中丞六十寿,随将禀函交马递发去。

十九日庚戌(11月20日) 天晴。近日吃螃蟹数只,聊以解馋而已。得杭省来信,知新藩宪于初九日接印。四川藩台龚仰蘧交卸后,即须起程也。

二十日辛亥(11月21日) 天晴。午后余手定禀请委派席治臣总局内稽查差稿,向例由总局禀请浙省佐杂一员。余因席治臣人尚老成稳练,且现在省垣毫无差使,是以令其告假来玉。余为之禀请藩、运两宪批准,一俟批禀到局即可下札委定也。

廿一日壬子(11月22日) 天晴,暖甚。今日接杭省差信,知湖州府厘局捐总办颜谷生丁太夫人忧,委刘五延至喜。接办矣。浏河缉私差,运宪已委颜世培接办。同乡陆叔文极力营谋,欲留半年,求学台为之说项,竟不可得,未免怏怏。闻此差每年有万金出息,较三关尤胜,盐务中视为第一美差,向来不拘年限。陆叔文得此差时,运台即有“一年必须更换以均肥瘠”之语,今果然矣。

蘅斋琐记

光绪二十年岁次甲午正月元旦（公元1894年2月6日）

正月初一日己卯（2月6日）　天晴。黎明即起，辰初具衣冠祀神、敬天地，随即登舆到道署。府尊林迪臣、总局胡春原均先到官厅，西安县叶令泽之发审、徐令筱海亦在彼拱候。因即相见贺禧，随上手本禀见，道宪派家人出来挡驾。余等因同进至花厅叩贺新禧，缘人多行礼，即退，不及就坐。到官厅后与林迪翁谈叶令擅责文童周宗伦事，林迪翁虽已申斥叶令，然此间士子均抱不平。余亦大为愤闷，将叶令痛训一番。林迪臣、胡春翁皆为之缓颊，余答以此事只要能了，余亦决不挑剔。否则恐读书人众，一动公愤，陈学宪按临时或别生事端，亦不可不防也。余随至镇台喻军门处，未见；林迪臣太守处，谈有顷。又到厘盐总局胡春翁处及各营，均未见。复至西安县叶府学、魏陆县学汤三学师处贺年，即回寓。适西安县叶发审、徐及经、照司所周粮厅、钱捕厅三老师均已到，随即进见贺禧。余因起早疲倦，黄昏即就睡。二更时大雨，片刻即止。

初二日庚辰（2月7日）　天阴。辰刻喻采亭军门来拜，会谈刻许，辞去。巳刻，林迪臣太守来招，会谈叶令事，颇为详细。午后总办胡春翁来拜年，晤谈片刻，并为叶泽之说情。余答以此事总局要为周宗伦。遮脸，且杜后累。本地人能允洽即可了结，余亦不为已甚也。申刻，余出门到镇台喻采亭军门处登堂贺禧，谈半晌，始回寓。夜微雨。

初三日辛巳(2月8日) 天阴。忌辰,黎明即起,收拾行李衣箱等件,拟今日发行李上船也。申刻上道署禀辞禀见,稍停片刻即进见,谈许久始退,已酉末矣。随至喻军门处辞行,未见。顺道到府署拜林迪翁,晤谈半晌。天已曛黑,不及到他处矣,即回寓。夜饭,徐小海大令便衣来见,晤谈至二鼓始去。三更后天微雨,冷甚。

初四日壬午(2月9日) 天阴。辰刻喻采亭军门来送行,晤面谈半晌。渠托渠世兄号莘臣,现在京当差,如将来奎儿到京,须格外照应云云。并托打听如捐府班连指省分发要实银若干,务必寄信告知,渠以便筹款托捐上充等事也。才辞别,适林迪臣太守又来送行,胡春翁亦来送行,余均辞以不必出城再送。胡春翁约余夜饭,已定在船上,便作竟夕之谈。情意肫肫,万不能却。其余首县诸人皆一概辞谢未见,伊等皆要到船上叩送也。未初一刻,余即乘轿先到胡春翁处拜寿,家人云,已先在城外舟中拱候矣。余仍乘轿走大街出西门,观者如堵,绅民均有攀轿卧辙依依不忍舍去之情。程炳耀同郑鄂率其子郑永祚(府试第一名)均来路饯,其情可感。余出轿略谈数语,仍坐轿到城外厘局内接见僚属诸君,即到码头祭江神,礼毕适未正二刻。登舟,喻采亭遣戈什差送,并送路菜盐腿、风鱼、冬笋、山药等八色,只得受之。鲍道台亲拜送行挡驾。少顷,徐小海、魏老师及五厅邓、雷、钟、周、钱以及分府苗、张、陈、张、水、史六人均分班请见,各寒暄数语而退。林迪臣又来送行,晤谈。言伊托余到省为之打听有品端学粹之人,伊拟延订山长,嘱即专函告知以便送关云云。余允许之,然此事颇不易,且到省中再作计较也。胡春翁到船送行,邀即过船夜饭,余随即便衣到彼谈半刻方入席,同座一胡春翁之亲戚,一胡商彝。陪坐有名花五种,颇为热闹,船主则名檀香也。胡春翁托问外府送崧中丞赙敬多寡,如有所闻,即速函知。伊欲照送,并打听能否分到人不到云云。余亦允为切实探问也。

初五日癸未(2月10日) 天阴。巳刻,吴玉池同潘子林、项廉师到船中晤面,订定到省后如有所需,余必面向项廉卿说话,不假手他人,以防有旁人挪借之弊。少顷,时交午正,即解维开舟,抵樟树潭已将晚。徐小海、邓子如均开船来送,即请见。适西安县叶令亦来见,只得同请见。略道寒暄而已,余辞以不必再远送矣。夜微雨,有风,三更余即就睡。

初六日甲申(2月11日)　天阴。风大,舟行甚迟。未刻,离龙游数里,邑令章麓衡来迎接,即请见,略谈而退。申正抵龙游,稍泊龙游县。章令及厘卡委员张炳照同来见,即请谈西安叶令事。并及邹令须望其速到任,否则诸事呼应不灵,恐有贻误等语。辞退后少停,仍开舟行数里即泊。

初七日乙酉(2月12日)　忌辰。天阴,微雨。风逆难行,挽牵以行。申刻抵兰溪,遣人持片到卡,请其即来看舱,余船过卡即停。

初八日丙戌(2月13日)　天阴。黎明即开舟,申末酉初各船均抵严州东关。余遣人持片到总办刘海臣处,问其何时到省,并以明早即须开舟不及晤面矣。并令卡上巡丁来船看舱,随即开过卡泊舟。夜大风,冷甚。

初九日丁亥(2月14日)　天晴。黎明即开船,进七里陇,无风,摇舻以行。未刻过桐庐,申初过容溪。入夜大风忽起,舟行摇兀不宁。二更到新田即停舟,风仍不止,离富阳五十里。

初十日戊子(2月15日)　天阴。四更许即开船,天明时大雾溟蒙,几不能辨路,幸风少息。辰刻过富阳县,未泊舟。申正抵闻家堰,舟人稍买食物即开行。波平如镜,山色空蒙,颇入画境。戌刻始抵闸口,即泊舟。夜大雨。

十一日己丑(2月16日)　忌辰。天晴。黎开舟至江干码头,知汪福已于昨日酉刻进城看公馆矣。未刻,汪福、吴春同陈宝出城来。知公馆已看定,在车驾桥。言明押租洋二百元,每月房租洋二十元。房屋新起,系太平营参将李□□之屋。余因付定洋三十元交陈宝手付,前途收明,小租言明四洋。上抚藩衙门甚近,且沿河,行李什物只要驳船一水可通,搬进公馆甚便也。夜船家置酒饯,余辞不却,席竟已将三鼓矣。

十二日庚寅(2月17日) 天晴。余因受寒，稍有不适。饭后，余乘先入城进车驾桥公馆。房屋虽狭窄，尚新。因即发行李什物，收毕已曛黑矣。夜冷甚。

十三日辛卯(2月18日) 天晴。午后，程少蓉兄遣人送来家信一封，系奎儿腊月二十八所发，信昨日到杭。信中云，易保与潘五保联姻已占过，送一如意为定。门户尚属相当，家计可称中富，将来不愁没饭吃，足矣。嘱余即写信。

九月初一日丙戌(9月29日) 天晴。早晨八点钟上道宪衙门。余俟衢州府保雨翁到，即上手本禀见。九点钟见客，谈半晌始退。余顺道拜客数处，即回局。今日晤保雨翁，告以江山、西安盐栈互控一案。现接省中吴甲商来禀，并两造和息切结两纸，求为详销，此案似可了结矣。惟运台之意，必须俟西安县详核到省再行结案。此是正办，若听允讼互控，则永无了期，于盐务亦有窒碍也。傍晚，赵子威来拜辞。渠即日动身进省，再到富阳县丞任也。

初二日丁亥(9月30日) 天阴。午后又接吴甲商禀一件，补送和息结两套，求为转详运宪也。今日迎霜降，颇为热闹。

初三日戊子(10月1日) 交霜降节，天气阴晴不定。今日司事委员常州人赵子威起身赴杭，余送程仪洋银十元。渠景况甚累，在卡办事，人甚得力也。

初四日己丑(10月2日) 天晴。傍晚拜会保雨翁，将盐公堂信一纸送伊阅看，且商量如何办法。保雨翁拘谨小心，不肯作主，余告以此事有札府督审之语，即须由府详销，且俟晤何备堂再商详销之法。

初五日庚寅(10月3日) 天晴。未初，余即到府署晤徐小海、何备堂。告以盐案须速办，通详甲商已具禀到局，且递西江两经商和息结两纸，大抵此案可望了结矣。少顷，保雨亭晤谈半晌，即请鲍道台上席。申初即入席演剧,席竟已十点钟矣。余回局即睡。

初六日辛卯(10月4日)　天晴。辰刻送道宪寿礼十色,不受。西安县何备堂六十寿,余往祝寿,未见。随至各处拜客。晚天阴。

初七日壬辰(10月5日)　天阴。接都中大保来信,合寓平安。午后,潘竹侯亲家来谈,有顷即去。伊从开化起早来,因水小船不能行也。未刻,到道署候保雨亭太守。到即上手本预祝,概辞谢。在官厅晤徐小海、何备堂、潘竹侯三大令,略坐即散。余顺道拜客数处,即回。晚小雨不止,直至夜半,雨仍不大。

初八日癸巳(10月6日)　天阴,细雨。黎明即起,到道署祝寿,辞谢不见。官厅晤保雨亭,知饭后伊即进贡院考府试。潘竹侯亲家因开化报一命案,系童生持刀戳廪生。是以即须回去,由常山起早径去相验也。常山王贡初亦晤,少顷即散。余拜客王贡初、任雨泉两大令,均未晤,即回局。傍晚王贡初来,任雨泉(来),俱晤谈半晌而去。余送潘竹侯一品锅一个、热炒四个,王贡初同样,任雨泉亦送一品锅一个,因不及请客也。

初九日甲午(10月7日)　天阴。重阳佳节,既午初登高,黄菊亦绝少,惟有重阳糕,亦不甚佳,可笑也。河水浅涸,极望大雨,而天晴无雨,焦灼之至。捐款亦极少,可为忧虑耳。

初十日乙未(10月8日)　天晴。今日将吴甲商寄来禀一件、西江两县经商和息甘结两套,备详文申运台,及移衢州府札。西安县拟一面转详运台,一面札县录供通详,请允深究,俯准销案云云,送府会印会衔。

十一日丙申(10月9日)　天晴。午前,钱叔鲁寄来条幅四条。未刻赴道宪招饮之约,酉刻喻镇台亦到。因有恙不能饮吃,勉强应酬而已,三更始散。

十二日丁酉(10月10日)　天阴晴不定,望雨不至。辰刻,遣人到道署谢酒拜安。

十三日戊戌(10月11日)　天阴。发饬西安县札,盐案速结案通详，并将甲商据情转详运台，并移知衢州府，一面饬西安通详各宪云云。

十四日己亥(10月12日) 天阴。连日无雨，河水干涸。货船不通，以致捐数日少，甚为焦急。

十五日庚子(10月13日) 天阴。黎明即上道署，九点钟道台见客。谈一时许，即退回局。见凤嘉炜，谈河水浅涸，盐到甚少。谕令各栈加挑价，盐即可陆续运至，不致脱销矣。余眼痛不能见客。夜有雨，不大。

十六日辛丑(10月14日) 天阴。黎明大雨数阵，竟日湿云迷漫，天气躁热。二更许，大雨檐流有声。夜眼痛，彻夜不能成寐，颇为烦闷。

十七日壬寅(10月15日) 阴雨。余眼痛红肿，竟日闭目默坐，甚为纳闷。二更许大雨，终夜不绝。

十八日癸卯(10月16日) 立冬节，竟日阴雨。夜雨更大，檐流如注，河水必能通畅矣。今日眼痛稍平，点赛空青，甚有效。

十九日甲辰(10月17日) 天阴。早晨大雨不止，午后微雨。傍晚又大雨如注，二更稍止。半夜雨势倾盆，直至天明不止。今日水卡捐数颇好，水涨数尺。

二十日乙巳(10月18日) 天阴。辰巳之交，大雨数阵，竟日阴雨，夜仍雨不止。今日接到京信，知合寓安好，欣慰之至。

廿一日丙午(10月19日) 天阴。雨终日，檐溜如注，潺潺有声。午前接到家乡四弟来信，知合家大小均安好。此信九月初五从常熟发，初八到杭州，由延康朱虞臣交祝永生带来。二更雨止，夜起西风。

廿二日丁未(10月20日) 天阴。冷甚，饭后始放晴光，西风料峭。今日余眼痛稍愈，尚畏火光，惟眼中红筋渐退，肝火亦渐平复矣。

廿三日戊申(10月21日) 天晴。河水大涨，已扶浮桥。俟水势稍平，直搭浮桥，向来如此办法。

廿四日己酉(10 月 22 日) 天阴。接省中来信,知牙厘局会办彭岱霖观察于十七日正拟故称觞,遽尔作古,殊出意外。

廿五日庚戌(10 月 23 日) 天阴雨。购佛手两盆,香味甚佳,聊供清玩。

廿六日辛亥(10 月 24 日) 天气阴晴不定。今日接省局发来推广顺直赈捐之票一千张,详定照历届成案。茶捐每两加捐银一钱,以十月初一日起至十九年九月三十日截止,一年为限。随即饬房叙稿札发华埠三百张、常山二百张、清湖二百张、龙游一百张、西安卡二百张,共一千张。

廿七日忌辰,壬子(10 月 25 日) 早晨大雨如注,终日未停点。夜又雨声不绝,暖甚。

廿八日癸丑(10 月 26 日) 天阴雨,午后大雨,檐溜如注。今日将公文要件批发,又整理行装,收拾衣服,颇为忙碌。二更又雨声不止。

廿九日忌辰,甲寅①(10 月 27 日) 黎明大雨,竟日甚阴如晦,暖甚。夜核算本月厘捐,共收见三千三百千有零。接办以来七、八、九月三个月比较均长一成,可为欣幸矣。九月比较最多,加以河水浅涸,货船不能通畅,时有短绌之虞。幸而极力张罗,广为招徕,始得敷衍过去。以后总望百货云集,源源而来,能将十月捐数不至短绌,则公事易办矣。

十月初一日乙卯(10 月 29 日) 黎明天阴。即到道署,上手版。少顷进见,谈半晌而退,当即拜辞。随拜喻总镇,晤谈许久。又到保雨亭处拜会,渠考试未毕,不能出考棚。又到西安县何备堂处,均告以进省,即日起程。回局后料理诸事,颇为忙碌。傍晚又雨,二更后

---

① 此日期后似缺漏“九月三十日乙卯(10 月 28 日)”,导致此后干支纪年均误,且多出“十月三十日甲申”这一日期。

雨声潺潺，彻夜不绝。今日晤保雨亭，谈及府照磨邓，尔璋。渠甚不惬意也。

初二日丙辰（10月30日） 天阴，午前微雨。今日将致候广信府额禄山信暨玉山县孟子卿信写好，交便舟带去。又致总巡钱叔鲁信一函。傍晚又雨，料理衣箱等件，雨声连绵不绝。

初三日丁巳（10月31日） 天阴。午后西安盐栈商人傅玉书。来见。伊从杭省回来，据云盐案运台已允为销案。只须此间催西安县何备堂通详销案，即可照准矣。

初四日戊午（11月1日） 天晴，旭日东升，颇有暖意。早晨余衣冠祀神，今日室人侯恭人寿诞，在局诸友及家人亲兵等皆来叩祝。午饭后备寿面，夜备酒席两桌，内外畅饮，颇为热闹。二更许，躁热异常，恐尚有雨意也。今日接大保九月十八日所发京信一函，知合寓均安好，快慰之至。

初五日己未（11月2日） 天晴，午后热甚。余到道署禀安谢步，即禀辞。随至府署，保雨亭太守考试未毕。县署何备堂大令处谈寿，均未晤，回局。又将紧要公文办出，赶送府署会行。夜东南风。

初六日庚申（11月3日） 天晴。午前收拾行装，饭后将衣箱等件发上船。夜饭后余即乘轿登舟，侯涵初及胡商彝、刘居善诸君皆到船送行，即留之便饭。吴玉池、陆仰云二人因路远，更深嘱其勿再到船远送，三更时诸君皆话别而去。水巡风宾臣总哨亦来送行，渠已守候两天，殊抱不安耳。天将曛黑，忽起西北风，甚大。夜冷甚，半夜风更大。

初七日辛酉（11月4日） 天晴，西北风极大。黎明开舟行四十里，到云村泊舟，夜冷甚。

初八日壬戌（11月5日） 天晴，西北风仍大。早晨开舟行四十里，两点钟许到龙游停舟。卡员李玉生来禀见，谈刻许始去。龙游县令章名甫，麓衡。到船来拜见，余随即乘轿登岸。答拜龙游县章大令、卡员李玉生，稍谈即回舟，天色已将黑。夜风稍息，舟泊浮桥口。龙游桥外绝少民房，一带皆枫林。丹叶夕阳掩映，灿若明露，景致颇佳，此间民风亦淳朴之至。

初九日癸亥(11月6日)　天晴，西北风甚紧。黎明开舟从龙游动身，傍晚到兰溪卡。过下卡，巡丁来船看舱，给以名片而已，即泊舟。

初十日甲子(11月7日)　天气晴朗。辰刻从兰溪开舟，竟日风不大。晚抵大洋镇，离严东关三十里，泊舟。今日皇太后万寿圣诞。

十一日乙丑(11月8日)　天晴，冷甚，风逆。辰刻开舟，行颇迟，午刻过严东关。晚风大不能进，将抵钓台，泊舟以待。风仍不息，遂停舟。冷水堰离钓台不远，尚在泷内也。夜冷甚。

十二日丙寅(11月9日)　天晴。半夜月色微明，开舟，辰刻到桐庐县，稍停舟。船家买柴米等，随即开行，将黑抵窄溪泊舟。

十三日丁卯(11月10日)　天阴。早晨自窄溪开舟，风逆行迟。申初始抵富阳，稍泊舟。富邑署县丞赵君子威承钺。到船来，谈半晌而去。渠前当衢局司员，人颇诚实，且与杨思赞表弟有姑表之亲。今署斯缺，清苦之至，每年所入仅敷用度而已，较之衢局司员犹少逊耳。三更时风静，月微有光。舟人仍开舟顺流而下，直至天色微明，始抵闻家堰，稍泊舟。

十四日戊辰(11月11日)　天晴。卯刻仍开舟，巳刻到江干码头停舟。饭毕，遣汪福进城，看定学辕前得升堂客寓，因坐省处无屋可住。有实任湖州府在彼也，谦君贵。闻已挂牌，未识能即日到任否也。

十五日己巳(11月12日)　天晴。午刻饭毕，即乘轿登岸。到得升堂客栈，行李衣箱检点清楚，天色已黑矣。

十六日庚午(11月13日)　黎明大雨，街道泥泞。午后出门拜杭府陈六笙、仁和伍桂生、钱塘朱启凤，均未晤。复拜牙厘局提调郭谷斋，晤谈良久。因天晚即回寓，但西北(风)大作，冷甚。半夜又雨。

十七日辛未(11月14日)　天阴，微雨。辰刻到藩署，即上手版，少顷，即进见。详询衢局事，并谆嘱认真办公为要。复谒见世粮道，稍谈即退。复到臬署拜见，晤谈许久始退，回寓已申刻矣。

十八日壬申(11月15日) 天阴。辰刻到运宪衙门禀安，未见。复到宗道台处，晤谈片刻始退。顺道拜客，均未见。仅晤程少蓉运副，略谈即回寓。今日甲商吴紫绶来见，始悉江山、西安互控之案，运宪已批驳息结发还，须另委员会勘讯办矣。夜黄蓬仙来，晤谈片刻始去。今晚见黄道台亦提及此案，一时恐不能了结也。郭谷翁之世兄名曾准。点翰林，余送贺敬八元。牙厘总局收支委员杨焕庭亲来谢步，极重情谊，拟送食物四种聊以将意而已。同乡程少蓉、曾士沂、曾剑云、黄念屺均先后来，因出门未回，故未见。昨日李品如、归仲陶亦来。

十九日癸酉(11月16日) 黎明，大雨数阵。辰刻，西安县叶承炳。来禀见，略谈片刻。午刻出门到运台衙门，知运宪出门拜客未回，余在官厅守候两时之久。申正运宪回辕，随上手版禀见，详询案始末。并谕知，现已委黄蓬仙会勘此案，汝晤黄丞可商酌办理也。且云抚宪因府县不能了案，颇生气，谕运臬两司将此案提省讯办。运台恐一经提省，更不易了结，或有拖累之虞。是以会商臬宪，委黄蓬仙前往，真格外体恤也。余回寓已酉正二刻矣。夜雨稍止，三更又雨。

二十日甲戌(11月17日) 黎明大雨。午刻抚宪回辕。余出门拜客，到黄蓬仙处晤谈良久，回寓已酉正。

廿一日乙亥(11月18日) 天阴。黎明即起，上抚台衙门。辰初二刻上手本，进见，详问衢局现在情形。余答以自七月初一日接办起，公事尚称顺手，商情亦甚妥洽，捐数七、八、九三个月均余一成。惟今秋亢旱，河干水涸，商船运货维艰。且纸货为西安卡大宗，因水碓不能出货，橘子亦大为减少。是以捐数因之短绌，总望货捐能渐畅旺，或可以盈补绌也。饭后到嘉湖道衙门禀安，未见，回寓。晤邓笏臣太守、司徒王舫、运副同乡李品如、归仲陶，略谈片刻。傍晚，邓蒲洲鹾尹来，袁郎甫亦来。夜冷甚。

廿二日丙子(11月19日) 天晴，早晨冷气逼人，旭日东升，始渐和暖。然犹御重裘，不觉其热。未刻，邹道台、郭谷斋招饮。在牙厘局设席，同座有任道锡汾、陈道台乃瀚、王觐山、嵚。常静先、安。何，恩焊。连余六人。席竟即散，已天将曛黑矣。夜稍暖。

廿三日丁丑(11月20日) 天晴，早寒气极重，冰冻甚坚。同乡赵幹臣司马名宾旸，惠甫之子、敬甫之侄，新近禀到，谈良久始去。余乾耀号元眉。与余家有世谊，拜会。庞幼怀、曾士沂均先后来，宗湘文观察来拜会，晤谈片刻始去。因天时极冷，起早非大毛不可。因向渠借猞猁褂一件，又添制二毛袍子一件，为御寒所必需也。

廿四日戊寅(11月21日) 天晴。午前宾客络绎而来。午后史仲华司马来，谈悉今年病半年始愈。病极奇险，居然能复元，饮食言语如常，可谓大幸矣。

廿五日己卯(11月22日) 天晴。黎明上抚辕，辰初进见。抚宪奖励一番，并云盐案已委黄丞到彼会审，汝回衢局须催衢州府县赶紧速了此案为要。余因即禀辞，退后即往拜黄蓬仙，谈及此案。渠云已与甲商吴子薇说定，在省中约经商来，两造议明如何结案，以便到衢即可了结，省得往返耽延时日也。余亦极以为是。朱茗生世叔来拜，未晤。

廿六日庚辰(11月23日) 天晴。黎明即起，辰初到藩署禀辞禀见。少顷，进见，勉励数语，嘱即回局。退后到运宪衙门禀辞禀见，稍停即传见。同见四人，亦以盐案能速了为盼，余答以黄丞拟于日内传集吴甲商及两经商来，先行开导，再到衢州，否则恐两造推延，或有耽搁耳。运宪亦以为极是，并云须严催府县方能速了也。余禀明即日动身，退后知金衢严道鲍观察日内可以到省矣。申刻，即到宗湘文观察处禀辞。今日在臬园内招饮，请杨提台岐珍招余陪客也，席散已三鼓。今日用教门馆菜，全桌皆用羊肉。余饱啖，至半夜始能就睡。昨晚，朱茗翁来招吃夜饭，饷余螃蟹。宾主二人对面谈心，杯箸不停，亦极饱闷。连日口福大佳，惟稍觉体中劳乏耳。杨光熙来见。

廿七日辛巳(11月24日) 天晴。早晨宾朋络绎而来,皆辞谢之。午刻到臬署禀辞禀见,少顷即进见。黄泽臣廉访相待甚优,谈许久始退。回寓知邓蒲洲送燕菜席一桌,受之。即移樽到程少蓉处,约同乡来一叙。诸同乡皆聚少翁处,为余祝寿。少翁备寿烛等,颇为热闹也。同乡到者程少蓉、黄念屺、曾士沂、剑云、叶湘圃、庞幼怀、归仲陶、李品如、邓蒲洲,连余共十人,围坐一桌,极为畅快,席竟已二鼓矣。

廿八日壬午(11月25日) 天晴。午前写家信一函,寄菉卿四弟,托屈葆初带回。渠于日内趁庄船回家,已托曾士沂雇定矣。午后到彭岱霖观察处祭奠,渠与余甚相得。闻其身后亏累甚巨,真有爱莫能助之势。中怀凄恻,余送祭筵一席、线绉祭幛一轴,另送公分,余亦列名也。随到牙厘总局谒见邹道台,面嘱浮桥一事,可以通融办理。将来不妨以地方苦瘠,实在无款可筹,仍请总局批示,届时当为之设法斡旋耳。又托一邹姓本家能为之觅一馆地固妙,否则或转荐分卡亦可,大约将来只能送一份干脩报命而已。夜,黄蓬仙来,晤谈之下,得悉西江经商均有愿即了案,不再涉讼之语。然此番须切实议定界址,方能息争免讼。否则旋和旋控,真于盐务大有窒碍也。钱典史余亦嘱其暗中能劝两造和好,将来府局必为汝留回任地步耳。夜极冷。(余元眉送礼四,受洋灯、鱼肚二色。程少蓉送礼四,寿星一尊、香二盒、火锅二个、鱼肚一篓。)

廿九日癸未(11月26日) 天晴。早晨余起即写京信一函,托鼎记银号汇寄京平银一百四十两,必须于年内寄到,再迟赶不及到矣。午后又写六叔父大人处禀一函,托解京饷委员钱君仲虞带至都中,想不至迟误也。禀中代求邹道仁溥。匾额一方,能速书就交原委员带回更妙矣。

三十日甲申[①] 天晴。辰刻程少蓉来送行,晤谈半晌。金衢严

---

① 公历无此日。

道鲍鹤年观察来拜会,余回明盐案已委黄丞瀛海到衢会讯会勘,实则催府县速即了结此案耳。恐中丞问及,只好以府县耽搁。实系进考棚考试事,现已试竣,委员到彼当可讯结详销也。

十一月初一日乙酉(11月27日) 天晴。午前吴沅卿长谈,并道及渠景况甚窘,再四商借数百番。余告以盐局一差赔累不堪,实在筹措不出,勉强借以百番而去。此人即日可望得缺,得意不远也。午后到金衢严道鲍观察处,禀辞谢步。适出门未回,余禀明即刻登舟矣。余随即拜邓笏臣、钱仲虞,均晤谈片刻。傍晚乘轿到江干码头,知行李什物等皆已到齐,余亦登舟。(同寓司徒玉舫、李小池均谢步。)

初二日丙戌(11月28日) 天晴。辰刻开舟,风大水逆,夜泊闻家堰。

初三日丁亥(11月29日) 冬至节,天气晴朗。黎明开舟,风逆且大,酉刻到富阳泊舟。

初四日戊子(11月30日) 天晴,稍觉和暖。早晨从富阳开舟,竟日风大水逆。天将瞟黑,始抵窄溪泊舟。

初五日己丑(12月1日) 天晴。已黎明开行,巳刻过桐庐,夜抵西口,离严东关约二三十里即泊舟。

初六日庚寅(12月2日) 天晴。早晨大雾,日高始散。巳刻过严东关,傍晚过大洋镇,夜泊舟将军庵。离兰溪五十里。

初七日辛卯(12月3日) 天晴。早晨从将军庵开舟,一路滩高水溜,风逆路纡。名为五十里,实有六七十里之遥。傍晚始抵兰溪,下卡有一巡丁来看舱,余舟仍开行,少停,绕至西门,遂泊舟。余自初一日登舟起,每到黎明,必咳呛一次,颇觉疲乏,且气逆痰多,体中时有不适。因服润肺养胃顺气化痰之剂,日来甚有功效。兰溪药料比他处认真,是以买药数剂,一路煎服。如能消痰顺气,咳呛平复,则以后可服大补气血及健脾养阴之剂矣。夜天气稍暖。

初八日壬辰(12月4日) 天晴。辰刻开舟,自兰溪以上滩愈高，水愈溜，加以西北风甚紧，挽纤撑篙，均极费力。傍晚抵油埠，遂泊舟，离龙游大约尚有四五十里之遥也。

初九日癸巳(12月5日) 天阴。辰刻开舟，竟日仅走数十里。夜泊张家埠，风仍不息，彻夜舟摇兀不定。

初十日甲午(12月6日) 天阴，风逆。早晨抵龙游，卡员李应珏。遣人来拜安。余告以即可开舟，万勿劳驾。少停即开行，一路水溜滩高，寸步难进。夜抵安隐街，约走四十里即停舟。

十一日乙未(12月7日) 天晴。早晨开舟，两岸霜浓似雪，人迹留痕。辰刻过樟树潭，滩长水急，颇为艰难。午后风顺，帆樯得力，直至申刻始抵衢州城外。舟甫停泊，水巡风哨官嘉炜来接，余随即衣冠到彼舟中。卡友、巡丁均来见，侯涵初先来，刘居善、胡商彝同陆仰云随后来，略谈数语，余即乘轿进城。夜早睡。

十二日丙申(12月8日) 天晴。早起摒挡公事，极为繁琐。午后出门拜客，喻镇军有事未见。保雨亭太守因近有感冒不能见客，亦未见。复拜何备堂大令及省委黄蓬仙司马，均长谈。傍晚回局，遂到吴玉池兄细谈省中及局中各事，颇详尽也。

十三日丁酉(12月9日) 天阴，今日忌辰。送喻采亭军门寿礼十色，概辞谢不受。傍晚遣人预祝。

十四日戊戌(12月10日) 天晴，早晨冷甚。到喻军门处祝寿，遣巡捕官在辕门外挡驾。余顺道拜客数处，即回局。夜，黄蓬仙司马来谈盐案事，拟于日内会勘也。

十五日己亥(12月11日) 天晴。喻采亭军门来拜会，谈省中近状，半晌始去。今日刘居善调办水卡，侯涵初调旱卡。蒋成斥退。

十六日庚子(12月12日) 天晴。西安、江山两经商来求见，余以此案尚未勘讯，未便接见。总之，两造宜早息讼，勿再执迷为要。

十七日辛丑(12月13日) 天晴。余将连日公文稿件赶紧料理清楚。傍晚宾客络绎而来，余因咳呛头痛，颇疲乏。

十八日壬寅(12月14日) 天晴。午后黄蓬仙司马遣人来邀至西安县署,会商盐案如何办法。余即到彼,晤黄蓬仙、金耀堂、何备堂三人,晤谈之下,意见稍有歧异。因商定明日黄蓬翁约金、何二大令同见喻采亭军门再定见,倘地界可以不深究,则此案易于了结。否则含糊了事,恐将来或有反覆耳。余随到金耀堂寓夜饭,二鼓回。

十九日癸卯(12月15日) 天阴。午后余将盐案卷宗及甲商拜两经商结,一并色封送黄蓬翁阅看,渠接道台未回也。

二十日甲辰(12月16日) 天阴,午前小雨,晚大雨数阵。二更起大雨如注,终夜檐溜有声,天将明雨方止。

廿一日乙巳(12月17日) 黎明,天阴,辰刻微露日光。午后仍阴云四合,天气躁热,今日知鲍道宪可抵龙游住宿。

廿二日丙午(12月18日) 天阴。午前接到省抄,知海运人员已派定,今年人数不减于前。委员中只有曾士沂翰章、李品如书孙二人熟识,余皆上届办海运熟手,吾则一无熟识之人也。晚写信两函,一致谢厘局提调郭谷斋,托其照拂;一致谢收支委员杨焕庭送食物,并嘱其一切关照。夜冷甚,大有雪意。

廿三日丁未(12月19日) 天阴,大风。午刻余出城迎接鲍道宪,开船至青龙码头,知道台座船停泊在樟树潭。因今日杨公忌,诸事不宜,故定见明日登岸,余亦返棹而归。傍黑即微雨,夜大雨,并杂雪霰,终夜悉沥有声。

廿四日戊申(12月20日) 黎明,天阴雨。辰刻余出城至西安卡,知道宪座船即刻抵岸,余到钱三船上稍憩片刻,晤江山县金耀堂大令,略谈数语。适道宪船到,余随上手版禀见,一人单见,详询盐案。余将大略情形禀明,道宪云省中各大宪均盼望此案速了也。余退后即回局,午刻道宪进署。余遣人禀安,黄蓬仙来。

廿五日己酉(12月21日) 天阴雨。黎明即起,辰刻上道宪衙门,余与黄蓬仙同见。谈及盐案,蓬仙将喻军门并无意见,现拟如何办法亦即禀明道宪,遂同退。午刻金耀堂来,谈此案原委甚详悉。少顷,黄蓬仙亦来,畅谈一切。申刻,徐小海、西安县何备堂同来,少坐,即入席。黄蓬仙首座,何、金二大令陪坐,徐小海回坐,连余主人共五人。杯盏酬酢,肴馔丰盛。宾主极为尽欢,掌灯时已祥云布地,寒气凛冽矣。

廿六日庚戌(12月22日) 天阴。屈蕴卿托一金陵人吕秋亭名翰。带一信来。吕君意欲告帮,始而求馆,继而求荐,纠缠不休。帮以洋蚨四元,尚不餍其所欲,可笑之至。屈蕴卿所交往之人,大率皆此等无赖之徒,无怪乎同寅中皆不与之交游也。午后接省抄,知郭谷翁奉委温处商办盐务,牙厘提调尚未委人也。

廿七日辛亥(12月23日) 瑞雪缤纷。午前俞成之鸿年。福庵第三子持俞幼兰信一函来见,求一馆地。余以情不可却留之,告以此间虽系厘局,出息甚微,如不嫌清苦,不妨帮办笔墨也。傍晚,朔风怒号,滴水成冻,虽御重裘犹畏寒耳。

廿八日壬子(12月24日) 早晨大雪雨霰,坚冰凝结。午后黄蓬仙来,谈许久,并将拟定禀稿携来商定。大致以西江毗连,不能指定,则有碍镇台一层,亦已不言而喻。词旨仍抱定会详稿立意,两县随同列衔,不担承重,何备堂亦无从吹求耳。总之黄蓬仙此次来会勘,实为府县了事。否则此案不易了,亦不能了,一经提省,则府县几无立足矣。

廿九日癸丑(12月25日) 积雪在庭,冰冻未解。俞成之欲回家一走,明春再来。余允许之,借以洋蚨十元,聊为川资之助,夜极冷。

三十日甲寅(12月26日) 天晴。终日宾客络绎而来,余以头痛畏风不能久坐。晚间,黄蓬仙带稿来,嘱即画行,并将结底送阅,妥置之至。

瀚如氏日记

瀚如氏

戊戌秋七月，余自闽返京，投原任理藩院尚书怀恪勤公处，襄理书记，以资糊口。旋经庚子之变，烽火惊心。京师城陷，两宫西幸，彼时民心遑遑，莫知其所依。当斯时也，日军占据左翼地面，择于适中之地设立安民公所。会同中国大员彼此商办，乌君恪谨总办其事焉。余因随侍老母，避难友家，被约入公所帮缮一切文件。及至合议告成，各国联军已撤，民心尚未大定，彼时防维布置稍一迟缓，为害匪轻。幸庆邸专折奏明，请将京城各绅设立公所之处，一律改为协巡局，统归庆邸总理，并奏派尚书世等帮办。凡局中执事各员绅仍留照常办公，俟撤局之日择优请奖，而薪水、纸张一切按月官为发给。辛丑冬月，圣驾回銮，始将各局酌量裁撤，所有在事出力各员均蒙庆邸奏请奖励。余本布衣，不求仕途，所谓家无恒产无以为生活。计年来奔走江湖，任我自寻食路。壬寅六月，余乃侥幸列入保章，得旨以县丞，无论双单月，遇缺即选。是年八月，余辞退协巡之差，随往东省一游，于十月间还京。正致礼部郎中隆君有监督张家口之差，余同行焉。癸卯腊月，余由张垣回京。甲辰七月，外务部主政恩君伯华，余难友也。因其亲戚绍公远峰现为四川大邑县令，其间乏人帮理文牍。恩兄约余往川一视，余乃慨然允之。惟念余妹于归在迩，必须料理清楚，方可南行。九月廿一日，余妹出阁。廿二日，余将家务粗为安置，随于廿三日出京。余沿途所见所闻，并抵川逐日所办之事，均各载之于内，以作消遣耳。时光绪乙巳年春王正月元宵节前，燕山瀚如氏自序于锦城江原官廨。

甲辰年九月（公元 1904 年 10 月）

廿三日（10 月 31 日）　午正，余由家中启程，拜别余母，即与伯华兄同车先往西城苦水井。午后一点钟，在西城与伯华兄作别。伯华兄向余叮咛数语，随赴外务部值班。余是日晚间无事，约同行之高公往街市买物。于街上会得同伴入川张公者，名清喜，号燕亭，束鹿县人。与余在途中谈话片刻，随约张、高两公同归。是晚，余宿于西城苦水井绍宅内。

廿四日(11月1日)　巳正,余约高公由苦水井动身,一同出城至火车站。其张公与余约在车站会齐。午后一点钟,余即买票三张,每人出车价一元七角五分,搭三等客座。未刻开车,晚八点钟到津。假寓天和客栈,该栈即设在老龙头火车站前。余同张、高二位宿所系第三号房间。是晚,余发家信一封,交邮政局寄至京城。

廿五日(11月2日)　因轮船尚未停泊,余在栈房候船一天。午后闷坐无聊,余一人往紫竹林洋街上闲步约一时之久。因恐开桥,余即觅东洋车一辆回栈。

廿六日(11月3日)　午前,该栈房人向余云,招商局安平、广济两轮齐拢码头。因安平船虽大,恐无官仓,又恐在大沽停留。广济船虽小,房舱尚有。余不得已向张、高两公商之,只可搭座广济,不然又恐耽搁日期。余于午后写妥房舱,其票价每人十一元五角,即于是晚八点钟登轮。及至上船一看,余甚悔也。见其船身又小,吃水又浅。若驶至海中,稍有微风,人定吃苦。余又闻得此船先前火舱内曾有害人一事,每每行至海中,多有不顺。余逖听之下,更觉不安。然亦追悔无及矣,只得安置铺盖。一切停妥。余在船面上,并机器舱,周游数次。见此船机器虽小,好者双盘驶起必快。余阅毕,心始稍安。是日夜四点钟开离紫竹林,余尚酣睡也。

廿七日(11月4日)　辰刻,行至塘沽,停轮片刻,即驶出大沽口。余见大沽各处炮台,自庚子后拆毁已平,其炮台虽已拆毁而台下石座尚坚。其工程之大,用款之巨,可想而知。今一旦拆坏,实在可惜也。是日申正,将驶出海口,洋面起风,船小风大,此船果然大作摇恍。搭船众客,各不能支,且有怨悔者,议论纷纷。幸余早防,饮食稍减,起卧自然,得免呕吐之苦。

廿八日(11月5日)　辰初三刻,船驶过威海,已过烟台。海中风愈狂,此船俱然逆风而行。将驶出烟台,未及百里,风势愈紧。该船主见势不妙,即转轮而回,仍驶至烟台之子午岛避风一日夜。

廿九日(11月6日) 天微明,风稍息。该船即展轮出岛,海不扬波,顺风相送。余在船中遇有上海一客,闲谈之间,余询及招商局海琛轮船刻下仍往福建否。据此客云,海琛船已遭风撞于礁上,打坏沉于海矣。余闻之不胜凛然。

甲辰十月(1904年11月)

初一日(11月7日) 午前,过成山岛,余在船面闲步,见其岛上洋楼灯塔依旧。丑刻入太平洋,即俗称之黑水洋耶?幸尚平稳,无大风。

初二日(11月8日) 辰正过茶山。午后一点钟,进吴淞口,见吴淞炮台,亦系庚子年拆平。余询及船中水手,据云现有外国人安炮数磩,移在台内矣。两点钟,始抵上海,该船即在江心下锭。余邀张、高两位雇拨船一艘,将行李运抵码头,假寓法国大马路荣华栈。该栈东为宁波人,管帐者陈姓,五十余岁,接水伙友高官林系湖南人。余落栈住楼上房间第二十号,余见上洋风景,自戊戌年余由闽回京,则大不似从前繁华也。

初三日(11月9日) 早九点钟,余雇东洋车一辆,往新桥泰安里。访询余嫂之住所,遍寻不得,因不记门牌系若干号。余又向附近各邻打听,伊等亦不知。又苦于言语不通,余亦没奈何矣,只得怅怅而回。午后,余即写家信一封,并将复卉卿兄及鞠五爷托代各信件分头送往。晚八点钟,余给恩洁臣二兄买膏药二贴,封于家信内交邮政局寄京。晚九点钟,上海县署李岱生之兄来拜,谈话不久,伊即辞去。

初四日(11月10日) 早十点钟,余同张公进小东门闲游一周,买笔数支,归栈。是晚,该栈伙友高官林来向余云,怡和公司江轮名瑞和已拢码头。余向张、高两位商订,即写妥此船房舱一间,其价则每人八元。

初五日(11月11日) 午后登轮。余见此船身长宽阔,机器灵便,为江轮中第一,并且照料一切周到。其船通安电灯,余住之舱系十七号。荣华栈高官林送余等上船,并送吃食水果等物。是晚夜内两点钟,展轮出埠。

初六日(11月12日) 辰初过南通州,夜内十二点钟抵镇江码头。停轮片刻,开往上江。

初七日(11月13日) 早七点钟,行抵南京码头,亦停轮未久。余见一携眷上船者,系河南光州人,声称与胡方伯廷幹为亲。伊将上船,失去衣包一个,遍觅不得,只各抱无可如何之叹。可见行路务要留神,并且长江一带撬手最为出奇,稍不小心,定要吃亏矣。午正至芜湖下货,该船停轮一点钟之久开走。是日有雨。

初八日(11月14日) 午刻过小孤山。此山在江心,山亦颇高,山顶有大庙。余在船上仰望之,见其庙极其广大。该轮之水手向余云,夏令此庙中纳凉者甚众。余细看山前向南树木森森,山后向北寸草俱无。船从山傍过,则看此山一面青一面黄,真奇迹也。午后两点钟,抵九江码头,雨亦住。远望九江城,景致清秀,依山靠水,真令人羡之不肯去。该船停轮未久,余买磁器两件,其价甚廉,惟在船上惜不得卖好磁器者。

初九日(11月15日) 早八点钟抵汉口码头,余同张、高两位寓高升栈。栈主姓田,系两湖候补都司。接水伙友龚姓,汉口人。余住楼上第四十号房间。余见汉镇大街小巷铺户均各悬灯结彩,栈中人云系办皇会,颇为热闹。晚间余邀张公至街市一游,见大街凡有铺户,系何生理即用何物结彩悬门。其巧做玲珑,各尽其妙,亦颇可壮观也。余不敢贪看,随即归栈。晚间即写家信一封,因汉口邮政办会不肯收信,余只得交接水龚姓托其代至上海转交申江邮局寄京。

初十日(11月16日) 午后有宜昌高升栈接水杨寿山来,云怡和行轮船名江和抵埠。余商与张、高两位,即订此船,其票价每人五元一角。杨寿山亦同船回宜昌。

十一日(11月17日) 早十点登轮,因该船货未装齐,不能开船。余在船中无事,检阅《牧令辑要》。是日又有京选四川雅州府携眷赴任，来搭此船。因洋船规矩不开船不给饭吃，余晚间邀张、高两位登岸，至一小酒肆用饭毕即归。此次余因恐川资不敷，故坐统舱，孰料人又多且热。余不得已脱衣卧倒，因此稍有不爽。

十二日(11月18日) 不知该船又因何事阻止，仍未开船，余闷极矣。余往船面上闲步，是日又有怡和行江轮名吉和，由申来汉。余见其船将拢码头，尚未拢稳，忽有一接客小船，手持篙竿，意在搭住轮船，便可捷足先登矣。不料偶一失手，登时落水，其生死则不知也。余又见其船已抵码头，有一京中人携眷下轮，其眷属装式似京内汉门打办。

十三日(11月19日) 晚五点钟江和始行展轮，凡搭座此船之客无不怨声载道。

十四日(11月20日) 午前抵岳州所属之陈林堤停轮。因有四川赈米六千余石，系由两湖张制军派定三公司轮船分载运川，耽延两时之久，方得开船。

十五日(11月21日) 午后船行半途，遇见招商局轮船名快利者驶往下江。

十六日(11月22日) 行至天仙洲地方，此处两岸水深只六七尺，中隔一沙滩。该船由汉装载，本属沉重。至陈林堤又装赈米，船身既重，吃水愈深，兼之上水难行，吃水非八尺以外不可。该船本系海轮，改作江轮，机器舱在船尾，拨动时不能得利船行。过沙滩东岸，其水只深六尺余，船不敢行，随浅于此处。即停轮，下小洋船往探水路，奈何水浅沙淤不能得路，洋人亦掣肘矣。并且过江之时，因机器使力催猛，将船后柁盘崩断，更属大废【费】周拆【折】，搭客之人各各怨詈，然亦无可如何矣。

十七日(11月23日) 仍未觅得水路，水潮亦未涨。正在无法之际，恰有日商江轮名大元者亦由此处驶往宜昌。余见此船较之江和尚觉长大，何以缓缓行过，搭船众客亦均诧异。余船见大元开走，随即展轮，尾追其后，凡搭江和船诸客无不嘲笑此船无能师也。申正抵沙市码头，停轮未及一刻，赶即开走，因要仍抢大元前头以显其勿误耳。

十八日（11月24日）　午后两点钟抵宜昌，在江心下锭。余命杨寿山雇小船起拨，随寓高升栈，此栈与汉口高升栈同是一东所开。余住楼下第二号房间，开窗一看即大江，对岸为山，望去甚觉心快神清。宜昌府署在城内栈房迤北约一里，有汉景帝庙、湖北荆宜施道行台。

十九日（11月25日）　午前余偕杨寿山往江上看妥麻阳船一只，船主李茂春系贵州人。查看其船坚固，纤绳、篷索亦尚齐整，船主亦颇殷实，有家眷在船。其船价由宜至万每人制钱五串余，亦不为多。余即定准该船，装载招商局海菜油鱼等货。余向船主议妥回船，归栈给伊定钱十三钏。是晚，余同张燕亭往街市中办小菜、路菜。行至南首，有普济医院一所，其间养病诸人各以红毡遮身。

二十日（11月26日）　辰刻同张、高两位登舟，杨寿山送余上船，并送吃食二匣，伊即辞归。是日复有安徽人张姓，字公达，系候选从九，与湖南藩司张方伯绍华本族，因往夔州府投方太守旭，亦来搭余舟。余晚间与张公谈起时务，伊所云甚中窍要。并见伊持有日记，想其人亦甚细心也。

二十一日（11月27日）　未开船，余询及该船主。据云伊嫂氏不知因何故于廿日夜内吞阿芙蓉毙命，须料理妥协方可开船等语。午后四点钟，驶过对江，停泊未行。

二十二日（11月28日）　早六点，始解缆开船。七点钟至平山坝，此处有湖北抽收土药厘局，所有过往之船皆须顶关报税。余舟主即登岸请验，该局并未来验，随即放行。十一点，舟进西宁峡。是晚，在黄牛峡下皇陵庙地方停泊。

二十三日（11月29日）　过空铃峡，有一小滩，未悉何名。余舟中人云，戊戌年曾有洋船一只打沉此地。原滩河一带本不能驶洋船，并且川河两岸皆高山大峡，河中多大石，故此川河内多滩且险也。余舟正行之间，又见前面有棉花船一只，打破停在峡内。是晚，余舟停泊庙河。

二十四日(11月30日) 过牛肝马肺峡，因其峡式形如牛肝马肺，故取其名。余于舟中仰视其上，不甚清楚，远望之，果如其形。巳刻，舟行至青滩。因此处滩头最险，余不得已邀张公达兄及张、高两位登岸，拣一山坡有茶铺者沽酒一壶。候船过滩，余复登舟。未刻，过香溪，得顺风。此溪为出峡之处，平日总有风。舟中人向余云，船过此溪如稍大意，必定失事。余舟又行约二里，果见上流头有装棉花洋纱船二只被风打转岸上。申初，过冰棋盘，亦一险处。是晚在湖北归州下停泊。

廿五日(12月1日) 午刻过棍子沟，此处水势极猛如棍式且险。余仍邀张兄等登岸步行，俟舟拉上时再上船。未刻，过真珠溪。对岸山上有牛郎观，古刹也。土人云此山观之门，与四川某山牛郎观相对，不差丝毫，余闻之似亦奇事也。申刻，舟至泄滩，此滩系著名险处。余舟主人云，凡有上下船只经过此滩，都要挂号，轮班挨次拉过，不许紊乱。且云，咸丰年间曾有酿成命案。张香帅督两湖，故于此处派炮船一艘，常川驻扎，弹压地方。若云有公事或要差等船，须持名片往答该滩会首及炮船，声明因何公干方可。否则，皆须会船而过，则耽延一月半月不可定也，余闻之始悟。是晚，余舟即停留泄滩。余同张公兄诸人登岸，在于山坡野市一游。因此处往来船只会集之所，故此坡上买卖甚觉热闹。余邀诸位在一茶馆中稍坐，颇有野意。闻得山下江面上人声哄杂，水声鼎沸，水音接连山音，历历在耳，余稍歇即归舟。酉刻，忽闻一片人声喊叫。余即出舱视之，见岸上山环内下临大河中有草舍数十间。否何失慎，风急火烈，片刻化为灰烬，亦惨极矣。

二十六日(12月2日) 余同公达各持名片往拜哨官张金树、会首王姓，向其云余有要公赴川，请派兵弹压，先拉余舟。该炮船管带人亦爽快，当即应允。是日因有逆风，余舟主不敢行，仍停泊泄滩。

二十七日(12月3日) 早,该滩首派兵二名来船上弹压,因要拉船过滩,余仍登岸步行。在山坡高处望之,尚有与余舟同帮船一只。上载灵柩一副,并有家眷姓张,字黎青,四川安岳县人,庚子恩正并科举人。因其父浙江候补知县多年未署一缺,病故浙省,黎青运柩回籍。伊向余云,其父在浙候补,至于一缺未署而一差亦无。尚且正班出身,看来宦途亦难途也。余望之余舟过滩,幸蒙神佑,尚平稳,余即归舟。申初至牛口滩,又一险处也。此滩在山之两峡口,河中有大石形如牛口式,水高不能辨。舟将至滩头,余仍登岸,舟既过滩。是晚,即在牛口下锭。

二十八日(12月4日) 卯刻由牛口开船,巳刻舟过巴东县。其县城池在半山上,对河皆山。行六七里,有宝塔一座。询及土人,云此塔为归州、巴东交界之所。午正过青竹标,亦一险处也。未刻舟进官渡口,余见南岸打坏煤油船一只。余舟将入巫山峡,有小船一艘来向余舟主募化重修龙王庙。舟主施香一束、油一罐,小船解缆转去。余舟已入峡,将进峡口,余见山环内有巡河炮船数只。即询之舟中人,据云系挖笛沈木者。此木川省极多,俱生于山谷中淤沙内,经数百年始成木。然年深日久,埋在土内,人多不知,故得之颇不容易。申刻,舟停泊峡内南木园地方。

二十九日(12月5日) 舟行五六里,过富陵溪。巳刻过冷水溪,对岸为万流口。余舟过富陵溪将小橹摇断,过冷水溪亦险。余在舟中,仰观峡势,悬岩陡壁,险要异常。古人云巫山十二峰,峰峰插云际,诚不谬也。舟由峡中正行之间,见有半山中一大洞,土人云此洞可容数百人。咸丰年间,逆贼石达开窜入川界,附近居民避于此洞。不料一犬寻食,觅至洞中,发逆尾追其后,随犬入洞,尽将洞内避乱之民百余人全行杀害。余闻之一叹,此天意使然,非犬之过也。舟行数里,见北山峡内有一大泉,地名为边鱼。溪两山相夹,其中有路,山后有水田,有草屋数间,如画中景致。又行三四里,忽遇下风,风势猛烈,船不敢行,避风峡内,约一时之久。风息舟行,至碚石地方。又有一小滩,过滩即入四川界。余舟是日停泊碚石。晚间余约张公达诸公登岸,将上山坡,忽有二舟子来随余后,且褴褛不堪。余询其从何处来,据云为某船扯纤者。因此船在碚石遇事,停留已二十余日矣。余见此二人言语恍惚,况天色已暗,又在两省交界之处,恐不稳当。余即约张公诸人回船,时已掌灯矣。

三十日(12月6日) 早由碚石起锭,过碚石滩入四川境。余在舟中望北岸山峡有一洞,洞前有庙。据舟中人云,系观音洞,深约数十丈,人不易上。舟行三四里,又见南岸峡上有石桥,桥栏上刊"无夺"二字,不知取于何意。此桥在两山中,隔大泉。舟中人云,其桥直上入山岙,可通数十里。岙内有良田,究不知有无人户。舟人亦莫知其细。又行一里须【许】,峡内两三处有洞。余舟中人云,常见有猴出入,南面峡上有船纤路。相传为鲍爵帅捐资所开,亦一大功德事。余舟行至杉木厂,遇逆风,船不能行。是晚,停泊峡内。夜间,山水之声如牛吼,惊人不能成寐。

甲辰十一月(1904年12月)

初一日(12月7日) 风息,舟行至大木地方,见一悬岩上镌"保障巫峡"四字。惟舟中仰望其上不甚清楚,只"巫峡"两字分明。舟中人向余云,相传为后汉诸葛武侯所镌。又行四五里,过青石洞。余舟由北岸行过,见一山峰,直冲霄汉。其峰顶有小洞可通人,行约二里。又见一大洞,洞在山岩中,陡出其洞,上似有两孔。余舟绕转山环,忽闻有水声。视之此水,系由山缝中滋出。又非泉式,究不知水之源。午正过霸王嘴,出金盔金甲峡,过碎石滩,见有水师炮船一支驶往下江,系接宜昌镇者。未刻,过跳石滩龚家坊,此处水势凶险异常。河内多大石,水高二三尺,船往上拉,颇觉吃力。对山有一洞,直向此滩,遮住此处,始出巫山大峡。申刻,舟抵巫山县。其县作西向东,三面皆山,一面临大河。有大堤,县城坚固。其城北面又有一小河,可通大宁县。余舟主人云,巫山县内某处有井二,皆作龙头式,其井水最佳。县中妇女均多清秀,皆井中水气之造也。又云某朝曾选妃于此县。其县以南山顶有塔,塔只半截,上无塔顶。余询之土人,据云此塔为镇邱石子滩者,如塔有顶,此滩之水,聚而不流。先年曾有人试验过,后来不敢修塔顶,余闻之亦奇事也。是日,余舟停泊巫山县对面邱石滩下流头。

初二日(12月8日) 舟过邱石滩,过巫山县。余细看县城东一面,直对巫山峡口,城下高叠土坝,其西门座落山中间。余望之城中,惟东北两方人户俱多,西南两方似无甚住户。巳刻,舟抵下马滩,又一险处也。此处过滩之船又复不少,仍须轮流拉上。是日,余舟即停泊下马滩。因停泊尚早,余邀张公达诸位登岸,至一酒店内闲坐,约一时之久即归。余回至舟中,闷闷无聊,张公达兄出《清秘史》一书给余阅之。此书为湖南陈天化所著,自号有妫氏。余阅其编纂似与满洲人有仇,其词内辱骂满人未免太过,甚有不堪言者,余不便记之。余询之张兄,据云陈君为湘省学堂出色人才,久为赵次帅所钦佩。现已因事泄机,避嫌东渡,湘省人多疑其为粤西回天会中人也。

初三日(12月9日) 午刻将要过滩,余先登岸在山坡茶肆内闲坐。顷刻又有富顺县人刘长述,系已死刘光第之子,因由京回籍。并其叔刘光贲,甲辰新进士,签分江西知县,均来茶铺中,与余坐谈甚久。余询之刘长述在京作何事,据云现在京城湘学堂高等科学业。不多时,舟已过滩,随各分手。余将归舟,见有一小五板船断纤,打往下流而去。余舟行五里,过洞干嘴,见岸头有一空船,悬虎头牌二面。舟中人云,系夔州府查验船单之所者。又行二里,过托肚子滩,过独石子滩,均尚平稳。申刻,过蛟滩,此处极险。且天已黑暗,先是,余未闻此滩之险,舟主亦未向余云及,是以未防。及至舟已过滩,船中人方向余告之,幸尚平安。将过滩头,见一大五板船半身沉在河内,其一半在淤沙上,见之令人惊心。余舟是晚停泊蛟滩上流头。余观对岸大山从中分作两断,形如刀切。山势极高,下有大泉。其山嘴中连接数山,远望之,不甚了然。余询之土人,据云上古禹王治水曾斩蛟于此山，故今名为斩龙峡。

初四日(12月10日) 舟由蛟滩起碇，行五里，过宝石子滩。据舟人云，曾有西人于此滩得碎石，切开，内有宝物，此事未知果否。余舟得顺风，巳刻过吕拐子滩，南岸为油炸溪。舟过吕拐滩，均甚平稳，余仍登岸步行。午刻，过戴溪，入夔峡。余由舟中望见一极高悬岩，其岩上横刊“天梯津逮”四大字，尚有小字刻于左，仰视之，不能辨。其峡之南岩，亦刊有修路牌，均系小字。两峡均有纤路可通夔府。舟行三十里，随出峡，因遇顺风，颇快，出峡十里即夔府。余舟将至峡口，望之河中，陡出大石，约高六七丈，舟人向余云，此即滟滪石也，并云上刊“对我来”三字。然舟行颇快，余未亲见。出峡过河，又见峡口北山顶有庙、有洞。询之舟中人，据云洞为观音洞，庙中清洁无比，宽大异常。夏令，府城绅商人等均来此庙避暑，唐人诗余记有“瞿塘滟滪”句，始知即此地也。舟行一里须，转出滟滪石，山前即白帝城，汉照列帝托孤之处。余从舟中望之，大山相连小山，仍见有城之迹趾，惟只半截。其城之东首，尚多住户人家。余舟由沙洲转行过河，夔州府城即在目前矣。其府城两面靠山，两面依水，西南有石堤，城池坚固，惟城南门上多系住房。是晚，余舟停泊南门外河码头。岸上浮搭席棚，作生理者约数百家，颇为热闹。余同船张公达兄，是日与余分手，入城投府署。是夜大雨。

初五日(12月11日) 舟仍停泊夔府。是日仍大雨，午后雨稍止。南岸山头雪满如堆玉，余在舟中颇觉寒冷。夔府有厘局，两次来舟查验，余观其查验之法，实属具文耳。午后三点钟，余坐舟中颇闷，邀张、高二位登岸，入夔城南门。其城内街道颇窄，两边铺户森密，道路滑泞，甚是难行。忽至一巷内，多卖黄杨木梳之店。余询之于店中人，始知黄杨木以夔府最佳。惜余未带零钱，故此未买。此巷中有禹王宫，上刊“三楚名区”四字。两傍角门关闭，苦不得入宫一游。天色将晚，余随约张、高二位转出西门归舟。

初六日(12月12日) 舟由夔府解缆，仍有雨。行十余里，过八母子。余从舟中望之，两岸山景清秀异常，又非巫山峡凶险可比，其山之两脚下均种有良田。自夔府往上行，另是一番景况也。未刻，至安平滩，雨住。此滩虽险，船主人云，勿庸登岸。今有顺风，容易拉过。酉初，舟驶至三块石停泊。

初七日(12月13日)　辰刻，过李家嘴。又有一小滩，尚不甚险。巳刻，过庙鸡滩。此处亦险，余约张、高二位登岸在茶店中，候船拉上滩，余等复登舟。又由庙鸡滩行十五里至东阳子滩，此滩比庙鸡滩水势凶猛，险要异常，余仍登岸在高石上望之。余回身见石牌一座，上刊"永庆安澜"，系同治七年孟夏楚复方宝善所题。余在大石上望之于下，原来是一大石坝。坝高约三四丈，因年久失修，已被水冲塌矣。余舟既过滩，随即登船开走。行约二三里，见北岸有洋布船两大只触石上，舱内进水，将布抬在岸上抖晾。其岸之高处，有石塔一座。复行十余里，至云阳县。余舟将隔云阳不远，忽将船纤拉断。船随打转下流，余受此一惊不小。且天色将暗，此处水又急，幸有月光，尚易接纤。再行二里，始抵云阳县码头。其县城在南岸山坡，因天晚看不清楚北岸山坡，下有汉张桓侯庙。余询之土人，据云此庙中有古迹，庙内有大池，相传内藏桓侯首级，埋在池内。谣云"要见桓侯头，添满池中油"。十数年前，有万县某大令来谒此庙，实欲一见桓侯首也。乃命挑油百十担灌池内，约费数百千，仍难添满。嗣后，大令之妻某氏，将梳头油一瓶灌于池中，忽从池内起一大旋风，其妻猛见一绝大首级从池边只一转即沉下。当时传云，大令之妻心诚，故得一见也。余闻之此语亦半信半疑耳。

初八日(12月14日)　舟由云阳解缆颇早，余犹酣睡未起，故未得细看云阳景致也。辰初二刻过三坝溪，复行五六里过马粪坨，尚不甚险。余在舟中颇觉寒冷，余命船主撑至岸边，乃邀张、高二位上山步行，一则周身活暖，二则遍观山景。余行有三四里路，见一绝大瀑布，水声震耳。走过石梁，见路旁立一石碣，上刊"永安桥"，桥系光绪廿九年该处居民捐资公立。因山水年年暴发，此路最易伤人，故重修桥以渡人行。再行三里许，即隔兴隆滩不远，便听得水声接连山音，如瀑布声。又行二三里，远望兴隆滩即在目前。余复越过一山，在半山中望之，见波浪滔天，水花翻滚。余望此滩，比以上泄滩等处尤加十倍凶险。余沿路曾询之于土人，何以此滩如是之险。据云，此滩在光绪十四年才现。因指一山告余曰，此山有一山嘴忽然崩落，坠入河中心，从此有兴隆滩之名。又云，现时曾经万县汪大令用药火于水内将此山嘴炸裂。如今若遇水大尚好过，若在前数年，此间上下船只过滩，时常失事。凡葬于鱼腹者，不知有几多矣，余闻之心胆皆碎。余复向土人询之，再至万县尚有几处要紧之滩不易过。土人云，君由宜昌至此滩为始矣，往上到万县无大滩。若到重庆府，仍有数处最要险滩。余问毕，随往山下滩边码头茶铺中歇息。余自马粪坨登岸，步行至此，已十五里路矣，此处乃大滩之总，尤为热闹，作买卖之人拥挤不动。少时，余舟已抵码头，舟主亦来茶座，向余云仍是会船，余曰可。余于茶铺中正可细看水势，见此河之水互【忽】高互【忽】低，看下驶之船，其快似箭。茶店人云“兴不见青”，余问何为“兴不见青”。据云青滩水浅，兴滩水深。如兴滩水高，则青滩水必低矣，余闻之亦奇。是日，余舟即停泊兴隆滩。是晚，余在舟中闻水声如雷鸣，惊人不能成寐，乃秉烛观书。

初九日(12 月 15 日)　早六点钟余舟将要过滩，余等仍登岸在昨日之茶店中闲坐，约一时之久。见余舟有百余人拉纤扯上滩来，观之甚以为险，所幸平稳。余随即回船开走，行约十数里至香岩寺。余舟从山边驶过，见一僧在岩边募化过往船商，余亦施钱数文。由舟内观之此寺，寺在山岩上，其岩之顶有泉。寺前有树木丛杂，多种山田，想是该寺之香火地也。复行十余里，过萧江口，得顺风，舟行甚快。午刻，过剑头溪谢家嘴，入八矮峡。行约五六里，舟主指峡边一石告余云，此瓢儿石也。余细看其形，果如瓢羹式，且生有把。其石绝大，半沉水中，自是生成，非巧做耳。舟主又云此峡水深无底，南北两岸大石之区最为紧要。余入城之时，因有雨，故不得细看。走进文庙街,余见有禹王宫一座。其宫墙高大,胜似夔府之禹王宫。是日宫中演戏,其东首为城隍庙。此街系十字路口,人烟凑集,热闹非常。余进文庙街入云集店,其店东姓高,系本县人,店内房屋宽阔。四川风俗,茶房则呼为幺师。店中管饭不管菜,菜须自买交厨房作。余舟主送余入店,算清船债,伊随即辞去。是晚有仁和脚行头目陈洪顺来店,向余讲脚夫生理。余因行路困乏,使其明日来议,伊告别退出。晚间,余写家信两封,至夜深方得上床安寝。

十一日(12月17日) 早脚行陈姓到店,当面议定挑夫三名、小轿两乘。其挑夫、轿夫每名五吊三百二十文,送到省城。有行单载明,凡有翻山、靠劳、放篷一包在内,酒力在外。其夫价则按大站地头领钱,一切言明,先给定费,则呼为上脚钱。余又因盘费不足,向该行商妥借银二十两,到省城还清。伊均应允。始将行票取来,余即收讫,定准明日启程,伊随辞出。午后,余将家信封固,着店中人送往南京街邮政局挂号寄京。晚间稍暇,余洗足,皆因行期所迫,恨未能至街市一游。据幺师云,万县城池广大,买卖齐全,直隶人在此卖京货者俱多。万县风景虽好,惟夏令最热,由三月间便热起,人多往河下纳凉。是晚,余安睡颇早。

十二日(12月18日) 早六点钟,脚夫人等均各到齐。余与张、高二位七点钟由万县起身出店,进新象街,出天德门便是山路。幸有石道,相传亦系鲍爵帅并各绅董捐修。余乘轿出万县城,行十里至两溪埠,有宜人周成氏乐善好施牌坊。余自入川,沿途曾闻人云,川省牌坊极多,想亦石之价廉也。又行十里,过高粮埠打尖,再八里至石马山,十二里至佛寺埠,十里过高上堡,十五里至三正埠,余轿于此稍歇。余自出万县,所行之路多在山峡内。古云蜀道崎岖,真不虚耳。至于水路,则寸步是险。旱路则越岭翻山,太白有云"蜀道难,难如上青天",余至此始信也。余沿路所见山景果与别处不同,其山内之树以杉木、松柏等树最多,如青竹则遍山皆是。路上行人肩挑者联络不断,山中多水田,其山水秀丽,另是一番佳境。轿夫向余云,万县至省为小北路，乃通关大道也。再行十里，过张家嘴。五里过镜家河，沿途石桥极多，又行十里，至分水铺住宿。

十三日(12 月 19 日) 由分水铺动身，行二里须过大坪。此处山势陡壁悬岩，甚是难走。余无奈下轿行走，路过一石梁，梁下即深涧。直上山坡，边有石栏。余从石路攀上山顶，立于半山中远望大山，俯视小山，云烟遮护，树木参差，鸡犬声声答于空谷。余转过山头，行至一岩，名化岩，俗呼生死岩。岩间供奉大士像，行路之人过此多有焚香礼拜者。余立于岩傍，细看山景，见此岩对面山凹内突出大泉，水声震耳。两山相峡，中隔大涧，在高处望之，尤其凶险。余步行过化岩，至一山环始乘轿。行二十五里，至孙家曹打尖。又行十二里，过亭子凹。八里过饷古岭，此处出万县界，入梁山县界，所走均是山道。再十里过血叶河，八里过吴家了口，一路惟见节孝旌表各牌坊最多。十四里过松树坪，八里至梁山县，时已交申刻。是晚住站梁山县城内。

十四日(12 月 20 日) 出梁山西门，县在平川之地。余匆忙之际，未看有城池，惟见两边铺户倍形热闹，地势亦好。轿夫向余云，金开银开，万不如梁山一半，此语言其金开县、银万县不如梁山县缺好也。县尊嵩大令，闻其政声，尚是亲民之官。行五里过兴隆街，十里过福德埠，十五里至沙河埠尖站。又十五里过老营场，此地亦一热闹市镇。该镇有梁山分县严二尹号次岩，余访之土人。据云，严君声名甚好，民情亦洽，久为上游器重。廿八年会匪滋事，严君督兵剿抚，附近居民赖以安堵。余于途半果见严公德政碑，多载于道。严君之能，概可想见矣。行五里过石凹子进山，走佛耳岩。此岩比昨日之化岩更属难行，且山路狭窄，岩下即深涧，约深数丈。余至此仍下轿步行，翻至山平处始乘轿。行十五里过文家坝，过塞北路，仍是一绝高山岩。山势陡壁，石道两傍多竹，其竹不可胜数，大者如椽，中无杂树。看涧下水滔滔不休，余至此下轿，仍步行登山观景，心目俱开。忽见一煤窑，开通甚广，但见肩挑煤块联三并四而行，此窑之煤定出不少也。又见对面山头多筑山寨,其间人户亦多。余询之于土人,究不知经何人所筑。余步行转过险处,又上轿。行五里过肇沟,十五里至袁坝驿,亦系大镇集。是日住袁坝驿。

十五日(12月21日) 由袁坝驿出店最早,驿中将交五更,余轿夫各持灯火。行约三四里,天尚未明。忽走至小山坡,遇一窃羊小贼。被轿夫高喊一声,其贼将羊逸下逃去。羊被轿夫获得,卖青蚨一串余,此真有幸有不幸也。行二十里,过王家桥,天色大亮。远闻古寺钟敲,鸡犬之声达于四野,唐诗"鸡声茅店月,人迹板桥霜",正与此景相合。余由轿内望之,树木层层,烟云密密。轿从竹林小径行过,清气扑鼻,寒霜凛凛,另有一番凄凉景象。他乡作客,遇此情景,未免动思家之肠也。行五里过石桥埠,余轿稍停歇气。此处为出梁山界,入大竹县矣。复行十里过锁石桥进山,仍是高山峻岭。十五里走黄垅biān,此山悬岩深涧,瀑布之声,惊人耳目。过黄垅biān,山下打尖。余沿途所见各村镇多有大池作纸者,其纸以甲纸为最多。余询之于土人,据云梁山出产则以鞭炮�斗油纸等类,其价甚廉而又好。大竹惟出产纸张,价致更廉。打尖毕,行十五里过清溪埠,十五里过双龙场,七里过索林桥,此桥甚长。又八里入大竹县城,进北门,走新盛街,经县署门前过,见署中人拥挤不动,想是县尊理事也。余轿过新盛街,又至大西街,街市均甚热闹。人烟稠密,街道亦长,余轿转出西门进店住站。

十六日(12月22日) 余由大竹县出店,有微雨。行十八里过风灯埠进山,翻至山顶,风雨交加,继之以雪,山路滑泞,更是难行。余在轿内,手握火炉,仰观雪景。只见层峦叠翠,远堆银屏,真是一绝妙山景,令人观之不尽。余轿转过山头,进一小石门,上刊"梯云关"三字。入此关,地名水漕,其对山两三处煤窑。又行一岩下,余轿稍歇,雪愈大。因在轿中寒冷,余下轿冒雪步行,走至岩脚一转湾【弯】处,见道傍立一石碑,上刻"清镜砥平"。此碑上载,系前大竹县玉润田大令重修,附近居民感其功德,立碑记之。岩名陡嘴岩,岩下旧有石桥,年久塌落。涧中来往客商,过此峡甚以为忧。玉令帘差回任,至此,目睹惨然,故捐廉重修焉。余过石桥,即乘轿行十里至九盘寺打尖,风雪齐至,冷之极矣。打尖毕,出店仍是山路,行二十里过礲硐门。轿夫指山下两大水坑,告余曰,此处礲硐门地名①,凡有种田之家,无论雨水多大,向不被淹,皆两坑之水功也。夏令雨大亦不怕,天旱亦不妨,无管山水、雨水统入两坑,其深无底,古迹也。水多而不出礶,平日水亦不见少,人皆莫知水归何处。余闻之,真奇稀事耳。礲硐门系地名,在两大山相夹中有一大街市,颇为热闹。余轿穿街走过,由此处下坡,风雪稍息。余在轿内回顾此山如盘肘势,因坐轿中不觉,下坡始能看出。行十五里过双土地,又十五里过李渡河。是日,因大雪,道路又滑,及至入店时已八点钟矣。是晚,宿于李渡河。

十七日(12 月 23 日) 雨止,出店。约半里登舟过渡,河名李渡,上通重庆渠县一带,下水未悉通何处。舟行十里上岸,乘轿行十五里过钟滩桥。打尖毕,行十五里过吴家场,见村民赶场者颇形拥挤,余轿至此稍歇。遇杨重田都戎,福建人,由侍卫选补巫山营都司。因公进省,与余话谈良久,随各乘轿分手。行廿五里,过甘坝子。十里过各马山,又十里过新市镇,归渠县所管。是日,住宿新市镇。

十八日(12 月 24 日) 由新市出店,将五更,行五里交蓬州界。天色放晴,微有日光。十里入杜家岩,进山路。十八里过难凹子,十五里至罗家场,打尖毕,行十五里过鸡头岭,入南充县界。县令业普春,满洲人。余自万县所过之处,沿途多遇饥民逃荒者,携男带女,观之甚惨。余在京便知川省有数州县被灾,曾阅锡清弼制军奏抄。然余沿路询之于人,惟云以渠县、蓬州、顺庆府一带情形较重,饥民亦多也。行二十里,过兴隆场,时已黄昏。因此站站头大,不得已持灯赶站。晚间走路固是险事,行十里过南木岭,山路崎岖,道路滑泞,余无奈只得再觅帮夫二名,缓缓而行。又走十五里始抵站口,入店已二更

① “礲硐门地名”句似衍。

后矣。是晚,住宿跳蹬坝,亦一大镇店。

十九日(12月25日) 由跳蹬坝出店,行十三里过石凹口。十七里至东关场。打尖毕,走十五里过老君桥,十二里过凉水井,十三里过黄岭场。余所过以上各处,均系平坦之地。再行二十里将至顺庆府,隔五里为江村坝,过河即系府城。此河水极绿而且深,上通昭化、保宁一带,下走重庆、泸州一带,均可行船。府城南门外有浮桥直达北岸,计桥一百零六。余从北岸下轿登舟,过渡至南岸,仍乘轿,进府城北门,走十字街,过仪凤楼,见路北有天主堂一所,极其高大。路南有师范学堂,过仪凤楼,入鸿恩店住宿。余询之于店主人,始知府尊系鄂兰谷印芳,余在京时于怀恪勤公处曾会过一面也。晚饭后,约张燕亭先生至街中一游。时已初更,街上不甚热闹,余即回店。

二十日(12月26日) 出顺庆西门,此城每周据轿夫云九里三分。余轿出城过一极长之桥,约长半里许,桥名永安。过桥即上山道,余在山半腰望之,顺庆城此城,周围见方,无曲湾之处。城东西北三面多种平田,其南一面即江村坝,临河。余轿转过山环,虽然山不甚高,再望府城,不见矣。行十五里过大老君,又十五里过小老君。十里至八各埠打尖。余自出顺庆界往上走,闻之米粮价致稍觉廉也。打尖毕,行七里过牛栏口,十五里过五龙场,十四里过甘草岭,十二里过新场。又行十里过黄林了,此处出南充县界,入蓬溪县界。再十里至李马埠住宿。此日本应住蓬溪,因此站最大,天短不及赶路,故此破站。

二十一日(12月27日) 由李马埠出店最早,行十里过田江埠。又十里至蓬溪县,余轿入城进华林店打尖。店中上房悬一横扁,上刻“守愚”两大字,店东姓李,亦县中一绅衿耳。伊家先辈皆以“守愚”二字传家,余阅其扁额,有人按题于后。余打尖毕出店,在轿内看此县之城,一多半座山上,其住户不见甚多。此一半城座山下,其铺户、大街均在山下城内,而城池以外有小河不知通何处。河浅不能行船,余由蓬溪行十里过凉风凹,在此稍息。余在山坡上望之,山下各村盐井颇多，山之上下均有。余询之于土人，据云井各有主，如有一主得十数井者便为殷实之户。余见其井之设，系用大竹条四面锭住，上有一圈，中架大竹轮如仿【纺】线车一样。地下凿一小洞，用筒灌下，其深不知若干，但得清水即可熬盐。余看其井式如东洋凿井法，蓬溪所属多出盐井，可见川省固是富豪之地。无如华人不肯讲求，亦不查考，故此利权多归于外人。如川省之出产较之他省富足多矣。余自凉风凹直入射洪县界，沿途所见，或山上，或平地，其盐井不胜其数。但有井之处无多树，而山色亦枯。想是盐井既多，其碱亦不在少，故山树为之一干也。行十里过板桥，又十里过怀花埠，此处亦一大集场。再十里过凉水井，五里入射洪县。此地有大石牌楼一座，上刊“射洪东界”，左为“出疆”，右为“入境”。又行十里过安升店，二十里至荡家埠住宿。

二十二日(12月28日) 出荡家埠，十五里过哨楼口，遇雨，余轿在此稍停。见有挑盐水者三五成群，余询之其人，每挑盐水可能熬盐多少，据云每担出盐十斤。又见数人肩挑炼成之盐赶场去售者，余见其盐白如雪而极细。然看其所担之水，则又混浊不清矣。究不知如何炼法，惜未能一观也。复行十五里，至太和镇。此镇有大河，上通潼川、射洪一带，下通重庆。河之两岸大小船只不少，此处亦系水旱码头，极为繁华。余下轿乘船过渡，进德盛门，至会官坝入店打尖。雨仍未止，打尖毕，行十八里过白鹿凹，入三台县交界，又十二里至高蓬嘴住站。

二十三日(12月29日) 由高篷嘴出店，雨住天晴。行十五里至唐古城，走至松林内，见有高松一株，上挂首级一颗。余询之于土人，据云四月间此处有贩棉烟客人被抢，为首者姓卢，旋经三台县拿获，斩决示众在此。复行十五里至景福院打尖，十八里过吊嘴，又十五里过观音桥。十里过四方井，此地有三台县盐厘分卡，凡有肩挑盐贩过此，验单放行。又二十里至罗板桥住宿。

二十四日(12月30日) 自罗板桥代灯出店。行十四里过白店子,十六里至白树凹打尖。复行二十里过牛场,十二里过糢糢店。路遇押饷二十余担,系由成都解往北路放赈之银,并有管解官。再八里过大磉磴,余轿道【到】此稍息。此处亦系大集场,人烟凑集,铺户颇多。见有一处演唱影戏,其影如北方样,惟影人比北方影人大,余未及细看,乘轿而行。走十里过龙安场,遇大风。十里至清溪河,此处地方虽不甚大,亦尚热闹。是晚,住宿清溪河。

二十五日(12月31日) 由清溪河出店,过一小桥,轿夫指此河告余曰,此即为清溪河。河中多鱼,大小均有,惟可以钓,不可以网。此河乃死水,无通流之处。并云先年附近居民淘河得金鸡一只,不知为谁所得,至今俗呼为金鸡河。余轿行十三里过磨子桥,十七里至兴隆场打尖。将至兴隆场,过一房桥,余常见画中多有此桥,今则亲见矣,其桥栅栏上写"达道桥"。余打尖毕,行十里过观音桥,入金堂县界,过一石牌楼,上刻"金堂县"。界牌之两傍有石联,左为"仰之弥高,西于太白",右为"过此以往,东为中江",余始悉东界系中江县也。余过观音桥,入山王庙岭,山势绝高,岭顶有山王大帝庙,过往之人多来谒庙。土人云,山王灵应非常。凡有叩之者,或求事者,往往多灵。余见庙中扁额无数,山王之灵可想而知矣。此岭上七里、下八里、中三里,下山即风硐子,过一桥名天成桥。余自出万县,所过大山直至此岭方算过完。复行十二里至赵家渡,过一浮桥。桥长约二三百步,两傍有栅栏,上写三河镇。此处有厘金总局、广东会馆,街道较之一县尚多繁华热闹,铺户稠密,富商亦多。此地亦一水旱码头,又有车船、轿马,无一不备。余轿穿街入一小巷,出此巷外,即河边也。余登舟过渡,走古城,其东一路走金堂县。余看赵家渡地势三面是河围绕,河上水通汉州,下走灌县一带。其河之水极绿,惟不甚深。余过赵家渡,走金堂界,只见种田之家多是水磨水碾,河叉内多用水闸,皆因隔省相近,多无山水。全凭每年灌县放水放于小河,通流各县为灌田之要事也。按年皆系龙茂道亲往灌县放水,故此邻封各州县田户多水闸、水碾也,若小川北及川东等县,则无此水碾、水闸耳。再行二十里至饶家渡,此处为出入成都要路。店场宽阔,尤其热闹。是日,住饶家渡。

二十六日(1905 年 1 月 1 日) 早由饶家渡出店,行十三里过红店子,走新都县界。又十七里至新店子。打尖毕,走十里过黄坭坝,此处入成都县界。余在轿中留神细看成都风景,果自不同。其稻田、菜田甚是丰足,来往之人联络不断,沿路茶馆酒铺热闹非常。复行十里过二台子,由此直达省城。道路较宽,中隔石路,两傍村庄稠密,树木繁杂,而义冢亦多。又十五里过欢喜庵,庵之左首为阿文成公祠。傍有碑记,惜未得观。过此十里至驷马桥,桥上行人拥挤不动,下桥行约二里进成都北门。余见北门外街道两傍栽有路灯,并有警察兵站街,按段巡查。余轿进门时,高公先往厘局报明,该局并未查验。余随入城,城内街道虽不甚窄,然亦不甚洁静。每段虽有警察兵查街,不过木雕泥塑,毫不管事耳。城内铺户买卖又自不同,如此街巷买绸缎者,则通街多系卖绸缎,余所过各巷大半皆是如此。其城之四围,每一周九里三分,余轿走入湖广街,进荣升店。是晚,给福荫五、鞠养田写信一封,即饬店中送往。余又着高公往驻省处,打听绍令一事如何。先是,余未进城时,路遇涪州陈令之差。曾向高公云,绍令已调回大邑。然究不知赴任否,抑或仍在崇宁。余故商之于高公,先去打听。晚饭后,高公出店约一时之久回店,即向余云事凑巧矣。大令现在省谢札,假寓明源店,余闻之心头始安。

二十七日(1 月 2 日) 早,余尚未起,鞠养田兄来会,谈话极久。余留养田兄于店内吃早饭,饭后轿行屈夫头来店算帐。余将借款廿二两还清,将借约撤回,伊等告辞而去。余随即约张公将行李运至华兴街明源店,养田兄同余过明源店,谈无片刻,鞠兄辞去,余将送福兄土仪托其代往。稍息片刻,随即入内禀见绍大令。谈未及久,大令云我往各宪处禀公事,回来再谈。余即退出,大令出店上院。掌灯时候大令回店,晚饭后养田兄又来,正值余向绍令谈话。当时余向大令言明欲往福荫五衙门一走,大令云可。余即同鞠兄步行至满洲内院,得晤荫五,数年未见,今偶相逢,尚觉亲近。见其署中虽不甚大,却也严密。正厅上悬一扁额为滋务堂,系乾隆间内院承君所篆。福兄署中只用门役二名,内宅用老妪两人。余看福兄之儿女均各成丁矣,惟不见二姐,余心为之一惨。余与福、鞠二兄在客厅谈话至夜深时,饮酒数盏,始各归寝。是晚余宿于荫五兄署内,已交四鼓矣。

二十八日(1月3日)　为福兄寿日,留余聚会一日。余亦无辞,随与养田兄商之,各出洋一枚为祝敬。午前有良子清、杜雪舫两大令同时来署贺寿。荫兄留吃早饭,邀余同养田兄作陪。午后又有刘厚庵游戎来会,均留吃晚饭,仍有余同席。座中谈及川省兴修川汉铁路开办集股,以永宁道赵尔丰观察为总办,刘游戎谈之最详。饮之二更后,随各辞谢而去,余亦同时告辞归店。是晚,绍大令商之与余,云明日可赴崇邑,余云皆可。

二十九日(1月4日)　早七点钟,余由省城启身,仍乘轿出西门,走满城,至古浦打尖。余正在用饭之际,忽闻人声喧哗。询之于酒店中人,据云系过城隍会。余打尖毕,行十五里过两路口。余轿稍歇,进崇宁县城时已掌灯后矣。入署吃晚饭,即将行李饬人运进小花厅,三更时方得安寝。

三十日(1月5日)　余无事在署闲步,接署崇宁县事为曾福谦大令,系福建人。是晚二更时,绍大令由省回署。

甲辰十二月(1905年1月)

初一日(1月6日)　午前绍大令至各绅士处辞行,余独自一人在花厅闲坐。傍人鲜来问询,形影相吊,甚觉无聊,可见谋事之不易也。午后高公持对条数十张请余朱标,余正在闷座之际,藉此以为消遣。标朱已毕,仍是无寥。忽思及来川之时一路惊险,受尽多少风霜,想到此间不由得一阵凄惨。少顷,只见大堂之上人声喊叫,原来脚夫捆绑行李。惟见大令所使之人,其中皆是饭囊之辈。至于以照料捆行李一事,不过极小之事,余见其诸人手忙脚乱,毫无主章。若辈平日之所能，亦可想而知矣。余见之不禁好笑，看来用人一节亦一要事也。午后三点钟，大令回署，不多时又复出署赴请。晚八点，大令归署，向余云明日先行一步至大邑会齐，余曰可。

初二日（1月7日） 早，余同行者仍有高公，由崇宁启身至河坝场打尖。复行数里过渡船，晚宿袁东场，由崇至此七十五里。

初三日（1月8日） 早六点，余由袁东场启身，午后二点始抵大邑县城。余轿进东门，其东门外三四里有汉顺平侯墓。墓前有庙，即汉室赵子龙将军也。土人云，咸丰年间蓝逆造反，将军曾显圣于此邑，故立庙享祀之。其县城四围每周三里须，城尚坚固。城内街道亦尚齐整，该县本属偏避之地，管辖最宽。其东一路近山，北接土司，南一面尤为紧要，系与邛州、重庆州、灌县三处交界之所，最为辽阔。西则人户不多，亦无甚种田之家。县为中缺，土产则以煤炭、茶叶两宗，余无出产。该县事又最繁，多出抢劫之案。邛、浦大邑，素称难治，土人云，呼强盗为绑客，小贼则呼之销哥，人性最为强悍，所好者尚知惧官。余入城走至十字街，进名扬店，店主杨泗海，父子并举武孝廉。五点钟，绍大令已入城到店，沿路接红呈三百余张，可见该县之民好讼也。晚间余代阅红呈，其新呈则送至邢席处，旧词则捡卷。余阅毕分晰两种，随即发出，即饬挂号者逐件挂明。晚饭后，大令朱单发出，委派余办收发所，余随谢委而退。惟收发一席，曾经岑帅札知各府厅州县，均委佐贰人员办理公牍，以杜弊端耳。其县中有九房粮壮两班，外有前署县赵令金鉴所练之大字营七哨，分札城内及五乡县内。公事以户、刑两房为最多，如新官到任一切仪注，则吏、礼两房之事也。因赵令尚未交代，余同绍令暂住名扬店办公。是晚四鼓，余始得安寝。

初四日（1月9日） 早又收红呈七十张，余捡新旧之案阅毕，请标日子，随即发出。余所阅之呈词大半抢劫案多，可见大邑民情难治也。午后未刻，大令接篆，余特往一观。余见大令先拜门，次拜印，及望关谢恩毕，升堂理事。受九房叩贺，各房呈红纸告示，请朱签押。

大令于告示中各朱标一字，为升、增、培、练、息、固、承、盈等字，标毕饬差役排衙。堂事已毕，乘舆回店，各房呈递须知册。晚间将应谒各庙，并巡视四门监卡及点卯各示，随即朱标某日行礼。各房届期预备诸事，办妥一并发出，此则州县官接印之大概情形也。

初五日(1月10日)　复收红呈数十张。噫，何大邑之民好讼以至如此也。查其呈词，则以小事报大事，窃案则报盗案，甚至捏词唆讼，诬扳好人种种，逞刁不堪枚举。余将所批各卷细心核阅，然总以驳者多而准者少耳。是晚有张卓成者，民人也，前来喊冤，报称抢案，并云伊弟受伤将死。闻其所报，似觉案情甚大，究竟虚实难定。余令其暂退，候勘验毕再批，即着伊补呈。

初六日(1月11日)　午后，大令升公座审问张卓成报抢一堂。又提讯沈老板送杨祥祥一案。正在严刑拷问之际，忽有一老人上堂喊冤，立指杨祥祥杀死伊孙。大令闻云，即问此老，系于何年月日杀死尔孙，乃此老不能答。大令动怒，将老人喊令逐出。余在屏后闻之，不禁一笑，但大令判案，虽精于词讼，奈不能稳气，此亦州县中最忌者耶。

初七日(1月12日)　早，大令至各庙行香，并巡阅监狱毕，回店。午后点各房班之卯，晚间有武举张锡侯持来江飞三百卅千，此款系考官代书之陋规。余始知州县中之钱易于活动也，只在人之能与不能耳。

初八日(1月13日)　大令升公座，报考代书之人挨次点名，各领卷一本作策论。其题目系大令在堂亲笔出题，曰“除暴安良策”，午后纷纷交卷。余检阅各卷，其中议论明晰、笔力精状者亦颇有可取，孰知只取中十二名。嗣后，余方悉昨日所来之孔方，即此十二名所出也，可见地方官欲除弊一事何能为也，并且官亦有分耳。是晚有刑仵回禀云，张卓成被抢一事不实，且伊弟亦未受伤，邻居之人同出一口，余闻之诧异半晌。若看张卓成昨报案之情形，似无虚语，而据仵役所云，则一概是假也，想邑中之民狡猾，真有令人难言者。

初九日(1月14日) 午前余将催收酒捐等签数十张钤印。其钤印之法,在雷签上用斜印,有粘单者盖齐缝印,均斜用。午后,大令升公座,提讯数案。四点钟有王泗营、吕风良来报抢案,当即饬管带张锡侯往缉。是日,署县赵令饬人来送移交各文件。又邛州委员张煜持札催提至考篷费,此系摊款,并提三催不覆之上控等案。晚六点,大令答拜张委员,并送程仪、夫马等银,此亦出于本地方官。可见应酬一节,而地方官吃苦多多矣。余自抵大邑办公数日,细心查考川省州县中本地方官之进款搜罗已空矣。如各项应摊杂款,则篷费、木植、主考程仪、铁路集股,一切无论大小杂款,皆出于本官自垫。其他则酒捐、烟馆捐、庙产捐、戏厘、肉厘,斗息碾榨,磨及津捐,不堪枚举矣。此项捐款则派之于民,其入学堂经费则由保甲学费各局经收,其捐款则解上宪。余查此情形,实系民之膏脂,今已搜括殆尽矣。但川省虽属地土丰足出产最多,无如近年以来设捐摊派,累民以至如此。尚何言及州县各缺其好处从何而来哉,余喟然一叹。

初十日(1月15日) 极早,余尚未起床。大令出店亲勘吕风良家被抢情形。九点钟,余发给福、鞠两兄信一封。午后三点,大令勘毕回署,即饬管带张锡侯购觅眼线,上紧拿贼。并出朱单一张,如有人拿得吕家案内正贼,赏银三十金。是日午后,又有宁张氏来报,伊父不知何故被严松停家杀死,已将尸身抬至城外,请验。不多时,余又接得一纸,系闫周氏具报初九日夜内伊家被贼行窃,当时被雇工李国璋即李老幺用刀戳弊身死一贼,细识系素日不法之张烟贩子,即宁张氏之父也。余阅其词,则两家各呈不同。大令亦甚诧异,余向绍令云,此案须细心研讯,其中难保无枝节。大令亦以余言为是。晚间余朱判签数十张,其签则有不同,有雷签、火签、有信票、有缉票,余均钤印发。

十一日(1月16日) 大令欲往验张烟贩子尸身,因刑件往验别差未归,是以未果。午后两点钟,大令升堂公座审问约十案,讯毕退堂。余自接办文牍数日以来,用心力求,似觉稍得头绪。无如州县中公事过于繁杂,一时真难了然。惟有留心谨慎,否则,稍有疏忽,即有关于自身也。余昼则六七点钟起床,夜则三四更方能安寝,其劳乏真不堪言矣。

十二日(1月17日)　大令往验张烟贩子尸身,并将凶首李国璋带回县城。午后座堂提讯李国璋,据供,张烟贩子实系素日不法之惯贼,并无挟嫌谋害等情。随将伊暂为收卡,候再提讯。大令退堂,并云明日仍往勘闫周氏家此案之虚实。是日公事最多,因新年在迩,封印在届,是以公牍颇形堆积,而余之性情最恐事之繁杂案头,所以随来随走,不容稍有稽压。晚间,余将应催迎春及仓廒应用盘仓器具等签共百余张,余朱标毕,一并发出。又将邛州棚费解款七百六十一两二角八分全数弹兑封固,余将文批朱,缮"慎、实、固"三字,一齐钤印。其便批用印之法,于银数上一颗、年月上一颗,右仰解役某人上半颗,其详文清册概用地印,如详册则用天印,惟每篇皆有齐缝印,但看清详二事钤印也。

十三日(1月18日)　专差押解棚费赴邛州。早九点,大令往勘闫周氏家被窃杀死张烟贩子一案,午后勘毕回署。当时又有汛厅千总刘君来会,云拿获张卓成抢劫案内之贼刘九松,即刘老幺管事,余即传知将该犯暂行收卡。是晚有学务局士李楙才等公禀,云该局有赵令拨入学费银八百余两,特请绍大令向赵令面索。但此款已开载移交折内,而此项银两并未移交前来。究竟在赵令手内否,绍大令亦莫名其妙。惟该局禀称并未领到此款,余思其事定有轇轕,大凡州县官每每以交代之件彼此揭禀。且赵之为人,余自入邑城,便闻其声名恶劣,理事乖张,邑中三岁孩童指而詈之。因其人情结实,上宪被其瞒哄,俗云朝内有人好作官也。余想此款既据该局士声称未领至,赵令心居狡诈,则未可知矣。

十四日(1月19日)　午前,解棚费之差回店,并收得回文批各一张。又奉到各宪札数件,并学务章程五套。午后,大令升堂提讯刘九松,原张卓成所报既属不实,而其弟又未受伤,此案亦无从究。大令随即传齐保正并卓成之弟,当堂饬其打诬告,各结具。刘九松亦取妥保，一并开释销案。此则大邑刁风，稍有挟嫌，便以抢劫为借口，但地方官虽然洞悉其情，无如此风究不能免也。晚间，有五乡粮壮两班来余处，言及两班规费应如何办理。余饬其众差仍照办，不多时见一人持帖来向余云，有开办唐王坝矿务绅士来见。余即请其来见，余询之唐王坝系如何出，则据云唐王坝在邑之西北约百余里，其中多山，阔八百余里。内则矿苗甚旺，药材亦广，有煤矿，有铜矿。又与土司相连。惟其中无人家居住，又多妖狐野兽，树木繁杂，无行人之路。前在丁葆桢制军任内，曾有人禀请开办，因事中止。光绪廿四年又有好事者欲往开荒，用火烧山，不意年久，其间妖狐致被火攻惊起，伤人无算，后随无问津者。今之试办则凭人力耳，余闻其所言，不觉愕然。但此坝之荒，果能开垦，是则一大利权也。

十五日(1月20日) 早六点大令出店，至各处行香毕回店，时又收呈词数张。午后升堂提讯闫周氏一案，并宁张氏暨团保邻证，均各传齐到堂。大令研讯各人，其中李国璋杀死张烟贩子有无别项情事。据各保邻人证，均说张烟贩子实系行窃闫周氏家被李国璋杀死，不应此言同出一口。大令着将李国璋仍旧收卡，候通详定夺。又提李小山窃牛一案，大令用刑研究，伊承招窃牛不讳。正在录供之际，忽有一人大声喊冤，称系李小山亲戚，并云无窃牛之事。大令怒极，云尔说无窃牛之事，然李小山已供，称窃牛不虚，尔何敢当堂袒庇，实属玩法已极，当即杖责三百逐出。大邑县民多如此类，真可谓之刁民也。堂事毕，大令随往学务局行香。午后四钟有白刑席遣人来云，现在店中办公不便，请催赵令腾挪衙署等语。但赵令人极狡猾，伊占据署中不肯腾挪者，其意在取得总结到手方能出署。并且仓谷多有新谷入仓，赵令任内未得细心仓谷，故受雨湿，多有出芽者，伊意又恐绍令不接，故此伊心悬此事。出署之日，伊不敢定兼之。其中劣绅唆使，余恐邢席不查虚实，倘或使绍、赵二令不睦，岂非移笑于外人。余故此饬跟刑席之人回答，白君先在店中暂住几日，再为善言开导赵令，使其早腾衙署可也。

十六日(1月21日)　大令进署，致祭仓神。是日即饬管仓之人，会同前任管仓者动手盘量。午后有书记陈润生，系湖南人，持黄自元墨迹给余一观，见其笔力似不假矣。

十七日(1月22日)　午前复有闫周氏案内已死之张烟贩子族弟张守元递呈一纸，云伊叔伯兄张烟贩子系与闫家挟嫌，因此害死。余阅此呈，又翻案也，大令批其候唤讯查夺。有户房呈进，由省寄来捐铺民房告示。余闻省中十四日大小铺户商人一见此谕，随各罢市，岌岌乎激出大事。后经司道亲往街市，善言安慰，始各照常开张，此捐房之意系沈秉堃观察所拟。午后大令亲往灯笼堰查场，晚间掌灯时回店。

十八日(1月23日)　午前大令传见该邑师范传习生，余见各生内尚有年近四五旬者颇多，岂能学习师范，不过滥竽充数而已矣。午后，大令升堂提讯闫周氏全案人证，所供均与以前相同。惟李国璋动手之时并有闫周氏婆媳各用刀戳，张烟贩子受伤甚重，登时殒命。而彼时黉夜之间，其邻居相隔又远，何能眼见及。至张烟贩子死后，该处团保及近邻方各来验此中。余看此情形，若无切实眼证，恐难通报。大令仍将李国璋收卡，再候提讯。覆讯张卓成之弟并刘九松，卓成之弟云，并无九松在案。大令饬其保释安业，随即退堂。晚间，余将申解津捐及常捐各银两详文册籍并连环批，均各钤印。事关上详，余甚细心办理。

十九日(1月24日)　未刻封篆。大令过衙署行礼，其挹注大半与接印时不差。往来该县印信系光绪十年十二月由礼部新颁光字九百三十一号，封印已毕，仍归店。午后升堂理事。是日有省城机器局派来，至大邑一带采买煤炭委员王姓来见。午后三点奉到督宪来札，命将烟馆有开灯者加抽一倍。又藩台札催，速解田房税契一事。晚间，余将应解地丁二千两并批文等件办妥，随饬户吏明日起解。二更后，有管带张锡侯拿获一贼送案。其贼名许老二，大令即在内厅问过一堂。审至三更，所供均不确，将该贼收卡。

二十日(1月25日) 天气极冷,继之以雪。午后大令升堂理事,并讯李洪元一案。原洪元系已革练勇教民也,因在集赶场口角滋事,将刘一枝刀伤三指,李洪元亦有棒伤。大令断命两家均各带伤,如谁死谁抵,自行理息,勿多兴讼。殊洪元恃为天主教民,不肯息事,意在讹索钱耳。可见地方官一遇教案,每多难了,似余亲见此案即可知。教民之欺人,恨不遭拳匪之变一刀斩尽也。午后四点大雨,晚七点东门外有火警。九点大令出店,往见天主堂陈司铎议事,十点钟大令回店。是晚余寄福、鞠两兄一函,由铺司寄省。

二十一日(1月26日) 仍有雪。午后大令判案三起,堂事毕。是日,将闫周氏家被窃伤死张烟贩子一案大概情形,先行通禀督臬道州。晚间有魏绅名尚冻来余处,言及李洪元一案。伊现在别店逗留,不肯回家养伤。其意将讹钱若干,方肯了事,否则仍不遵断。余闻之甚不平,果不出余之料也。

二十二日(1月27日) 早起尤冷。午后大令升堂,仍提讯闫周氏全案人证。然此案究无眼见之人,虽则通禀,尤恐批驳。大令向余商之,饬原差将邻人陈姓捏称眼证,以备日后招解之时作为干证。其陈姓已允,大令问过一堂,仍旧饬令各人候办。又覆讯甘永兴家被窃一案,此案系前任未结之案。原失主甘永兴又系奉教之辈,其被告叶长生年将八岁。余见其上堂伶牙俐齿并不知惧官,推原其故,此案显有混弊。而甘永兴恃己为教民,意在藉此多讹银钱。先就暗中教道叶长生云,你到堂则供临窃之时有某人、有某人,我到堂自然救你,保尔无事。大令查访其情,当堂根究叶长生,而长生受甘姓所教,所供均系好人。大令在座上亦看破缘由,即将长生责嘴巴八十。可怪者,此童虽受责,仍无实供,只说甘姓他叫我说的是某人、有某人,坚不吐实,大令饬差原押。余听判此案,不料一八岁孩童竟敢如此刁玩,足见大邑民情多如此童者。余思此叶长生久后成人,尚愁其不为惯贼乎?又提判李洪元等一案,两家均不肯息事,而洪元尤为狡猾。大令断其两造每人赏钱四钏,暂作调伤,候伤痊,任尔等自便,此判法亦不过敷衍了事耳。晚间,又有上安镇李作扬家来报抢案。大令即传明日往勘,并验李李氏之夫被伤身死一案。

二十三日(1月28日)　早六点钟大令出店,往上安镇地方勘案并验尸。午后公事稍止,晚八点大令回寓。是晚,余检阅一纸,亦非呈,亦非禀,原来要向父母官借钱也。是一穷秀才所递,惟字迹端楷,言词动人,其文著作苦极矣。

二十四日(1月29日)　早八点钟,赵署令起身,大令送至城外而归。午后升堂理事,是日提讯之案最多,乃无正案。又提闫周氏全案人证,始将陈姓录供作为干证。若不如此办理,将来必干驳诘也。午后三点,奉到各宪来札十余件,内有商务局发来保商三联护照数张。晚间又落雨。

二十五日(1月30日)　雨雪并落,寒冷异常,是日无堂事。晚二更时,大字营管带张锡侯等在沙渠镇地方拿获抢李作扬案内一贼,名袁幺昏,锁押来县。余询之于该营管带等,据此犯亦系著名惯贼。大令夜审该犯,而此贼虽供称抢李家不讳,究其所供,尚不甚确。且该管带等又向大令禀明请勿刑讯,留彼作为眼线以好办案。故此,大令未及动刑,问过一堂,随命收卡,一俟获得正贼再行提讯。

二十六日(1月31日)　早雪愈大,天愈寒。辰刻,余同大令搬进衙署。惟署中什物一切,多被赵令搬运拆毁一空。似此恶习,历来已久,必须小加修饰。余住大堂西一面,自占房屋一间。虽然严禁,无如房中黑暗,其余床铺桌椅凳尚不缺用。惟川省风最利害,所以土人多以布缠头。余住此屋,惟透风处最多。大堂以前两傍吏、户、礼、兵、刑、工仓房,承发、盐茶房东西皆有外监直至头门。门内两傍有待质所、自新所,有衙神祠,祠在东首,与捕厅相连。大堂下石路中立碑楼一架,上悬“圣谕”二字,系光绪丁丑年前知县王令喆重修焉。上刊“尔俸尔禄,民膏民脂。下民易虐,上天难欺”。左为“政简”,右为“刑清”。其大堂以上则为暖阁,堂下两边安放站笼及刑具等物。东首为侧门,值日各差均在余窗外听差。二堂内外多悬德政扁额,二堂两傍有房,皆各执事者所居。堂中立木台,台上设公案,大令每日理事,即升此座也。由东穿过花所,有藤萝花一架,过此以东为大花所,所前有戏台。再东为刑席所居之处,房后即仓储各廒,二堂以上两傍安有铜炮二尊。余询之在官应役者,据云先年署中曾遭匪乱,故置此炮为预防之计耳。余见之不禁一笑,诚所谓虚张声势混朦小民耶?是日,余安置一切,颇觉忙乱,未暇顾及闲逛矣。

二十七日(2月1日) 午前虽未落雨,天气仍冷。午后又落雪,大令升堂理事。余见覆讯一案,系一傅姓娶二妻,均姓王,因其小星听从大王氏唆使,随与其夫不睦,以致口角分争。余闻其中尚有缘由,大令当堂亦看明就理,未有深究,判令傅姓将小王氏领回安分。无如此妇在堂上撮泼,不肯随其夫回家,声称欲入空门削发为尼。大令闻云,怒声喊吓,欲动大刑,此妇始哭叫下堂。余见此情景,其间定有事故,但看品貌尚不为丑,何致刁玩如此乎!大令堂事毕,余再看二堂以内,中隔屏门,门内即内宅。上房宽大,两傍配房。上房后多种桃花、芭蕉,由外小花所直达署之后墙。有倚云楼,楼上供奉大仙,相传多灵应,楼前即上房后身也。余看此署之左右后三面,极其空敞,似不甚严密耳。午后四点,有大字营管带熊得川送来窃贼二名,均系亲弟兄。大令传即坐堂提讯,二贼内有一犯闻有旧案。大令未及判毕,时已掌灯,随即将该犯暂押退堂。

二十八日(2月2日) 时因岁暮,公事诸多未结。余饬各房书将应行、应缓公牍,并自新犯、外监犯逐一开单,应保释、应开收押者均各开具清单。余清理一日,方得就绪,随即送至大令处核夺,直至四更后余始得安寝。

二十九日(2月3日) 为岁暮之期,天朗气清,亦不甚冷。午后大令升大堂公座,演迎春礼,九房及粮壮两班大字营勇,又有优人一班,均在大堂两傍伺候。礼成,大令乘亮轿出郊外迎春。署内外看热闹之人拥挤不开,约二时之久,大令迎春回署,稍息片刻,即传坐堂。将昨日余所呈各单酙酌轻重,当堂取保开释。晚间,余将加抽烟馆告示数十张朱标发出,并将详藩司本州为领皂役工食银两各文钤印发房。一切公事办毕,晚间灯烛辉煌,颇为热闹。惟大邑地临偏僻,街市不甚繁华,似非新年模样,至夜半余始就寝。

乙巳年正月(公历 1905 年 2 月)

初一日(2 月 4 日) 早六点钟,大令由万寿宫行朝贺礼回署。余房中有各绅商及九房粮壮两班前来拜年,直至午后始得稍为清静。余饬差持余名片往捕、泛两厅及各绅处答拜,余并未出署。是日天气和暖,颇有阳春之象。晚间无事,写家信二封。

初二日(2 月 5 日) 署内公事停办,余始得安闲一日。

初三日(2 月 6 日) 午后天气又变,不多时落雨。晚间继之以雪,甚觉寒冷。是日仍无事。

初四日(2 月 7 日) 早,大令赴邛州拜年。午后,余接得养田兄由省寄来一函。晚间大雪。白刑席处着人来请余手谈,余不得已至伊处稍坐,应候一时即归。大令于二更后回署。

初五日(2 月 8 日) 早雪极大,午后稍晴,公事仍无多。午后三点,有由崇宁聘来冯教习文楷来,充大邑师范传习所教员。晚间,大令出署回拜冯教习。晚二更时,有堂勇王占荣自崇宁回署,代【带】来署崇邑曾令移文一件。余拆阅之,始悉绍令前署崇宁,因李周氏一案记大过二次。原此案大令向余云,记此过实系冤枉,皆因此妇系失主,异常刁狡,业已暗地私和息事。因案关抢劫并伤失主,虽然均不为重,无如不能不报,恐其上控。大令又云,若知如此,彼时若不报尚不致取过也。余闻李周氏一案,所失之物不过数两烟土而已,并闻内中尚有隐情。但大令胆小,遇事犹疑,所以自误耳。

初六日(2 月 9 日) 有劝工局绅周銮报称,该局逃逸徒犯三名。大令闻报,随即亲往劝公局勘道,余一面出票拿人。

初七日(2 月 10 日) 早,天气放晴。午后,余将应行、应办公事照常办理,并发专差往邛州给吴刑席,托其拣查警察章程。余曾向大令言及，警察章程恐州中亦无，不如我们禀知省城总局，请其颁发章程。而且又显我县办事认真，岂不是好。孰知大令并不以余言为是，余亦不便再说。余又将大令记过请以功抵销申文，钤印发出。晚间稍闲，二更时大令便衣出署密查，只随跟丁一名。持灯不多时回署，拿回赌犯一名——杨小泉，系文童。先是大令业经出示云，现过破五不许赌钱，且该犯既系文童，更不当以身试法。大令饬差将杨小泉看押待质所，罚青蚨十串，充作劝工局费，俟将钱缴案再行发放。

初八日（2月11日） 余将家信及各亲友谢函均各写妥，计数十封，余心稍安。又换银廿金，以备寄京。午后大令升堂判审三案。堂事毕，余将申详臬宪并本州为高友友无力承缴银两各案详文钤印发房。晚间将签票廿余张朱标发出，系为催庙产碾磨未缴之户。

初九日（2月12日） 早余饬刑书将外监人犯开单送审。大令早饭后升堂，判案十二起，判毕退堂赴请。晚间回署。是日接到邛州吴刑席来函，云如觅警察章程可往省中去购。余复向大令言之，恐买亦不定有否。大令云，固且试之。晚八点，余将签差速拿逸贼各票，并告示二十七张为加抽肉厘事一并朱标发出。适有学费局绅李楙才递辞禀并保充禀，托人来说如办妥批准应送费若干。因此事突忽其来，恐非真事。余告知来人，候批可也。晚二更时，余无事检阅案头一卷，系前知县王喆任内光绪十年叛逆杨茳中劫焚狱烧县署遗失印信一事。余细阅卷宗，各宪所批并起事缘由，实系该令不以茳中作防，致被其破城焚署，因案去官。虽属失于防范，究不应不听人言，咎由自取也。余始知今日之印系新颁者。所以邛、蒲、大邑之民悍，皆所共知。是晚又有微雨。

初十日（2月13日） 午前盐商侯敬夫饬人持帖请余吃春酒，余辞之未往。晚间，敬夫亲来县署，谈话一时之久辞去。随有邮政分局之人来取信，余将抵川接事平安家信一封面交该局，饬其挂号寄京。二更后，又有户吏刘金题来，云明日进省解款。余又将银廿两、锦字二号家信一封，托其代交天成亨汇兑庄一并寄京。

十一日(2月14日) 早,余将起床,适有北乡木鱼山民人左芝茂递呈一纸,并该处团保苏其望等同来面禀,云初九日夜内左家被贼行抢,幸未失物。内有一贼被左芝茂用缩镖戳倒在地,登时殒命。查木鱼山隔城五十余里,余随即将团保面问一切。据该保等所云,与来呈尚属相符。惟其呈中云有匪十数人,何一人受伤,而余匪皆不动手。并且左家一户住居山顶,四面又无人家,其左家只有芝茂是男子,其余皆妇女。余思之又恐内中别有枝节,余随将原呈转知大令处。大令云,明早往验。午后大令升堂,判案二起。堂事毕,即出署往乡场处查烟馆,余稍得暇,乃往仓坝处一游。其仓廒即在署内东墙,余步入仓神庙。其庙中供奉仓神马王,皆泥像,至塑法则工精而神。相传蜀中塑神工匠,另是一番绝技。余复由仓坝转至倚云楼下。其楼下北面门楹极高,两傍挂有木联一付,系前成都府刘心源太尊所篆。余立楼下,颇得清气,片刻之间,觉得神爽。余闲步多时,随即归室。晚一更时,又有居住西乡民人邵万福前来喊堂报抢案,并递呈一纸。余接阅之,内报初十日夜内伊家被匪十数人毁门入室,扫拿银钱衣物。追贼之时,据报案者云,灯火之下认得一人名牟苟代亡,前曾在伊家佣工。余闻其云此案所告红名之牟苟代亡,或与邵家有何挟嫌,充作眼线,约人往窃,此事亦所不免,余饬其候批。晚八点,大令回署,余将此呈转告。

十二日(2月15日) 早六点钟,大令亲往木鱼山勘验左芝茂一案。午后因大令出署,公事堆积余案。余检月报道州考绩表,其表式则职名、钱粮、仓谷、命盗、词讼、禁狱、农公、商矿、巡警、学堂以上十事载明表内。此例闻系成棉道沈观察所著,通饬各属按月造报一次。二更后,大令始由木鱼山相验回署。余即询之左家一案。大令云,幸我亲往,否则误听矣。原来左芝茂有一妻一妾,系被戳死之贼名喻泽山奸拐者,复卖给左家为妾。嗣后喻泽山又累向左芝茂搕索银钱,左芝茂因被累难忍,随将喻泽山戳死,捏报为贼。余闻大令所云,始悟昨日该团保等曾向余云,远路崎岖,可以请县主勿往,所以情弊显然也。大令又向余云，左芝茂已在尸伤草录一供，伊稍吐实情。因耳目众多，未便研究，今已将其锁押来县矣。

十三日(2月16日) 余将申详各宪月报命盗等案，及禀报筹办警察大概情形之红白禀，全数钤印朱标发出。午后大令升堂判三案，内提讯韩幺管事，乃系何家抢案正贼。刑讯该犯，监【坚】不认供。大令退堂后，复有兴隆场团首苏其望等来见余，有话面禀。余即命该团首来见，伊又将左家一事查实，向余云，缘左芝茂买喻泽山奸拐之妇作妾，多系该团之甲长沈云程即沈大郎怂恿，沈姓其中图利，使喻姓反不得实惠。嗣后，喻泽山又累向左芝茂搕索，而沈甲长又向左姓出主意，唆使左芝茂谋毙喻姓。沈云程主使左姓捏报抢案，希图隐饰，至团首等亦被伊等朦过。该团首又云，请余转告县尊，此案起祸多系沈云程主唆，必须在伊身上严行讯究，必可得实。说明缘由，该团首人等告辞退出。余寻思半晌，可见地方衙门积德损德，只在一句话而已矣。余将各乡场催加烟馆朱谕十三张，过朱发出。初更后，又有民人刘攀田报抢案，余阅其呈词，所写言语凶极矣。但不定真伪也，此是大邑风气，向来如此。余阅毕，不便久延，即将原呈递至大令处。大令接呈在手，随同余在二堂又面询刘攀田一番，有无伤坏事主。讯毕，命其暂回候勘。大令转向余云，此案又恐不实，所以我时常亲出密查，不过为掩饰上宪及本地绅粮之耳目。若真令我设法捕贼，我也无处去捕。说罢，余与大令彼此大笑。

十四日(2月17日) 早，大令往勘刘攀田一案，距城七十余里。午后，公事堆积案上，余将加抽烟馆朱谕先缮一张发出。不多时有窑户徐姓以逞凶毁搕告张元德一词，并称窑内烧做教堂磉礅，现被张氏弟兄打坏。晚间教士陈司铎持帖差人向余云，实系张氏弟兄凶玩已极，请严办等语。不一时又有教堂一人来云，徐窑户恃教堂之势欺人，请从公平断。噫，余悉两造均有情托矣。不然，何教堂人反各说一词也。其中显有轇轕，但看大令如何判法。初更时忽有微雨，余无事画帐檐一条，署中人则称羡者不少。又有托之于先而恐后者，二更以后画妥,悬余帐上,众人多来看视。是日,大令未归。

十五日(2月18日) 早,余将起床,忽闻大堂人声喧嚷,即饬人往看。据云,一廿余岁人手持竹竿,势欲击堂鼓。值堂者阻之,其人不答。随在身上脱下坎肩掷于地,亦不言姓氏,乃扬手而去,但云不要了,余闻之亦奇。余命差役将其衣暂存以待其来取,其人想系疯症也。余往倚云楼大仙位前行香,余立楼上凭栏望之。城外山景清秀,农田正值春耕,心目神清,不觉爽快已极,立望久之乃下楼。午后,公事停积愈多,均未能办。晚五点,大令始归,余询及刘家一案。大令云勘无别故,只搜获一私开押当,内有火枪二杆,余无。故亦罚其百串,令该属团首暂行看管。又云胡管带比张锡侯尚觉精细,余始知昨晚宿于胡处矣。又向余言,津捐局士刘昺烜辞退,虽批准萧姓充当,但访闻萧者前曾有亏空,不可委之,可向幕府酌之另批。余曰诺。退出之时,余思其情,不禁暗笑大令之无决断,以至如此。至此余看出大令之才干,但知事事假手于人,受人怂恿。诚所谓善不能用、恶不能去,余深虑其将来受害耳。初更时,潘捕所钟祥,现官大邑典史,陕西人,来余房中闲谈,并销委行香差。人颇精明强干,与余论及警察、算学等事,颇有高见。前潘君曾随鹿制军来川,考入算学二等一名,现在邑中创办警务。大令札委该所为首领警察之事,命其承办,潘君谈之三更方辞出署。是晚虽系元宵佳节,无如邑临偏僻之地,街市之中亦无灯花爆竹,又无元宵汤果,真令人闷极矣,无可谓之年节耶。

十六日(2月19日) 午后,大令升堂提讯左芝茂一案,严刑拷讯沈云程,殊伊坚承无此事。大令堂判将左芝茂收监,沈云程收待质所。左杨氏系起衅之苗,将其交差收店看押,候再提讯,随即退堂。余将饬拿牟苟代亡朱单缮妥,发交该处管带。是日夜内,子正三刻月蚀,寅初复圆。余直至四更时方得安寝,其僧道两司救护锣鼓齐鸣,惊人不能成寐。

十七日(2月20日) 午后,大令出署密查,获得赌犯三名,回署随即升堂。余将赌具交堂,大令重责该犯。每名五百头刑,责毕释放。又比严催王卓堂上控之案，原差雷斌责一千大板，装于站笼，放在二堂示众。该原差本系吸食洋烟之辈，且天寒冻馁之苦，余怜其苦状，为之求情于大令，乃将其转放于卡。明日为大令寿，晚间余预先祝之。

十八日(2月21日) 早八点钟，大令往清源市查场。午后，余将签差各乡场预备祭祀物品，朱标发出。午后四点，大令回署，不多时北乡绅士陈昺焱来。递密禀内称，悦来场因加收烟馆罢市，余饬其暂回。又绅士魏尚冻等禀请莫缠足告示，并委曹殿元等接充团保正之札，一并朱标发出。天足一会原系该绅等公立，余闻此示一出，邑中颇有入会者二三百名。但以余之见，似大邑妇女亦可勿庸劝之，何也？余见邑中女子其足本属不小，又何必多此一会耳。晚间，大令以邵万福报被抢一案仍想通禀，乃商之于余可否。余曰此案原报有红名牟苟代亡，且此人尚未获得，只有前日差役拿到李老斌一名。况且提讯李老斌无供，惟原差云曾听李老斌之母背地向其子说，邵家一事那不是你打条，此言不知因何被失主听得，随指名饬差将其带案。但天地间岂有子为贼，母为证之，其间有无别嫌，自应严询。若先将大概情节率然通禀，恐无好处。余又云嗣后遇有情形较轻者，总是少报为是，以免日后拖累也。邵家一案红白禀均以缮妥，经余一番言词，大令又生游移。余窥其意，似无把握，余因事无关紧要，不能不善为解之，又不便力阻矣。

十九日(2月22日) 为开篆之期。早九点，钟大令朝服拜阙拜印，升大堂签押，排衙巡风已毕，受九房五乡粮壮两班叩贺。堂事毕，即出署拜客。午后，大令亲往悦来场，查办烟馆罢市一事。余一面传齐各班差役，吩咐伊等所有年前唤讯等票务，要尔等刻期送案。是日因开印，公事较多。未刻，大令回署，向余云并无罢市之举，我亦安慰之。余云，若非大令亲往，亦难保不生事耶。是晚，余将大令定于廿七日点卯之牌示朱标发出。

二十日(2月23日) 午前，余将年前命盗各案所出之签票，应行饬催原差，余着刑房开比。午后，大令升堂提讯左芝茂一案，仍将沈云程收押。其左芝茂并其妾左王氏令其觅保，无如该团正各人未敢即保。大令见伊等犹豫，随将左芝茂仍收卡。又提讯龚芝玖告王明勋一案，缘该团首人往王家清赃之时，而赃证既未清获。又约束团丁等不严，其王明勋之母反来控诸团丁，云扫拿伊家衣物。大令饬该团首先将团丁等交出候讯。正在判审之时，忽闻大堂人声鼎沸。余即由窗内视之，见一男子身披藕荷女衫一件，后跟一人。余询之于值日者何事，据云，此窃贼王光光被失主扭来，故此众人嘲笑。余着原差即送上堂候审，此之谓赃贼俱获矣。大令见之，亦觉好笑，立即将该犯杖一千，枷号示众。晚间，余将保甲局开支榜示，朱标发出。大令以川省兴修铁路集股一事商之于余，曰：意将崇宁酌帮一款先行捐解，以邀上宪之心。余云此见极高，但恐将来派有定数，又当如何。大令思之半晌，乃曰：若此，则暂且听之再议。又云邵家一案，勿庸通禀矣。余曰诺。

二十一日(2月24日) 午后，大令升堂讯判两案，并比差数起。堂事毕，余将申报本州并无洋人过境文书一套钤印发出。晚间有捕厅潘君来会，以本邑欲开当铺一事，有盐商侯敬夫等意在举办。惟大邑前数十年曾有当典，后经迭次被抢，所以久之无人敢开。今以此事商之于大令，而未悉大令之意如何耳。

二十二日(2月25日) 早，大令往验游卢氏报伊子游田春身死不明一案。余闻此案，原游氏之长子并其媳，常在伊岳丈骆才缝隔壁租房居住。因与其母游氏分炊，其中并无不孝等情。而游田春实系患病身死，乃游氏妄报系伊亲家骆才缝暗害。大令午后四点相验回署，向余云，游田春果系患病身死。亦传集邻人讯之，而其间并无别故，今将其抱【报】告之次子游月春带回矣。是晚，余将李国璋戳毙张烟贩子一案，将其尸格朱笔填妥以备上详。尸格上用齐缝天印，皮面一颗，办妥发交刑房。

二十三日(2月26日) 午前，邛州解来窃犯一名，高老幺，年仅十二岁。余当即饬差接收，并发给回管。又由灌县解来窃犯李春亭，均照办。午后，大令升堂覆讯龚芝玖告王明勋一案，亦将团丁传齐。该保正等声称，王明勋果系好人，情愿保其安业，随传随到。又提讯李光光，坚不认供，仍收卡。其邛州、灌县解来之犯，均杖责觅保省释。是晚余收到鞠养田兄来函，内云正月十六回京矣。

二十四日(2月27日) 午前，驻扎下南乡管带胡荣矩来署。向余云，昨日午后在众星场地方枪毙一匪，名牟三代照。并将其洋枪、小刀、衣服缴案，余即照数点验收讫。午后，大令由蒙学堂行香回署，胡管带禀见。不一时又有盐商侯敬夫来余处，谈及开当之事，商之于余，但余闻其口话似以五百金了事。该商欲见大令面商，大令拒之不见。伊向余云再议，伊随辞出。大令是日发出朱单七张，谕之七哨，即将大字七营每哨裁汰二十名，以减糜费而练警察。余见此单一出，恐所裁之勇既无所依，又无安置，势必生事。余辗转思之，惟有一缓办之法，将所裁之勇另为招回，再加遴选，择一教习于闲厂之地，每日教练之。其膏火则少发之，俟警察兵中如有缺出，择拣熟习者补之。此法稍安其心，且与警察两有裨益。余思之半晌，然朱单业已发出，碍难追回。余只得向大令商之，请酌之可否。大令闻余之说，颇以为理，乃即传见潘少尉商议，而潘君亦以为是。大令复向余曰，可饬知七哨管带，定期来署面商可也。是晚，户吏刘金题回署，云省中并无警察之书可购，余闻之果不出余之所料耳。余随向大令言之，大令无法，仍是用余之意禀请警察总局颁发。余退思之，可为一笑，想大令之不料事，又不敢拿定主意作事，如何能显手段也。二更后余写朱单交胡荣矩，令其就近典下南乡查核烟馆一事送大令处，阅毕发出。

二十五日(2月28日) 午前，采买煤炭王委员来见大令，以县属炭行高抬市价，请会衔出示禁阻之。余饬该房速即办妥盖印，朱标发出。午后，大令答拜王君，便道往验牟三代照尸身，回署，排衙诸事已毕。余将开单提讯各案卷捡送大令，随即座堂。不多时，复将革役雷俸案内王卓堂上控一干人证传齐覆讯。堂判雷俸，因案革除，案已可销,均勿庸置议。堂事毕,是晚,余将请颁警察章程之红白禀办妥,钤印发出。余又传集五乡粮壮班,当面嘱伊等,班中各举一公事熟习、精明干练者为头目。嗣后凡有签票之差饬,该头目亲领,否则公事繁杂,每每掣肘。余故此立一准役,以免无头绪,而乱领签票也。二更后,由承发房呈上一禀。余视之,系贡生马玉昆所递。大略言之,五乡各团保每以些须小事,乃率然捏词妄禀,于其中希图鱼【渔】利。乡民多受此害,名曰"筒子官司",今该生请牌示永远禁止。余阅其禀词,条理明晰,秉公不苟,可见乡野之地亦曷尝无人才耳。此禀既上,余料无不准之理。

二十六日(3月1日) 午后,大令亲往王泗营密查烟馆,至五点钟时始由王泗营回署。适有大字营管带熊渭川拿获一贼,名万丑毛子,余传知将该犯收卡。是晚,有盐商侯敬夫送来酒席一桌,皆因累次来请,余辞其云不能脱身,今特送进署中。余乃疼饮之,至晚八点钟席散。

二十七日(3月2日) 午前,九房五乡粮壮两班齐集大堂,听候点卯。大令公服升堂,点毕,赴初等小学堂行香。回署后,即座堂提问各案,并覆讯龚芝玖告王明勋。因未能清得实赃,致被其母喊控团丁扫拿,大令判明,开释之。又讯及游卢氏之次子游月春抱告命案一事,因此案验明实系患病身死,其情不虚。判令速向团族人等了息,再具诬告甘结完案。又提讯邹大黄膳因累次刑讯无供,又无旧案,大令亦着团保首人保其回家安分。再提讯万丑毛子,问伊吕、王等家抢案,所供尚多不实,仍收监候讯。是晚,大令以酒户王双发既不认捐,又不领照,恃其为教民,诸般狡诈,乃商之于余,曰:应如何办法。余云无碍。余乃即饬仓吏查其前在赵令任内所认之结,但虽有结存案,无奈伊实不曾领照。此系赵令未查明确,随即造册禀出,现在饬其纳捐,伊自然有得藉口矣。余随向仓吏商之,只可代其将酒捐所余者垫之,仍一面禀报上宪撤销王双发之名,大令闻余所言照办也。

二十八日(3月3日) 午后,大令开堂讯判五案。堂事毕,写朱单四张，为清查烟馆一事。余饬查回衔之差，各持朱谕往查。然此项烟馆以前原捐一千五百文，按月缴局。而现在又奉宪谕，烟馆开灯者，则每月再加抽厘一千五百。至从此谕一出，邑中歇业者，实在不少。故此，大令深以为虑，是以清查烟馆尚有认开者若干。是晚，余将桓侯庙设立初等小学堂告示朱判发出，以俾各乡场知之。大令二更前便衣出署访查烟馆，回署即向余云，似此加抽一倍，一时如何凑集巨款。余曰然，但此等事余尚不关心，何也？余向不吸洋烟，可以不费分文也。

二十九日(3月4日) 午前，大令往东南两乡查场。大令将出署，随有东乡管带张际鹏来，云并拿获窃犯一名——郑永安。并据该管带云，此犯原有旧案，而又喜于偷窃孤孀之家，邻人咸知，皆切齿之。余传语将其收监。午后，大令归署，余将申解酒捐及捐生等银两朱笔填注批上。其填法在“为”字、“仰”字上各一小朱点，因关上详，皆宜小为敬。又于银数上朱点，之于批者下傍写“慎”字，银数下写“实”字。公文一角一字上一小点，准此下一小朱勾，日期填朱笔，大写“县”字，代写一“押”字。其余尸格等项均有定章，尸格上名字均有点，彼面日子下写一“验”。但看刑席如何核稿，则照其黑日子填注，此则为地方衙门要紧公事。除上详公件及连环便批、尸格、红标禀领解各册文为最要，余者日行公事，尚无紧要。但余每有上详禀件等事，无不细心核对，若稍疏忽，必致干驳。是晚，余将酒捐拟定每月一缴之告示数十张朱标发出。是夜，大雨如注。

三十日(3月5日) 午前，余朱标二月祭祀榜示，并将献礼帛钤盖水印。午后，大令升堂，审问四案。堂事毕。是晚，余检阅礼房官报卷，见内粘一札。系官报局札开据矿务委员沈令，以川省各州县阅报者甚属寥寥。推原其故，皆由地方官不暇顾及，于此等事全不在意。今就地方情形变通设法，即以各县有集场者必多有茶馆。凡有茶馆之所，逢场定多热闹。今于吃茶之人，每盏茶多收茶资一文，随在茶铺中多散报章，此报则专县中差役分散，使该差视为优差。如此,则乡村读书人等来赶场者,就茶铺内即可阅报,将来风气一开,定可售报较易。余阅来札,至该令所陈,固可照办。无如地方官以此代售报章则视为惧途,其何能尽心任事也。即如署中官差人等,时常以邮政局向余询之,云此局可是洋人开的。余闻其所问,不由得好笑。以一官署之所,尚且不知何为邮政,如乡中人则更难周知矣。

乙巳二月(1905年3月)

初一日(3月6日) 余尚未起床,大令已行香回署,堂收呈词二张。余即将申解官报银两朱填便批,钤印发出。午后,大令升堂,审问三案,并提讯左芝茂一干人证,饬令觅保,沈云程已准其保释。该团首苏其望等已取得喻姓甘结,大令随准将左芝茂及左王氏等保回。又讯上控一案,原告胡桂枝,伊上堂自称贞女。但此女前经绍令问过数堂,而邑中多恶此女,其名节亦不知果贞女否。大令堂判云,尔既系贞女,何以如此好讼,乃不准着,自行理落。又提讯蔡汝春,系州控解回之人。大令闻其尚有窝匪之事,随命收卡,候交出蔡娃娃儿再讯。是晚,有津捐局送来酒席一桌,余又疼饮一场,饮至八点钟始散。余将裁大字营勇改练警察并招募散勇之牌示朱标发出,此即余向大令所议之举也。但看可有应招否。惟将来教练警察一切规模,尚不知选妥何人。余亦曾向大令言及此节,大令即以余在京曾办警务,向潘少尉言之。但余不能分身教练,所以潘君累向余云:有何法度,是从何起首。余云:俟将来颁回章程,则可一目了然也。余终未肯言及应如何办法耳。

初二日(3月7日) 午后,大令升堂,讯判两案乃毕。是日,大令邀请七哨管带、各局绅粮及五乡保正约数十人进署筵晏,并有面商公件,直至初更后席散,众人辞谢而去。夜内四更,大令出署祭文昌宫,天微时回署。是夜大雨。

初三日(3月8日) 余将申报正月分晴雨报,并报本州正月内无洋人过境,及贺藩台寿日共红白禀七套,一并核对钤印毕发出。午后，大令升堂，问两案。事毕。有管带张锡侯来，向余云，昨日在唐场拿获惯贼一名——罗老幺。余命上班者接过，并提出卡牌，余朱标其上，将该犯收卡。初更时，又有邛州解来一误买赃物一犯，名曾老幺，余亦着值日接收看管，候明日再讯。是夜内大令往祭先师孔子庙。

初四日(3月9日) 午前，又有中哨管带张韵琴来，云已将中营撤回，以备训练警察。余思此事虽已札委潘典史为警察首领，然章程未备。而今该管带所札之处又系要路，今一旦撤归，倘该处设有不虞，又当如何。余乃向大令商之，饬该管带先行回札原处，再候札委调回可也。是日为开征之期，午后，大令公服，先拜天平，次入公座，受户吏参贺毕，随将上粮各人挨次点名，每人上堂领红布一块。其堂下设席四桌，以备报粮之人作为开征之筵。少时，堂事已毕，余在房中闻得杯盘落地之声，急出视之，则已抢掠一空矣，观之令人绝倒。是日夜有祭祀。

初五日(3月10日) 早，大令行香回署，未能稍息，随即出署相验。午后，余将保甲局正月分开支榜示朱标发出。至午后四点钟，大令归署，未及用饭，乃传命升堂，直审至初更时方才退堂，可见地方官之不易作也。是晚，余饬吏房速办文稿送上，其交代一事最多轇轕，地方官每每因此互相揭禀。原来交代须先详简明文书，一俟仓谷盘清，方能再报详细册结，并出总结。如逾三参，照例撤参，又须先请邻封监盘，出具花押印结，两官方得无事，亦不过具文而已矣。二更时，又经差役拿送窃贼一名，余命其暂且看押。

初六日(3月11日) 早，余将加收戏厘告示数十张，朱判发出。时正在午，忽有开垦唐王坝委员佘农来见，并请大令出示弹压，以便定期开办。原唐王坝中果多野兽，人皆鲜到之地也。余前曾记之大概，闻坝之周围八百里，其间金银铜煤诸矿实系不少，但果能开成，亦一利权。午后，大令升堂，判案数起，又提讯大字拿获罗老幺一犯。闻此犯果系惯贼，前经华阳县拿获，解至中途逃跑，而且命案尚有卷查，此亦天网恢恢疏而不漏矣。大令刑讯该犯，虽有所供，尚多不实。

堂事毕,余向大令云,大邑为久叛之地,嗣后如有关要案,总宜调于暗室密审之。不然恐伊等供出人证,未免走漏风声,反为不妥。且光绪十年已有前车之鉴,不得不慎也。大令以余之言颇是。初更后,余将正月分月报命盗清册钤印发出,不一时,盐茶房与工房持将军庙清明会册数十本,请余盖印。将军者,即汉顺平侯赵子龙将军也。余阅其册首序,始悉将军之墓在县之东门银屏山,经前历任邑宰重修焉。咸丰间蓝、何二逆扰乱川中,窜至大邑,曾远望邑城,遍竖白旗,白马雄兵数千。该逆见之甚怯,乃绕道窜奔,此即将军显圣于始也。至今垂数十年,庙中香火日盛,且灵验非常,为合邑人民之所重,春秋皆由地方官致祭。二更后,有差文元来叩,云及班规,颇为清淡,刑幕多不准案,奈何为之。余饬其暂退,俟再看下次告期为何耳。

初七日(3月12日)　午后,大令座堂判断三案,随即退堂。不一时,又有一直隶人姓西来署告帮。余念及同乡,助银一两,伊辞谢而去。

初八日(3月13日)　午前,余将札文二件朱标发出,并将蒲江县监盘移文发出。午后,大令升堂,提讯两案,适有盐商侯敬夫来余处言及开当之事已妥,伊向余再三谢之而去。又有续备中军柴统领差弁唐某,押解一命案逃犯李面匠一名来县。该犯系前次绍大令在大邑任内命案逃逸之犯,曾有通缉。余将来文拆阅,随即一面饬差接管,一面禀覆。统领唐公向余云,近闻山东有失守之说。伊又云,柴统领拟将开差。余问该柴弁将开差往何处。据该弁云,近因嘉定府又有红灯教匪滋事。言罢,该弁辞去,余思红灯教又系何事滋扰,但山东总不致失陷,余亦半信半疑。是晚,大令往文昌宫行香,初更时又大雨,二更后大令回署。

初九日(3月14日)　午后,大令升堂,判讯三案。堂事毕,盐商侯敬夫来见,并开当之保认各状呈递余处,随辞去。少时,潘少尉来会,亦向余谈及当铺一事,并求见大令面商兴办警察情形。是晚大雨,自正月至二月淫雨连绵,大令甚以小春为忧。乃传命大字营明晨在北门城上，朝西北施放洋枪，并关闭北门。大令笑向余曰，汝以为奇乎，此邑中风俗相传已久也，川省大略相同。但午前果晴，午后仍雨，可见天道使然，非人之所能为耳。

初十日(3月15日) 早八点，大令坐花厅提讯柴统领押送之犯李面匠，刑讯已认。余闻得该犯实系谋毙多命，后来漏网。又将伊本家李先森暗卖指出为正犯，随骗拐李先森衣物银钱逃脱。而李先森后经崇宁拿获正法，独李面匠漏网。孰知天理昭彰，报应不爽。李面匠自从脱法逃至成都省内，自开面铺生理。因酒后自叙谋杀李抱鸡婆一家三命，然虽是匪杀匪，究属天道不随，使其自投罗网也。案已供明，大令将其仍收监听候核办。又提讯甘三盲子命案，而李风刚之死，甘三盲子已认承谋杀，然其间诬扳若干好人，大令亦甚游移不敢定案，仍收卡。午后，余将详报军臬各宪晴雨报，及正月分监禁各犯月报，钤印发出。不多时，有邑中某绅抱一泥塑童子送来。锣鼓喧哗、笙箫齐奏，送入署内，皆因大令年将花甲尚无嗣，此为邑中风俗，与余乡拴童相仿耳。

十一日(3月16日) 午前，经差役拿获邵万福被窃案内之贼邵复元，随即开单送审。午后，大令升堂判案，并提讯邵复元。缘邵复元本与邵万福是家门，其中或有挟嫌亦未可定。但邵复元坚不认供，颇能挺刑，大令将伊收卡，候再提讯。是晚仍大雨，余将邓李氏溺水身死一案经本州驳回一事，因内中未能详明是一人行窃之例，致被驳诘。此系刑幕与刑幕不睦，彼此要笔也。今有例可查，放此禀覆核妥，随即发出。

十二日(3月17日) 早，大令出署至大监，相验李国璋尸身。缘去岁闫周氏家被窃戳死张烟贩子一案，李国璋系案内凶首，业经通禀。今李国璋因病在监身死，又须费周折，仍当禀明上宪，并须移请邻封相验，出具印结，方算无事。午后，余发寄河南许建侯五弟一函，适有僧会司道本来见，余将学费局士查明漏报各庙产朱谕一张交伊领去，并将禀知藩台为主考程仪银六十两，系两官对摊红白禀一套发出。不一时,大令座堂,判两案。堂事毕,晚间,余将大令函致崇庆州问李先森有无正法一事将信发出。

十三日(3月18日) 五鼓时,大令往祭社稷坛,天将明回署。余起床时,即将应解之款饬房呈稿。又饬查回街者,迅查烟馆各处,令其往保甲局领牌。午后,办道宪交代卷,各房呈送册结,余均盖印。午后三点,盐商侯敬夫送来开当规费,余即收下。晚间,余阅传习师范所文生黄昌麟禀孔永明为庙产一事,而其中有无挟嫌轇轕之事,乃该生竟敢以不公之词诋渎大令。余见刑幕拟批亦尚不卑不亢,其批则以尔既充师范生,何得干涉公事,胆敢以不公之言冒渎等语驳斥之。但此事该生虽然以禀诋渎,究属因学务起见,是以未便深饬其非也。

十四日(3月19日) 早,余将左芝茂戳伤喻泽山身死一案填注尸格钤印。午后,大令往查西乡唐场,公事堆积余案。余稍得暇,画帐檐两块。晚间大令回署,余又将通禀各宪酒捐,及集股愿捐铁路银两每季五十金之红白禀,印讫发出。

十五日(3月20日) 大令行香回署,余将严催各乡速设学堂朱谕缮妥发出。午后,余即将申解木植银廿两,并且椿龄叛产八十余两及认集铁路银一百两系解,春夏二季均各核妥,朱填便批,专差解省。又将通禀声明酒照缴销各情形共红白禀十套,一并钤印发出。是晚有绅粮牟毓棪偕刑书等来见,以刑房典吏一事本不应越例顶参,求余转向大令言之,从轻办理。伊认赔仓谷三百石,而彼意在不肯多出规费。余未允,饬其和中办理再来回话。

十六日(3月21日) 早,余朱判签票数十张。午后,大令升堂,审问一案。余于窗内见之,系一卖妻者。既已卖于人,又想设局诈索,因此成词。大令判断卖妻之人退还买主钱五千,仍旧领回,而买主亦不愿意留此贱妇。大令随饬其各人具结完案。余闻邑中多出此风,甚至川省大半如此,皆以妻出售者,男女并不为耻也。又提讯邵复元供出李老斌一案,缘李老斌前被失主邵万福指获后,讯其无供,经保正保出。今获邵复元到案，而又供有李老斌在场，大令总以挟嫌存念，仍又提问李老斌一堂。又饬其觅保开释，乃刑讯邵复元。此贼受刑不过，始肯招认，仍是不确。看来此案尚未获得牟苟代亡，终难定案也。堂事毕，大令随即出署，往王泗营查场，至五点钟始回署。晚间余将求晴告示朱标发出，并将详请铝弹及送学生往武备学堂各文，朱标钤印讫。大令由王泗营回署，持来一函，系绅士陈璠所递，均系条陈要件。大令给余阅之，余见其所陈，现在嘉定府所属之犍为县土匪滋事一节，与大邑相隔数百里，不可不预先防范，拟先派侦探。又保护教堂，又速领军火，又查点各团军械，如有坏者赶紧修齐。又兴办招佃荒地、办矿务、助学费，余阅其来函所陈，均关要举。大令向余云，陈君前曾为某省县令，后因年老告归。但伊密陈各条，应以何条为最，余云筹练团丁、修理军械及保护教堂均为当令要事。其余招佃开垦等事尚可宜缓，大令闻余云以为是，明日我当朱谕各团周知。是夜二更后又大雨倾盆。

十七日(3 月 22 日) 早，余将《牧令辑要》一书送给大令阅看，此书为丁雨生中丞所著，在牧令者所必需也。午后，余以通详交代简明册结钤盖印信，并请画押盖章。其结之式，相连一文，系蒲江监盘绍、赵二令在后每页在文之背面各人均须押章。五点钟文昌宫住持僧道本又来，以庙产一事商之于余，求为减少。只因赵前县以庙之好歹不分畸重畸轻，是以令之庙产一节总多轇轕。余揣其僧之来意，实是以己之私，并未准与诸庙求减也。余随即善言辞之，伊乃去。是晚，有人至省中来，云及犍为县拳匪啯匪一事，业经锡制军派兵往剿，然传闻总不得确。约三更时，白刑幕写一字帖送来给余阅，阅之，内云犍为匪徒滋事，势甚猖獗，柴作舟明府统兵前往，受伤者大半。时大令尚未安寝，余向大令告及此事，总宜速为安布。一面晓谕各哨，以防土匪藉此生端也。

十八日(3 月 23 日) 早，大令以余昨晚之言随传齐保甲局绅，先议筹募土勇防之城厢。其大字营兵暂勿全裁，各哨管带则饬其等于乡场繁华之所,严密查缉。余又向大令云,仍再传见各绅,勿令其在外造言生事,不然,谣风愈众,民心愈荒。大令云,汝此言不为无见,惟饬其各哨各团严防而已。午后,大令升堂,审判三案。晚间,余将禀明劝办塔捐及捐生各情形,禀督藩道州及局宪共红白禀五套,钤印发出。

十九日(3月24日)　午前,余朱标签票十余张,为催收各乡场斗息一项。不一时,管带张韵琴来见余,言今日挑选警察,特来伺候。余闻其言,知此事为兵房误会矣。缘是大令所陈裁勇以备训练警察,不过因防散勇滋事。且犍为有警,此余之意在拢住裁勇之心,系权变之法也。余知事已阴错阳差,当令该管带仍旧回营,并将带来之勇调回。余又将兵书大加申饬,令其将牌示撤回,勿庸议。午后,余将札委各绅经收酒捐札文十九件朱判发出。刁生黄昌麟又以白乐院庙产再禀孔永明,复诋渎大令,其禀四悬之。大令甚为发气,乃亲笔批詈之,并欲调取黄案,革其功名,其批词则尽决列矣,随给余阅之,可否如此批之。余当即善言开导大令曰,黄昌麟迭次禀渎已属目无官长,但累禀总以学费为由,此其囿公之见,伊故敢如此诋渎也。如我此批,又未免过硬,彼时倘不能革其功名,反被合邑传为话柄。今可改批则我仍以俟清查再夺等词,似此批驳,再看伊如何为之,我惟以柔克刚如何。大令闻余一番话语,乃稍解,随又向余云,如此甚好,但似此刁生恶监,实令人不平气也。

二十日(3月25日)　邛州来文,内载嘉定福太尊札,开【闻】犍为土啯及盐匪等假名红灯教,均以红布缠头,皆因泄忿,随杀死团保首人,由此畏罪逃跑,占据该县所属之铁山寺地方,聚众起事,打坏炮船,烧毁学堂。当经福太尊亲督勇丁会同该县往击等情,请通饬各地方严密查拿窜匪。余阅来札,始知该县起衅之由也。但虽系乌合之众,若不一鼓而下,恐其为患又不小矣。午后,大令堂事毕,亲往王泗营查访烟馆,便道往勘教堂木植一事。晚间回署,随向余云,密告张锡侯,饬其派勇在于县境内外严密查巡,该管带辞去。余朱标签票数张，写家信一封，乃寝。

二十一日(3 月 26 日) 大令往太阳宫祈晴，行香毕回署。适有传习所教员冯文楷者，系大令由崇宁请来充教员也，进署有面商事件。余正在房中办公，忽闻大堂之上哄堂大笑。余即出视之，原来冯生由所步行来署，又正值大令将要出门，四人大轿安放堂上。及至会客毕，送出冯生至大堂。大令则一致手，而冯生竟坐于大令轿内矣。彼时轿夫又不敢辩，只得抬其出署。大令则以为冯生必定乘轿而来，在冯生之意必以为县尊让我乘轿而回。伊并不谦辞，又不声说，自必以为荣。孰知抬至南街后面，有人呼轿夫曰，大令老爷出门。其轿班正不愿抬，闻声喊，随将冯生由轿中逐出。当时邑中传为笑谈，皆以冯生为不知自爱矣。余闻众人所言，不由一笑。此所谓乘兴而来败兴而返，我知其冯生咎由自取也。午后四点，大令查场归署。是晚，余将李国璋在监病故尸格朱填清楚，并标签票十余张，及札文廿余件。差役之弊，余始以差唤等签票为养身之计。设如无案可准，无票可差，而若辈尽为饿殍矣。可见胥吏蠹役诈吓小民，其为害真不堪枚举也。

二十二日(3 月 27 日) 早，大令出署祈晴。余将饬各哨管带朱谕，为代催各乡场烟馆来县领照。午后，大令升堂理事，堂事毕，随有采买煤炭委员来会。因该委员由省领来铜圆数千枚，欲使县中通用，故来请大令出告示以便周流，余闻之，此乃固应办者也。但此偏僻之县，风气未开，候出示晓谕后，看邑中可能通用此铜圆否。午后五点，大令仍往太阳宫行香，是日果晴，想亦大令之虔心祈祷也。晚饭后余闲步至客厅内稍座，见壁上悬一横联，系崇宁巨绅景观察亲书。赞仰大令署任崇宁，政声卓著，爱戴于民，并颂歌一词。余看其法书潇洒，笔力坚硬。闻观察年已七旬，为崇邑之望族也。前曾官台湾候补道，因事告归。时将初更，余忽见大令暗自出署，后只跟役一人，又不知密访何事也。想为父母官者，固应不辞劳瘁耳。

二十三日(3 月 28 日) 早，大令仍往太阳宫行礼。午后，余将奉到州札，为犍为土匪滋扰，业经遵办密查详细禀覆之红白禀，钤印发出，并又朱标签票十余张。日来皆因差役等以孔方兄贿通判幕，故此呈词率多批准。是以余处朱判差票亦觉甚忙，可见州县衙门之弊何能除尽哉。少时，大令升堂判案，又复提讯李老斌。缘邵万福家被窃一案迭次控有李老斌在内，后又获到邵复元，亦供有李老斌。大令累次提讯李老斌，总不见有供，所以发店看押。余总以此李老斌终可脱法矣，孰料邛州差票来关，内开李老斌在邛有案，现已有人供伊在内。但来票又未声明系因何案何人所供，余又不胜诧异，或者是邵家暗向邛州买出此案，亦未可定。总之人生在世，有不测之福，有不测之祸也。四点钟，大令复往太阳宫倒坛谢降，自祈祷以来，天气放晴，米粮价减。是晚，大令面交余戳记一颗，并发给承发房朱谕一张。皆因邑中多有冒名递禀，纷纷不绝，故发余戳记一颗。如有递禀者，不见余戳记不收，以杜此窃名之风也。大令又商之与余云，吴牟氏一案，系前任大邑时未结之案，事隔年余，吴家一门因此尽绝。只有吴牟氏系起衅祸根，现又经邛州解发回县，此案甚为掣肘，势必再讯通禀录供。然县中又无女监，应如何筹之。余曰：案关招解重犯，定成奏案，固应小心监禁。奈县中数十年女监早坏，只可俟筹有的款再修，刻下惟有饬差加意看管可也。大令云，亦是。余随选派干役谢元帮同原差留神看管。

二十四日(3月29日)　早，天已放晴，大令着饬礼房速办开屠告示，并饬将北门打开。余将再致函崇庆州催问李先森有无正法事，专差赍往。又朱标签票十数张。午后，大令下乡查场。三点钟有采买煤炭委员送来窃炭贼一名，因大令未回，余饬上班者看管，候开单送审。晚六点钟，大令回署。是晚天变又落雨矣。

二十五日(3月30日)　午前，余将吴牟氏一案通禀钤印发出。余见此案，刑幕系按同谋例拟绞监候，并请招解。缘案经大令前任大邑时所禀，案本多疑窦。但以吴牟氏之罪似非同谋例可比，今之所禀又未免太过矣。俗云公门之中好修行，思之令人凛然。午后，大令升堂理事。堂事毕，余朱标签票二十余张。晚间，将谕城乡各场通行铜圆告示十余张朱判发出。是夜，仍复大雨。二更后，给祝三六弟写信一封。

二十六日(3 月 31 日) 早，余将刘益厚开设济丰当铺详文并印结等一并钤印发出，又将申覆藩宪为大邑县并无昭忠祠文武后裔等文盖印发出。午后，大令升堂，判问正案一起，提讯两案。将欲退堂，忽有王孙氏喊冤，并递呈一纸，系命案。大令批明日往验。余询及此案，缘王孙氏系已死王杨春之妻，被告系王占春，均是本族之人。因已死王杨春家贫，替人织布过活，王占春家业尚丰足。皆因王杨春原系代病之人，一日在王占春菜园内窃去菜一束，被王占春撞见。用锄头打王杨春一下，王杨春登时倒地。经伊妻将其扶归，越日因病身死。彼时经王孙氏约齐邻保理论，而王占春愿出葬礼及养身之计。及至王孙氏将夫埋葬，乃王占春又不出钱，意在骗哄，致王孙氏被忿报控来县喊堂。但余思此案如果不虚，其情亦惨矣。堂事毕，随有大字营张韵琴来见，拿获胡祥盛一名，系私带军火者。伊声称为教民，大令传座花所将该犯带讯。乃胡祥盛以教为恃，坚不吐实，只供系崇庆州人，贸易药材，用军火作护身者。大令判命看押，俟崇庆州或主教来文时再行开释。是晚，大令向余云，今日奉督宪来札。宪意欲在省中先设师范学堂，饬各州县每县选二三人作为自费生，着先行送省入堂肄业，其经费则先由地方官捐廉六十金襄助。大令云，似此搜索枯肠，将来地方官何以堪命也。二更时，余将王孙氏原呈录批，发交刑房呈签稿并送。随即送至刑幕处核稿，书到立即将验票钤印并夫马单一并发出。余过朱毕，饬原差领讫以备明早大令往验，三更后方得就寝。

二十七日(4 月 1 日) 早，大令往验王孙氏夫尸，午后公事积余案头。余稍得暇，给荫五写信一封。晚五点钟，大令相验回署。适有白刑幕送来一呈，系有人告熊管带因勇丁吸洋烟不给钱，以此挟嫌，故将开烟馆之人锁押来县，控称漏厘。此事在幕中之意，不便深批孰是孰非,故将原呈给大令阅之,请斟酌应如何批之。乃大令未加思索,随在来呈上写一字条云,据理批之,以免饶舌。而白幕一见大不乐意,当时将余邀往言明就理,即欲辞馆。余随以其意细向大令言之,不过要面子而已。大令云,我当亲往自明,但此事无怪乎白君见字不悦。自从余接事以来,每有遇事时,常向大令处谏言。无如大令性刚而直,又心怀疑虑,余品其心意非一二次也。即以昨日经张韵琴拿来私带军火之人,而伊虽自称教民,然究未察实。今经熊管带忽然来保,乃大令则率然开释之。一拿一保,又均系管带,似此尚成何事体。所以余知大令平日胆小而又粗心,遇事并不思索,为以我行我法。此无他,乃心不细耳。

二十八日(4月2日)　早,余朱标札文二件及签票十余张。午后,忽有喻泽山之母喻张氏递呈一纸,余一见此呈,左家一案又翻矣。缘已死喻泽山是喻张氏之子,其母年已七旬。余闻之其中似有人唆使令其翻案,并且前已将案讯结,亦有喻张氏出得甘结,经中人钟姓者代为了事。然此案当日具结之时,而喻张氏又未到堂,此大令之不细心也。且此案业已通禀,大令见其呈亦觉不安。当即朱谕一张交原差杨洪,速传两造及团保各人证以便覆讯。晚五点钟,余正在房中办公,忽见一妇人身背一小女孩前来喊堂,手持一呈。余询之,伊姓陈。余接阅,其呈内云伊女年甫四岁,昨被恶邻陈踫司诱奸,血污衣衫,情词惨极矣。但此事余又半信半疑,且其女将四龄,而被告者呈内又未声叙年岁几何。恐又系牵致别情也,余着此妇暂回候批。是夜二鼓又复大雨。

二十九日(4月3日)　早,余将禀本道为军流徒犯归入习艺所,勿庸远流等情又禀知本州,为协拿逸犯等一并钤印发出。又朱标签票数张。午后,大令往三岔街查场,适有保甲局绅魏尚冻由省解饷回县,至余处。言及省中近日以川汉铁路经费支绌,兼之打箭炉及犍为县内均有警,锡清帅以现在诸事甚为掣肘云云。魏绅辞去,即有左家案内原差回话,以此案因钟姓代为息讼,其间难免伊不无朦弊,现在已将该处团正及案内人证一并传齐矣。余饬原差押候听审,但此案前曾有人向余云,刑书及原差均有沾润情事,看来人命重案,岂容此猾吏蠹役从中贿赂。惟案经翻,异能可再结,尚保无虞,否则该役等恐难脱身也。言念及此,不胜凛然。余将详报吴牟氏一案册结盖印发交刑房,又礼房呈进祭祀牒文一套,用水印钤盖发出。午后六点,大令回署,余以左家一案明日覆讯时不便性躁,只宜细心研讯可也,大令云是。是晚二更,忽闻风雨齐至,约一时之久乃息。其风雨则猛烈异常,使人惊恐。余跟役云,川省每有此风,相传为神精鬼怪往朝名山,如峨眉、高堂等山是也。若于五六月间夜静之时,多有天灯悬走空中,亦朝山者。余问其何谓天灯,据云即古刹门首之天灯杆上之灯也。余闻之又系妄谈,乃该役则言之凿凿可据。

三十日(4 月 4 日) 早,采买煤炭委员又送来拐炭之人二名来县,余即命值日者暂且看押。午后,大令出署勘堰,适有戏班优人来请观剧,系顺平侯庙作会场也。余辞之未往,正在房中闲座,忽闻大堂以外人声喧噪。余探身窗外视之,见堂下放纸糊人四个,作勇丁样。随有看门者来回余曰,因大字营兵某人因病许愿,故此纸糊兵丁四个为替身。又遇大字营兵巡街见之,乃以该冥衣铺诬弄勇丁,今故将其抓入县署,意在求官为惩办也。余闻知其详,急呼该看门者速饬其两造,将此幽冥不吉之物赶快拿出,说和了事,不然均不能辞其咎也,伊等乃去。午后四点,大令回署,随即升堂,将拐炭人责其枷号示众。堂事毕,余朱标签票二十余张。是晚,潘少尉来余处闲谈,云及警察办法规模甚广,应如何为之。余曰以原颁之章,固不能为法所用。然一县之地又系创办之初,今则仅以章程内细心酌核,检其易于洞晓者编出数条,渐而推广。总之,不可失其宗旨为妥,何如?潘君闻余所言连声称是,我当斟酌之,随辞去。

乙巳三月(1905 年 4 月)

初一日(4 月 5 日) 早,大令出署行香。余将札委陈、魏两绅及熊、张两管带充警察稽核支收副委等差朱判札文四件,又移知署崇宁曾令为大令前在崇邑因案记过,现已奉文抵销文一套,余均各钤印发出。随往倚云楼行香。是早天气晴暖,又致清明佳节,余独立楼栏远望,北山顶上尚有雪,近望之城内,则桃柳争艳,甚是可观。回思癸卯年余于张垣榷署,致此时节,尚无此景,该处仅有赐儿山稍可观瞻,若较之南方景致,尤欠佳也。余于楼上闲立片时,即回房办公。午后,大令往顺平侯庙行香。是日,该庙演戏,会首持帖又来请,余仍辞之。三点钟大令回署,余朱标札委王佐棠等分别接充团正,并判签票十余张交原差面领。晚间,余将铞字三号家信一封,外汇京平银三十两一并封妥,即交堂勇寄省。

初二日(4月6日) 早,大令出署,至郊外行耕织礼。午后,升堂提讯左芝茂等一案。然此次喻张氏呈控翻案,希图多索,但前者所具之结约纸上写喻王氏,今则改为喻张氏,其中显系受人唆使。今大令断其两造说和,否则另行禀报,并俟行文灌县查核左王氏娘家再为讯究,奈此次该团正苏其望等不肯代为了息。大令云,既如此,暂将左芝茂收押自新所,左王氏押店堂。事毕。余朱标签票十数张发出,适有张管带来署,云将元兴场兵丁撤回备练警察,并云风闻马介堂军门统兵五大营入打箭炉。余闻之此等既确,想是军务吃紧矣。申刻,人来报东门外现有绥定府逃难民人男妇老幼约数十人持票进署,求赏路资。余将其州票钤印一颗、赏钱一串,又派勇弹压出境。是晚,潘少尉又来,谈及风闻灌县赵令金鉴近日城中遭得一大抢案,系城内明火致仗。凡例载,如城中抢案百日不获者,照例撤参,但不知此事果否。

初三日(4月7日) 午前,余朱标札委李仙标充办监学札文一件,又详报三十年夏秋冬三季酒捐银两文批各一件,又详报三十年育婴堂收养数目文册各一件,余均各盖印过朱发出。午后,大令堂事毕,往查苏场。是日,收到福荫五来信一封,内言马边赔款一事。晚间,余覆其一函,以善言安慰之。

初四日(4月8日) 早,忽有教堂听差者来报,云法国杜主教由省过邛州,将来大邑一游。大令闻之,随即一面派差往探,一面朱谕管带及团保等小心保护。又饬赶办洗尘酒席,手忙脚乱,不知如何是好。余见之又笑又气,似此一主教过境,居然如迎钦差一般,可见洋务当时最为利害也。直忙至午后,亦不见有影像,探差之人回,云并未探得有杜主教来县之说。而署中乱忙一日,至晚间仍无信,余知为教堂所误矣。是晚,因户吏刘金题扫解地丁银两进省,余将各谷房应解、应领各项文书一并钤印填注,连批封妥,随交该吏代往省中投递各衙门。并将禀知督藩各宪二月分县属晴雨报,及二月分无洋人过境禀本州,余均盖印过朱毕发出,又判签票数张。

初五日(4月9日) 早,王占荣由省回署。余收到天成亨回片,并荫五兄一函。又奉到藩宪来札,余拆阅之,内详以大令署任崇宁,因解新捐过半,得记大功二次。午后接得天全州来移,内开杜主教有信来大邑游历。余又朱标签票数十张。是日,户吏刘金题发解地丁启程进省。余闻大令云,天成亨每月走信系按初九、二十三为期。是晚初更有熊管带来,云现在邛州界内拿获袁幺昏,供出要犯戴方子,皆因勇丁过少,不敢锁带,致被该处团保将要犯并大字营勇带往邛州。又将号衣腰刀失落各情面禀大令,并请大令明日亲往弹压。不多时,又有张锡侯来阻大令,明日勿信熊某所言,不可亲往。该管带所获并非戴方子。余闻知此事,甚是诧异,何以两管带所言大相悬殊。或云此事定有纠葛,只看明日大令往查,果系何情便知也。夜内又大雨。

初六日(4月10日) 早,熊管带又来面请大令亲往杨场查看,大令许可。遂即一面传轿出署,但此中余闻张、熊各怀异心。至于戴方子,本系要匪,现有大令朱谕严拿,惟今之所获戴方子,究不知真假也。午正,即有邛州来文移,知杜主教至大邑游历,饬属妥为保护过境。余因大令公出,且此事又不容缓,余随即选派妥役,持大令名帖往迎。少时,该主教进城,又着人送去食物,如鸡子、白面等类。余即将收到邛州护票付其收管,执照该役回州销差。二更时,大令尚未回署。该主教片称明日过崇庆。余又一面饬户房办理移文护票并派勇役护送,一切布置妥协,余心始安。余将报军臬各宪二月分晴雨报详文盖印发出,又朱判签票数张。是晚大雨,晚十点钟大令归署,余询之杨场一事。据大令云,未到杨场,将至唐场,即闻胡管带云,拿获之匪业经邛州团保及大字营兵连戴方子等均赴邛州,尚未知如何也。是以我暂回署,候邛州来文便知矣。

初七日(4 月 11 日) 午,前熊管带又来禀见,云邛州已将戴方子交保,并将大字营勇开释回县。该管带又云,此事皆因胡、张两管带曾受戴方子贿通情弊,故此不肯拿获。如今戴方子在邛州供出,亦曾花费百金,并有过付,何以又来拿我。大令闻知其情,即写夹单先禀本州询听,随后关提。余闻得此事,实因熊管带未得利头,故有此拿,孰不知骑虎势矣。余曾向大令言及此事,将来总宜彻究,否则恐外人饶舌,并且管带诸人从此必各怀异志,嗣后与公事似有碍也。大令云,俟州中回信再议。午后,升堂覆讯王孙氏命案,该氏坚称伊夫被伤身死。大令堂判尔夫已经验明实系病故,何得诬揞王占春。今着王占春等再向团首人议商出钱了息,各结完案。覆讯黄昌麟等,断令孔永明再加四亩与助学费,而黄昌麟在堂仍嗷嗷不休。大令拍案一呼,刁生始退。又提讯管带孙其龙一案,此案因袁姓赶场失落物件被绺贼剪去。川省呼绺贼为销哥,嗣后因被傍人放走此绺贼,而失主误以大字营放走,故此成词。大令因未及细察,便将大字营兵四人,个【各】责二百,大令颇动雷霆之怒。堂事毕,是晚接到崇庆回收。知杜主教已抵崇属,大令见信,心头始安。

初八日(4 月 12 日) 早,大令往验王有华自抹身死一案。午后,余将保甲局绅陈映堂等公举官医杨中矩详文册结一套,并卅年廪生饩粮及孤贫口粮、汉顺平侯庙工程各奏销均详藩宪及学院,一并钤印发出。申刻,大令相验回署,向余云,此案已经王有华之母拦验矣。正在谈论之间,忽闻有喊堂者,即出视之,系一报抢案人手持一呈。

此人自诉家住孔水碾，距城三十里。余看其粘单，约失去之物，价致二百余金。大令一见此呈，随云，本来两月之久，未出抢案，论说该出抢案矣，又云明日往勘。是晚，余朱标签票两张，即将陈水芳报案缉票标出。初更时，又将禀报督宪酒捐清册一本，赶紧钤印办妥，二更后有雨。

初九日(4月13日) 大令往孔水碾勘案。午后，余办道宪交代卷，并另详刘廷选具结情等供文三套盖印过朱。又朱标签票十余张，及札委范星太承催斗息烟厘，又移两学为取胥松廷等黉案过县，余均一并过朱。午后三点，大令回署，当即传张锡侯管带来署，给其朱谕往缉案内正贼。不多时，由承发房递进一禀，系一武生杨步銮所递。因杨海清官司禀差人杨太、杜洪等私押禀帖瓜分堂礼等情，绍大令素以此等之事，如有人告发，定即彻究。是日一见该武生之禀，当即传集人证夜审。此禀缘该武生本属有意朦禀，殊多不实，但大令只据一面之词，并不反坐该生之罪，又不清查，竟将差役痛责一百大板，余见此判法，真属不分皂白矣。但如此断案，将来邑中刁生恶监岂非更长刁风也。无如大令性软多疑，遇事本不细心核夺，所以每每将案情误断，今则此举更见其实矣。是晚，高、李两执事意甚不平，当时即向大令排理，又要告辞。余惟心中自揣，不便随班唱诺，何以余作事不敢粗心不留余步之故耳。果然大令一闻高、李两人诋渎之言，甚不乐意。而此两人已将告归之语吐露，又不好收拾两人，反骑虎势不能自主矣。余傍观之真是可笑，诚所谓愚人自弄，即是高、李两人也。

初十日(4月14日) 清早，余面见大令，以昨晚所判之案，详晰言之。余则缓缓开导，大令深纳余言。又向余云高、李两人既已欲辞，当听此辈之便，我不强留，惟公事一切汝当多为经心可也。余既退，见高、李两人正踌躇无主。余故意以言挑之，云大令有言，以君两人既退归，今则以公事责余一人经心也，君等可速自主，否则无着落矣。两人一闻余言，尤觉不安。欲退则又难舍孔方，欲进则自觉无味，不一时，果见两人自投大令处自诉自理。余见此等光景，甚代彼等为耻,而此辈则反以从此不再说回京一句。余闻之,又可笑、又可怜也。午后造赍道宪各项册结,并醋田等册钤印发出。又朱标倪承礼等塔捐榜示,并标签票数张。己正,大令堂事毕,余将详藩宪为刘昺烜辞委训导文一件详缴。又朱标札委冉文焯等接充学费局士,又禀督藩为新加肉厘造具正月分清册,余均即一并盖印过朱发出。是晚大令向余云,现奉州札为前日拿获代方子一事,札中亦称代方(下文阙)

海岱日记

张榕端

海岱诗序

丙子春，公奉天子命行祀事于岳渎。揽山海之奇观，直与胸中浩落之气相为吞吐。而纪风编俗，景物流连，凡感于外而动于心者皆于诗焉发之。今读其所作，有苍莽壮阔者，有顿挫淋漓者。或隽逸似钱、刘，或澹永如陶、谢。诸体并臻，抒写尽致，诗家之能事毕矣。于以扢扬风雅，鼓吹大明，与圣天子明禋巨典，并垂于亿万斯年，猗欤盛哉。岂风云月露之词，以一丘一壑取胜者可同日而语耶。燕台谭弘宪谨识。

宗伯学士张老先生，以吐凤弘才论思机署，凡有所立言，久矣诵扬海内。丙子春，特奉王纶，虔修祀典。自泰岱沂镇以及东海，咸肃将祗事，而星轺所及，间事咏歌，裒然成帙。士鑛谬叨守土，得以左右亲承。展读鸿章，琅琅声韵。不独写山海之巨观，阐泉石之幽致。而上昭圣德，下念农功，隐然体国劝民之心，形诸楮墨。古人称李杜诗，一精于蜀道，一盛于荆门。今先生游琅玡、渤海间，而诗思益宏、法益老，殆欲追踪二子之风流，并垂今古欤。陈士鑛识。

序

孟子曰“登泰山而小天下”，又曰“观于海者难为水”，允矣。山左名胜为古今来造物绝大一篇文字也。第庸夫俗子习焉不察，间有一二涉猎者，又如诸葛武侯不求甚解，五柳先生略观大意。可惜少妇受辛，竟莫收为枕秘，几于尘埯千层作唐球瓢中物矣。丙子仲春，宗伯学士天中张老先生恭奉王纶，致祭岱岳东海。栅木兰于水涯，舁蓝舆于山麓。峰回路转，醉翁于焉停眸；秀岭茂林，右军为之却步。举凡绿畴青嶂，碧宇绀宫，晴光之潋滟，阴雨之冥蒙，以及骚人野叟、羽客缁流,耳闻目接,变幻百出者,无不贮之奚囊中。顿令古今来造物绝大一篇文字,为之收取殆尽。由是,载为子长之史,吟为灵均之骚。使造化在于腕下,使云霞溢于胸中,使物华冉冉于行间,使落英片片于纸上。美哉！观止矣。而今而后,泰山东海始得世间知己。客有谓予曰,文长不云乎"旧时芳径今犹在,但属渔樵自采香"。今为张公盘踞,令若辈无香可采,得毋为造物所妒乎！余曰唯唯否否,我将涉苍溟,登黄岘,携其日记吟咏诸作,搔首而问之青天。静海高缉睿顿首敬识。

海岱日记跋

昔史公登龙门,探禹穴,谓天下文章莫大乎是。昌黎登太华峰,欲搔首问天。古人之于名山大川,必有可记可传者,人与地俱不朽也。山左名胜之区,镇岱岳,环渤海。泱泱大国,拱护神京,默默有辅相之效焉。迩者时和岁稔,物阜民安,我皇上特简宗伯学士张老先生致祭于岱宗东海,以展昭报之诚,甚盛典也。而先生衔命以出都门,车几辆、马几匹,过都历块,于观风问俗之外,凡晦明风雨,信宿流连,一举一动,一咏一吟,必记之。至梵宫仙宇,旧迹丰碑,花亭月榭,古今之不可磨灭而足以当我留意者,必记之。若夫缙绅先生之晋接,骚人墨士之往来,羽客缁衣之问讯,则记其人。抚今吊古,托于琴樽,形于笔墨,则记其事。流莺选树,影动缥囊,海燕掠花,香浮缃帙。信乎烟云翰墨,山水衣裳,有不岱岳增辉,东瀛生色也哉！予闻之,古者天子二月东巡狩,至于岱宗,以记月也。先生代天子以展昭报之诚,则日记一编,匪以记景物也,实以记盛典也。古人之年谱仅记生平,先生日记之所关既重且大。若雷次公之馆钟山受书成邑,卫叔宝之来建业刻璧为人,固不足比其万一也。银城李兴祖拜稿。

序

古来文人有于役之事，必以其所过山川道里之数，属诸翰墨以志之，此游记所为作也。然而遇有盛衰，文有工拙。自唐宋以来名人达士车辙马迹为数无算，而游记之存于后者不及数十家。或者于文词声律之际不能雅驯，抑或以其无当于典章纪述，而阙焉泯没也。今读朴园先生《海岱日记》，则信其为必传无疑。先生之行，始于泰山，及于东镇东海。盖当国家将建挞伐之勋，而先举怀柔之典，其遇固已盛矣。而其所至之处，山为五岳之长，水为百谷之王。又以其间览孔子林墓，摩挲楷桧，耳目震耸。盖极天地三才之伟观，莫有与之俪者。以极隆之遇而当之以莫之与俪之伟观，宜其诗与文之工，非区区纪游者所得而仿佛也。先生文句参差古秀，绝似郦道元。其诗出入中晚唐之间，传之后世，视范石湖、陆放翁诸公殆有过之无不及也。读兹纪者，当不徒以其遇之盛而艳称之。鸳水后学徐嘉炎。

序

国家有事于名山大川，大臣恭成命以行礼也。维我朴园先生奉使典东方之秩祀，自戒涂以讫于礼成，乃罔或不虔。祭之日肃将圣天子祈福元元至意，以荐于大神。洞属肸蚃，和风祥云，休征翕应，告以时若，足以返命，无失坠矣。途中所经原隰风物、奇闻壮观，斐然而作，得如干篇。盖古者卿大夫所至能说其山川，而咨谋询度亦无有不周。使臣之星言，有足与太师之陈诗、训方氏之观新物相联事者，先生亦犹行古之志也。诗瑰丽，若出金石可歌；诵所序记，最得古人小碎笔意，盖筋力于景纯之《山海》、善长之《水经》也。脂牵之赍垂橐，而笔墨之归稛载，真乃皇皇然光于道路矣。先生犹不自谓能，将裒辑以视有道正之，而命同官长洲韩菼序之。时康熙三十五年夏六月。

先生之写景在诗乎，先生之寓意不在诗也。先生家学渊源，文章经济，当世罕俦。今春奉命祀岱宗，旌车所届，辄留意民瘼。以触诸心目者形之歌咏，其为国为民之真诚流溢楮上，以是知先生之寓意不在诗也。至夫写景逼肖，不独诗中有画，如入辋川诸图，抑且诗中有祀，如读柳州诸作。参军隽逸，开府清新，兼擅其胜，而文章经济具见乎是。洵后学之奉为金科玉律，岂效颦者所能仿佛万一哉！敬缀数言，以志景仰。晋江陈俞侯拜跋。

海岱诗跋

捧读海岱诸篇，格律严整，声调高亮。真能变幻烟云，吞吐日月。似此黄钟大吕之音，宜手鼓吹雍熙，清庙明堂聿生喜起之色。昔杜少陵《望岱》一诗，千古推为独绝。今杰作一出，读者莫不惊心咋舌。虽荡胸决眦之奇，亦难专美于前矣。襄平敏拜手谨跋，时丙子端阳前五日也。

海岱日记

滏阳张榕端朴园著
秀水徐嘉炎华隐评

康熙三十五年正月

皇上轸恤元元，凡岳渎陵寝之载在祀典者，遣官分祭，祈雨旸时，若登于大有。臣榕端奉命致祭泰岱、沂镇、东海。二十七日皇上御保和殿，亲视祭文香帛，颁授使臣。给御盖一、龙纛二、御杖二，爰稽首祗领。沐浴戒途，虔肃将事。出都于二十八日，行七十里抵良乡。得七律一首。

康熙丙子春奉命祭告东岳东镇东海出都恭纪

明禋遣祀兆农祥，使节乘轺出帝乡。五岳分圭先泰岱，四时迎气首东方。荐馨斋洁通灵爽，答贶高深叶雨旸。海不扬波知圣德，伫看兵甲靖遐荒。

二十九日　平明发，风微日和。西山如环屏障，葱蒨可撷。次涿州，方亭午，欲探楼桑村遗址，不可得。迫暝，过熊公讳一潇寓话别。熊公祭中州诸陵，与余同使者也。明旦当分途，灯下作家书附熊。

二月朔丁亥　无风。宿新城。得五绝一首。

新城道中

云薄日光淡，冰消地脉融。如何惊蛰候，犹不见农功。

初二日　三十里至白沟河。清流渺弥，疏村映带，蒲帆轻楫，网罟四集，颇似江南。宋辽分土，以此为界。明燕师南下，盛庸败文皇于此地。重惜老将雄略,益令人恨李景隆竖子。又四十里宿雄县。

初三日　过赵北口,长堤十余里,东西皆巨浸。西望无际,水云一色。时见小艇出没,鸥鹭翔集。东则澄波摇漾,初日射之,如镕淡金。堤旁老柳百余树,预计使回荫其下。浓绿垂垂,当忘暍暑也。询之土人,曰“白洋淀”。午后止任丘。得诗二首。

白洋淀

淼淼白洋淀,新堤夹镜长。渔舟轻似叶,荻坝曲如塘。漾日波千叠,笼烟树几行。那知驿路里,忽到水云乡。

驿馆夜坐灯花蓓蕾如芝

驿馆更深后,灯花何太奇。含光如点漆,簇萼类盘芝。那但敲棋兴,还成刻烛诗。昔人曾志喜,消息尔应知。

初四日　晓寒,午刻有风。抵河间,宿碧霞庵。得五律一首。

河间晓发

二月河间道,烟光一望迷。尘高初日淡,野旷四天低。乍暖冰将泮,余寒莺未啼。驿亭聊遣兴,扫壁自留题。

初五日　晡后过献县,至单家桥宿。

初六日　大风沙迷漫如雾,诸路解绵甲及骡马铡刀者络绎于道,四方急公若此。边陲小丑,釜中游鱼,扑灭在指顾矣。宿阜城县。

初七日　舆中闲适,以王孟诗遣怀。五十里抵景州。午饭毕,手录摩诘诗数纸,客馆聊自娱耳。

初八日　至德州,同年李紫澜来。余既有海岱之役,而紫澜数日内亦赴临江任。握手少顷,即将远别。落日河桥,情怀惘惘。德州罗家酿,名酒也。紫澜见饷,浮白小酣,余贮瓶盎,携之。作五古二首寄紫澜。

过德州同年李紫澜饷罗酒赋赠

户小雅爱饮,无酒神不畅。德水逢李子,遗我罗家酿。其味淡而旨,其色水在盎。适口不觉多,竟逾平时量。向艳罗酒名,好事每相饷。兹焉识其真,乃审前者妄。

李子吾故人，高怀敦古处。斗酒不为薄，情真忘尔汝。嗟嗟夸毗子，甘言如醇醑。利尽还相倾，对面成秦楚。元音与太羹，至味别有取。所以昔人交，往往在臼杵。

初九日 至平原，二力从磁州至，得平安家信，甚慰。晤董总宪，讳讷，招饮，辞。复遗酒馔，殊精腆。

初十日 至禹城桥，春已将半。四望平畴，未见草色，为余寒较迟耳。薄暝登桥野眺，河含落照，树带墟烟，宿鸟啾啾，蹇驴斜度，宛在图画中。桥后有旷地，观从者较射毕，缓步而归。

十一日 抵齐河。过大清桥，为齐河、长清分界处。其下河流清驶，渔舠往来。厌行役之风沙，临澄渊而心快矣。

十二日 早发，枣林弥望，麦苗微青。经历千里，目所仅见，乃知长清为山左腴壤也。行二十里，翠黛扑面，绵亘东南。既近则皆童山，惟崮山有树千株。抵驿，午饭毕，摄衣拾级而石阶甚峻。从仄径上，十步一息。上有玉皇庙，殊荒凉。小憩松柏阴中，乱石回抱，中为畴垅。行径耕畦，如划棋局。既下，回望石阶二里许，自顶至麓，若悬瀑布也。宿张夏。得七绝二首。

崮山驿

古驿童山草木穷，冈回忽见万株松。茏葱黛色疑无路，谷口时闻度午钟。

山根了不见峥嵘，穿树凌空一望明。回合四山田万顷，画塍高下俨棋枰。

十三日 阴，有风。行六十里，一坡陀不知何名，隐隐西南烟霭中。过傲来山，泰山之西岩。至泰安，馆于张氏。舍宇极宽广，堂左偏小楼二间。窗启四面，北向烟峦，南倚海棠。海棠大一围，高三丈许，花时殊堪把盏。东邻天书观，小塔疏树，葱茏烟外。最后有别业，颇雅靓，傲来一峰，正俯屋顶。梦想岱岳者数十年，布榻其下。晨夕相对，良称快事。得诗三首。

馆泰安张太学家

居停饶雅致,杰阁倚墙东。独树古棠茂,回廊别院通。敲棋宜静夜,却暑引长风。更喜开窗看,岧峣岱色中。

登寓楼

小楼四面开窗,黛色陵空当阑。可画可醉可诗,宜晴宜雨宜雪。

题张氏园赠乾生原朴昆仲

作园如作画,所贵善位置。胸中有成竹,点缀皆有以。斯园岱之麓,崔嵬时在目。峻峰造天关,巨石裂地轴。垂峦如惊猿,侧岭如奔鹿。或如俊鹘翻,或如宝龟伏。为轩眺其巅,为楼瞩其足。向背稍失宜,精神便不属。主人有心者,先得我同然。楼则穴其后,轩则敞其前。连山俨画幛,仄岫飞流泉。诡状争辐辏,朝暮变云烟。要使峰岚秀,若在几案间。元亮家柴桑,东篱对南山。少陵宅瀼西,草堂俯江湍。斯园面泰岱,常作敬亭看。王程催去驭,暂憩行当还。曷当凭画手,收拾在图笺。生平烟霞癖,欲别犹流连。重游是几时,延首武陵源。(眉批:五古多用转韵,盛唐家法也。)

十四日 早饭后游天书观,观铁塔与铜像,天帝及侍立者四人,皆范铜为之。寓斋前有石洞,穿洞而出。茆亭架其上,静坐看山。山容百变,惜无荆关妙笔绘之。暮招同行朱君小酌此亭,以诘朝斋戒之始,当不饮三日也。

十五日 在寓斋戒。

十六日 至岱庙,州守章君讳履成已先在。庙貌宏敞,碑碣林立。其最古者一通在大殿西南隅,似塔而圆。下有趺,上有额,字俱漫灭。道士指为秦碑,不知所据也。其最高且大者,宋宣和六年重葺岳庙所立,在东偏炳灵公祠门外。赑屃仰首,若巨鳌焉。正殿九间极壮丽,启匣恭览御书"配天作镇"四字,龙跳虎卧之笔,远轶古帝。希世之珍,当传之永永耳。东谒炳灵公祠,庭前汉柏,径数围,纹皆左纽，黛色霜皮，弹之铿然有声。少陵所云“柯如青铜根如石”，于此信之。一碑绘图，一碑勒“汉柏”二大字，纪年则万历、崇祯也。西至延禧公祠，唐槐高二丈余，腹已中空，仅存其半，径五六尺。据州守云，庙本在城外，宋真宗移于此地。则柏与槐之年岁难考，其为汉唐未可必，要之皆千百载物也。殿外古树甚多，两银杏各五六抱。至其地者，气象阴森，不寒而肃矣。归邸，书一联两诗，赠居停主人张乾生原朴昆弟，两生醇谨士。联云“世德宜兄宜弟，家风半读半耕”，盖纪实也。

十七日 州守章君来晤，午后至岱庙省牲。

十八日 黎明，祭东岳，风和日朗。皇上为民请命，祷于山川，至德馨香。神祇昭格，岁之丰稔，可以预卜矣。夜招文登张孝廉白庵饮就青亭。“就青”，予所名也，以其踞石洞之上，登而望岱。岱之青苍，了了目中，若来就人，故名之。得岳庙七绝一首。

东岳庙

五岳名山首岱宗，祈年牲币廑皇衷。好将肤寸封中起，遍洒甘霖四海同。

十九日 晴，晨起登岱。州守章君、广文张君来从，辞之不得。肩舆行至高老桥，入斗姥阁小憩，阁皆尼僧。又数里过水帘洞，乍入山，闻泉声乐之，停舆坐石上。度回马岭，山益峻，石益奇。抵快活三，缓步数武，平畴曼衍，约三里。登陟者方苦劳瘁，至此坦焉神舒，俗因名曰“快活三里”云。再上为御帐崖，宋真宗登封驻跸处。崖壁奇秀，细泉出崖隙，汇为小池。清鉴毛发，平流广石上，涓涓下泻。广石有方穴十余，想真宗驻此凿之以植帐殿者也。逾崖即五大夫松故地，仅存一小松，已枯槁，非秦时物，后人附会而被以嘉名耳。又二里至朝阳洞，有小庵。傍为半山亭，以山麓至巅四十里，此地已得其半也。亭午复登舆行，仰视东峰顶，细松嵌怪石，如苔如荠。又行久之，松益多，青葱遍崖谷。西峰之松，若与之争奇对峙，垂阴可数里，舆人曰对松山也。历大龙峪、小龙峪而上，为十八盘，石磴甚陡，旁悬铁绀，颇有戒心。然两崖峭拔，壁立千仞，石状诡异。虽猿猱亦难攀跻，又目豁而心爽矣。盘尽即南天门，山店栉比。经白云洞，向所仰望诸峰，皆俯出其下。邸舍中相对之傲来山，低插西南，罗立如儿孙焉。抵碧霞元君庙祭毕，章守至。启大殿锁钥，出二匣。一金银婴孩十余枚，元宝二。一碧霞元君之石印，径数寸，镂"天仙昭鉴"四字。章守云，元君座下乃泉源，塞之以安座，夏月水辄泛溢殿中。殿三楹，无窗扉，下列厚板。上以大铜铁条为直棂，疏排之，以便投物焉。东西皆小红柱，扃镐甚严。三神座前各悬大钱如铜钲，四方进香者，群以钱掷之，声铮铮然。欲中钱孔，不中不已，掷钱无算矣。闻顺治中投金银钱帛他物者，几与案平。今座下薄有层许，又金少而钱多也。殿左庑卧断碑，质极粗，李斯篆也，字已模糊矣。章守归，刘君留，宿察院。日晡，狂风震撼，出户欲仆，不及至顶，垂帘拥炉。凌晨将登日观，观日出，心殊皇皇，虑因风劲阻游屐也。

二十日 四鼓，风喜息。急披衣起，命从者暖酒酌数瓯。至绝顶玉皇庙，道士云观日出尚早。与一老黄冠谈元素，颇可听，道士导升日观。朗月中天，天风高寒。蔽身丰碑后，已黎明可辨掌纹，日犹未出。足下三丈许而外，皆云海弥布。正平作淡青色，东方青云上红气一痕。顷之，又有黄气一线加焉，待之甚久。红气之下，忽开半玦，若朱砂。中涌金盆，光映河流为金印一方，晶荧耀目。大约云气不清，故日出甚迟，以余闻他人所见跃而复沉者数四。金轮骤升而天曙矣，所见异此，因并识之。

晨餐毕，至东岳庙后，观唐明皇摩崖碑。其西石壁上镌御书"云峰"二大字，秦无字碑在玉皇庙门外。迤东有乾坤亭，御书"普照乾坤"额。笔势遒劲，自与泰岱同不朽也。丈人峰峙西北，石不甚高而名特著。东下入孔子庙，中设石像五，肃拜而出，遂下山。樱桃树满坞，萼已将绽，惜不及见其盛开也。御帐崖与半山亭凡两休，御帐崖之清泉、白石所心醉者，流连而不忍去。王摩诘诗"明月松间照，清泉石上流"，可以移赠此崖也。抵歇马崖南高老桥后，取东北僻径看晒经石。大石一片，延袤二亩。南刻《金刚经》，字径尺，泉水冲荡，半已剥落。后有“暴经石”三大字，径数尺。北枕一大石，横亘十丈，上有泉潺潺下注焉。其西石亭名“高山流水”，为栋、为门、为盖皆以石。面东平壁，明隆庆六年壬申南昌少司马万恭勒文志创亭之故。亭中小坐，命仆人烹茶，取所携饼饵啖之。归邸舍，午后主人张原朴移尊同酌。登岱共得诗八首。

红　门

平生泉石癖，见山辄解爱。兹因东于役，选暇登泰岱。二月正清和，峦壑余烟霭。入山景已殊，奇石非一态。大或如象狮，细或如鼎鼐。其阳则如赭，其阴乃如黛。坐爱石上泉，可饮兼可靧。崖谷遍山樱，条青实犹未。遥知春深后，丹颗映岩翠。还辕适其时，曷当一取醉。佳缘想像中，快心何必再。（眉批：赭、黛二字，摹写天然。如此想像，自多快心。）

暴经石

活活溪涧流，回回岩谷转。纡道乱流度，石亭峙山巘。侧见暴经石，方亩何平衍。面勒西方言，蹑屐不敢践。改步憩山亭，石罅泉清湛。经始万司马，弹琴此游宴。山水入清音，泠然有余善。作记镌青峦，年久积苔藓。隆庆岁壬申，按索犹可辨。人琴俱已亡，抚景留遗范。（眉批：神似康乐。）

快活三里

斗峡如堂隍，行人蚁附上。巨石怒崄岈，转侧不相让。健足汗如膏，登顿疲升降。呀然得坦途，盘路何修旷。造化秘神灵，斗奇虞过当。缓步下肩舆，游情一舒畅。暂此息劳筋，快活名非妄。君子尚居易，行险有得丧。侧足垫黄泉，跬步亦相妨。无用以为用，蒙庄岂余诳。

御帐崖

峻岭各摩空，黝色如积铁。上有千年松，下有方丈石。石上清泉流，光可鉴须发。相传宋真宗，御帐此焉设。穴石植旌旗，蚩尤带巀嵲。侧见大夫松，独树余枯柮。神仙事矫诬，祖龙焉足责。奈何贤嗣君，甘心蹈陋辙。水旱启忧勤，燕安多容悦。卓哉李文靖，先几独秉哲。

十八盘

矗汉双峰起，危路叠盘级。仰视一线天，俯瞰千仞立。傍亘铁索长，攀援时战栗。肩舆如桥横，撇侧便登陟。拾级捷如猱，终虞足一失。蜀道有蚕丛，应同此崒嵂。三复登危言，禁持空费力。屏息忍须臾，万虑于焉毕。乃知止止功，须从恐惧入。

南天门

何年借鬼工，万仞辟鸿蒙。立壁行难度，回峰路忽通。松排两岸碧，岭驻夕阳红。绝顶振衣上，苍茫一望中。

登泰山绝顶

泰岱嵯峨敞帝庭，探奇策杖破青冥。悬崖积溜苍苔涩，盘磴修絙铁锁腥。怪石浑如山鬼立，晨钟疑有海龙听。秦碑汉碣俱陈迹，御笔云峰自勒铭。

其　二

寻源漫说到昆仑，此地方穷造化根。晓日铜钲升海窟，长河衣带挂天门。下方雷雨晴空见，上界星辰静夜扪。俯视诸峰环四面，真同罗列拱儿孙。

二十一日　章守来晤，谈民隐洞悉。章，贤守也，邑颂廉慈焉。

二十二日　发泰安，至范家庄午饭。又六十里，宿莱芜。令君范讳溥馈酒馔，其小菜多佳品，下酒为宜。

二十三日　行莱芜山中。烟岚竞秀，幽鸟呼答，时见驱犊而耕，负担而樵者。行一二十里，始有村庄。已而乱峰环绕，上下崎岖，平处地名苗山，山店数十家。午膳后乘舆，山径愈屈曲难行。过瓮口山，至青石关，凿石为阶级。行石棱上，陡而且滑。下舆步行三里，细石荦确。两崖怪峰怒斗，向人欲落，其险峻不减羊肠蜀道也。昏黑抵颜神镇，山含秀色，泉流瀌瀌，为一大聚落。孙光禄孝堪过访，致其尊人文定公著述数种。

二十四日 晨起赴孙孝堪酌。行五十里，至淄川谒故大史唐济武先生讳梦赉，为先君己丑同年。置酒园中，堂名“志壑”，招令君时讳维豫共饮。其斋额为时君书，颇工。又闻其善诗，超然非俗吏也。访高念东先生讳珩，时年已八十五，以不良于行不晤，遣其长子答拜。唐太史称其笃信西竺，齿德并尊，山左之耆旧，惜未得一见颜色云。

二十五日 清晨，唐太史以诗文稿见赠。出淄川东关，行四十里，地名丰水。又三十里，宿金岭镇。

二十六日 七十里至青州，宿校士馆，堂名“梦愚”，以施愚山先生昔客青州，梦愚山道人投刺，后视学此地，榜于后堂，且以自号也。

二十七日 清晨，昆诒弟曾裕自临朐来迎，饭后别去。别驾孔讳毓恩摄郡篆，邀游云门山。出南城六七里至山足，山之形势，腹坦顶狭，数十折而登石壁。崭然森秀，缺其下为洞，豁然如门。循洞入数武，即壁之阳，卫以短垣。凭垣南望，低峰层叠障其前。沟塍交错，村墟隐见，在斜阳杏花之中。微折而东，上石蹬，即折而西，如长艇，坐留弇亭。王弇州备兵青州，留连于此，后人想慕其风流而亭之也。壁嵌弇州一碑，同峻伯提学登云门分韵七律一首，署王世贞书。书法规双井，而笔力茶弱。彼尝自笑我于八法，眼中有珠，腕下有鬼，信然矣。又西为阊阖排空亭，穴其后，从穴俯视，苍松蓊郁承其下。风荡之，涛声谡谡可听。至碧霞元君庙，而西峰之巅尽。孔别驾唐令君指点西之远峙者曰“驼山”，东之高耸者曰“劈山”。云烟缥缈，不及勤我双屐矣。回至洞门，下小亭，已布酌。冯相国家伶演剧，伶皆吴閶少年，尽歌舞之能。抵暮归邸。得七律一首。

登云门山

青壁岧峣一径通，仙宫真在白云中。遥瞻石窦朝光透，俯眺烟村宿雾蒙。危级人游台上下，平皋峰界亩西东。弇州亭畔留题在，策杖披寻若御风。（眉批：序次山水，参错入古，俨然《水经注》文笔。）

二十八日　大风。行二十里,春山之外,杏花百树,斗丽争妍,与青松映带。不得驻车席地倾壶,过而怏怏。至赤涧,新柳千株,临风弄丝,又欲休其下与之少作周旋矣。至临朐,天色晦暝,闻雷声,黄昏风稍息。

二十九日　晴,风寒。午刻,观昆诒与过鹤言对奕。晡后阴晦,风愈甚。鹤言讳羽宸,当湖人,闲吟咏,好游览,余挟之同行者。

三十日　早行甚寒有冰,而风已息。六十里长庄午饭。四十里至东镇庙,将至,道士三十人远迎。奏乐前导,舆行杏花杨柳之外,绵延不断。庙中有尧柏,大数拱。唐槐三树,其一已欹倾,而枝叶青葱如故。碑碣笏立,明洪武三年碑最高大。犹有元时者,色黝黑,光滑若镜,可以鉴人,傍晚即省牲。

三月初一,丁巳日　晴。早起祭东镇,旭日曈昽,微风不兴。饭后昆诒具舆骑,拉游百丈崖观瀑布,携壶榼以从。西南行六七里,至山麓,舍骑而舆。山腹径狭,舍舆而步。崖东向秀绝,两旁色黄,中央铁色,其下微紫,瀑布之所挂也。惜久晴无倾河泻峡之势,但流泉涓涓不绝而已。崖尽处积雪皑皑,冰亦未融。于吕祖洞侧面之,布毯进数卮,曲折下,有广石砥平。泉穿石隙,声淙淙,徘徊欲别,又对崖壁酌酒,少酬酢焉。至平地,杏花千树,绿杨半之,四围皆层峦叠嶂也,泉流碎石间。与昆诒、鹤言各据水中一大石,命以三觞置水面,从上流宛转而下。至前则取饮,又进酒无算。夕阳满山,皆作紫翠。始跨鞍归庙,钟欲动矣。得七律二首。

咏东镇庙尧柏

古柏苍然倚碧霄,溯年培植自唐尧。根经雷雨泉源固,松身南偃,青葱如故。幹历炎凉世代遥。葱郁远分群岭秀,阴森低锁百灵朝。秦松锡爵今何在,独拄皇舆永不凋。

三月朔日游沂山

临朐南望郁巑岏,西岱齐名作壮观。百里山光迎马首,千层石径倚蛇盘。悬流峭壁晴犹雨,积雪阴崖暑亦寒。恰喜暮春初日好，缘蹊桃柳足游欢。

初二日 晴。早饭后启行，午后抵邸舍。

初三日 晴。清明节又上巳也。昆诒招游冯琢庵宗伯冶源园。出城西南行二十五里，为欧冶子铸剑池，园在其东，故名。园无他胜，惟修竹万竿，清泉一池，园内外皆竹。池广数亩，可以荡舟，水清彻底，藻荇纷披，能数游鱼。色作鸭头绿，人立水竹间，衫痕皆碧矣。一亭在水中，旧名“小江南”，今仅存故址。亭西北，厅事三间，上有楼。登楼则乔木细篁拥之，于逃暑为宜。前有石磴秀削，类倪迂笔。其上坡陀，数古松与两栝子松环之，杏花浓艳，正当其北。先布席于此，连沃数觥，复移于藏冰所之亭外，饮厅事之前轩，而夕阳衔山矣。大约园之佳处在石，因于山无堆叠痕。池因于泉澄而不竭，而亭榭甚少，如欲坐卧其间，尚须删竹构屋也。主人蓄园有二苦，一青郡他处无竹，当事需竿与竹沥，则主人斩琅玕以进矣。一祭东镇笾豆之鱼腊，必取给此池，敕使至，则主人网鲜鳞以从矣。或待久鱼枯，取之数数焉。宗伯名琦，于万历间有文苑声，殁已百年。而子孙犹能守其故业，亦贤矣哉。得七古一首。

上巳日昆贻邀游冶源

三月清明兼上巳，临朐城外好天气。主人邀我游冶源，云是尚书冯氏第。文章清白世家传，平泉应让子孙贤。寻芳直到园深处，青葱一带围土垣。傍有欧冶铸剑池，池穿石罅响流澌。修竹万竿鸣碎玉，参天老树长虬枝。蔚蓝倒映绿澄泓，水竹相和一片青。桔槔杨柳堪垂钓，对面山石何崚嶒。小桥略彴渡湖滩，中流台号小江南。青漪亭尚留遗趾，竹根处处涌珠泉。亭台已废无人住，山光水影还如故。山傍石窟旧藏冰，水畔莲塘新浴鹭。蹑屐登山山路重，天然丘壑非人工。列坐犹存醒酒石，临岩双种剔牙松。荫松坐石饮亡何，豪兴堪追晋永和。一觞一咏堪共适，何必当年感慨多。尚书一生居禁籞，得到园亭亦有数。自言为客主为园，乍去乍来同逆旅。宾主园亭那复论，但到泉源即主人。长揖石丈称知己,何可一日无此君。欢情未极天欲暮,联镳策骑匆匆去。出门流水自潺湲,弥河迤逦潆归路。朱轮半挂西山巅,人归渡头争渡喧。回首冶源不知处,但见平林几缕烟。(眉批:词致古雅,音节可歌,此盛唐标格也。)

初四日　早饭后行,途中微雨。午刻晴,至青州。

初五日　阴,午后大雨。至昌乐,访同年阎宝贻,即留酌。归邸,遗我笔八封,以二扇索书。得七律二首。

昌乐道中遇雨

衔诏东来祝岁成,连朝喜见海云生。但教野足千家雨,何惜车停半日程。陇麦青摇波潋滟,林莺声滑语分明。眼前景物堪行乐,漫写新诗酒细倾。

赠同年阎宝贻

輶轩东过白狼涯,老友重逢感岁时。顾我了无新伎俩,对君犹见古须眉。庖厨市近饶兼味,笑语情真减缛仪。恰喜甘霖能应候,开帘倾盏豁襟期。

初六日　阴,午后晴。至潍县,土沃人稠,既庶且富,令君郑讳默抚循力也。宿中翰郭讳一琪家。

初七日　阴,大风。至昌邑,宿黄陛玉家,未刻晴。

初八日　阴。抵灰埠驿。薄暮雨,至二更,枕上闻雨声滴沥,喜农畴之霑足矣。

初九日　阴晴。至沈荡。莱郡守土之官迎拜祝册,仪从整肃。抵莱,寓张韫嶙先生家。堂极高敞,书室亦精雅,庭中丁香数树方开,颇足娱目。晤观察高镜庭缉睿、太守陈宿峰士鑛、别驾王奇生峻,高、陈皆旧交,甚慰契阔。晡后学使刘六皆谦吉以试士至,来访。六皆藻鉴士林,有公明声。宗弟仁公讳万亨来,即同午餐,晚饷比目鱼一双。

初十日　阴晴。

十一日

十二日　晴。午后至海庙省牲。西偏有小庙,中坐老媪,旁侍两石犬，雕镂极工。相传宋艺祖夜过此地，两犬吠之，老媪启户延入进餐。及明视犬，乃石也，后人遂肖像祀之。夜宿察院。

十三日 晴。凌晨祭庙，高观察、刘学使、陈郡守、王别驾皆趋跄焉。牲肥醴香，神灵悦豫，将命东来，祀事告竣矣。登观海楼，大风卷潮，潮势砰訇。一望苍茫，皆青气也，唐人云“潮来天地青”，不诬也。郡守张乐宴饮，午后归邸。得诗二首。

东 海

秩祀来东海，益惊海若雄。波涛天地合，潮汐古今同。善下知王德，朝宗念禹功。还将润物泽，早为致年丰。

观海楼

危楼临海岸，极目杳冥冥。风激无边浪，云蒸不断青。鱼虾腥岛市，斥卤圻沙町。观止应长叹，无劳读《水经》。

十四日

十五日 高观察招饮演剧。

十六日 陈郡守招饮张园。

十七日 清晨微雨。仁公邀早饭，庭前苹果花、绛桃、丁香俱大放。冬青树粗如股，蟠太湖石蜿蜒而上，凡三折，若藤萝然。至石顶，繁条细叶，低垂而下，石与冬青附丽为一，不可分析矣。夜赴台海道王孝元讳舜年前辈酌，大雨。

十八日 晴。辰刻，同东莱诸公于青萝观拜贺万寿节。

十九日 仁公及朱君来午饮，平度州守潘石庵讳育岳招游大泽山，陈宿峰甚怂恿。

二十日

二十一日 早饭后，出南关，往大泽，行久之。马首一峰，名剑剖，中有痕，若剑擘者。挂泉一道，注小方池，黄冠五六人日汲此泉，不溢亦不竭。抵三角店，同潘石庵午餐。适鹤言从萧家庄别径来，云三十里山路，桃花、梨花杂缀。溪谷间以青松，岩峦秀美，村落幽胜，是处皆桃源也，惜未及见之。飧毕，东上大泽，山皆石骨，径坦而宽。

至流云峡,双峰对耸,布席小饮。其下小峰,前后昂而中凹,问僧,曰无名,余名以"驼峰"。约七里许,至日照庵小憩。又三里抵碧霞元君庙,庙后石窦出泉,仅可浮觞。流而下为澄潭,蓄金鱼数十头,闻人声皆匿影。自此而上,径益仄,拖筇攀葛。有地稍平,众峰拱之。旁立两大石,余题曰"揽秀",以千岩竞秀,尽在目中也。倾所携壶觞,流览纵饮,尘襟顿豁。又二里至云门奇峰,俯首若与人拱揖者。北有洞扨身而登,凡历洞四五,皆鸟道也。山已昏暝,遥见下方松林内数灯来迎,地中红日,仅余半规。余必欲穷山之险,复奋力上罘来洞,俯视阴黑,为之神悸。四望茫茫,罡风凛冽,难久置足。同登者四十余人,至绝顶,则仅一僧两仆,余与潘君五人耳。归日照庵饮罢安寝。得诗三首。(眉批:秀句络绎,是编处处有之,偶而拈出。)

同平度潘使君石庵游大泽山

平生雅不信神仙,今日身疑到洞天。劈石奇峰盘铁壁,嵌岩灵窦泄珠泉。诗材拾得归摩诘,画本收来似巨然。更喜行春同刺史,一犁甘雨万家烟。(眉批:工稳。)

登大泽山绝顶

青山四面削芙蓉,春日携樽一问踪。岚气碧蒸千叠石,风涛声落万株松。穿云直欲惊栖鹘,搜穴还疑起蛰龙。莫怪支筇轻绝险,探奇须上最高峰。(眉批:清警。)

其　二

大泽崔嵬泰岱同,登临直拟叩鸿蒙。凌虚恍若风为御,藏箓应知仙有宫。山脚禅灯微映碧,云边海日尚衔红。不缘身到飞鸿上,何得尘寰眼界空。

二十二日　晴。晨起从日照庵东下,一石高广,可容百人,名"升仙台"。四角题名凿字几遍,仅留中央,可以坐卧。迤东小涧屈曲,桃花十余树映之,曰"桃花涧"。涧南流数十武,阻以平石,秀壁若屏当其前,如峡。泉自平石下幽谷,琮琤作佩环声,余题其石曰"风泉满清听"。复折而西,行峡中,所谓虎溪也。由虎溪上东岭,观狮子石,石殊类狻猊蹲踞。归日照庵，庵僧复引西行，上聚景亭。旧有台已毁，覆以石亭。亭方广仅三尺许，入其中，令人闷闷也。方拟理归鞭，而仁公弟为郡守别驾敦促而来。彼生长于莱，从未游大泽，又为之缓留。徙倚聚景亭侧，仰视北峰岿嶨。昨所登历，不知何地，因命一人衣红，两人衣白。戒曰：入洞口则举一炮，中洞与峰顶亦然。已而炮声振山谷，红白衣飘拂于树隙。久之愈高，时隐时见，出没于层崖峭壁之中。炮三发而微见衣红白者在高峰之尖，始知昨所登几逼霄汉而不觉也。上摩云顶，桃花数百树被岩谷，烂若雕缋。顶宽平，观日出处，其外层岚复岭环之。大海波涛，隐隐烟际。返至碧霞庙旁，草屋数间。古松偃盖，共七八株，清阴可爱，为士子读书之所。又南行，僧指蟾石形似蟾蜍，以其腹白，又曰玉蟾蜍云。僧俗物也，见石之肖物者辄神异之，而山水之胜何尝在此。望西峰峭峙，小红庙嵌壁中，僧曰观音洞。其上有石梁，为仙人桥。至洞则高岩如檐覆于外，垒石为墙垣，供天竺先生。平台正方，可以坐而远眺，回顾仁公，体肥喘急，数人扶掖之，不能前，憩息于聚景亭中矣。时细雨飘丝，坐岩下避雨，烹泉酌酒，与石庵、鹤言促膝软语。忽闻鼓吹于下，则进香者携有乐器，仁公命之吹击以遣寂也。余曰，山水有清音，何必尔尔。鹤言云，谢太傅游山不可无丝竹。为之一笑，至庵已暝。雨转大，余就榻少眠。觉寒，呼酒共三君轰饮，石庵、鹤言皆大醉。得诗一首。

虎　溪

山根泄灵濑，一线流涓涓。汇流趋峡口，三折响潺湲。石激水声异，苔绣石华斑。岩松圆如盖，倒荫石上泉。天光与潭影，终古常悠然。我来坐石上，引汲煮龙团。清甘沁脾肺，顿觉尘虑捐。玩弄移白日，浩歌沧浪篇。

二十三日　微雨，风甚。饭后下山，烟雨空蒙，岚壑变态。若美人啼痕掩面，晓髻未梳也。至山足，平畴青葱，日光微映，犹未霑湿。又久之而细雨飘洒，乃知雨为山气所蒸，自近而远云。至三角店，别潘守归。夜大雨。得诗一首。

大泽山雨中

迟日清和蹑屐宜，山灵更欲斗新姿。地邻海市云常幻，气杂岚光雨亦奇。半岭湿烟迷晓嶂，平畴浅绿映朝曦。阴晴顷刻分高下，不是身经总未知。

二十四日 阴晴。晤陈郡守、王别驾，时王有秦中解饷之役，来辞别也。胶州法黄石先生讳若真，年八十五，图绘为当今名笔。高大参、陈郡守各赠一幅，悬之寓斋，对而私喜。至是王别驾又惠《霖雨图》一轴，如得拱璧，然而自哂不廉矣。夜赴高大参酌。

二十五日 晴。

二十六日 发莱郡，莱郡物价俱贱，而土风多悍。赖高观察、陈郡守以廉静镇之，嚣讼渐减，大吏不可无循良也。抵灰埠，潘平度来送，即留共酌。

二十七日 至昌邑，黄陛玉出其始祖大司农忠宣公《名福后乐图》。忠宣貌黑而于思，两眉微蹙，似先忧之状。题署甚多，如同时解缙、曾棨，皆名笔也。夜，陛玉设酒演杂剧。

二十八日 晨起，为黄璞玉、陛玉昆季各书堂中一榜。大风，至潍县，夜招居停郭明经共饮。

二十九日 大风，至青州。夜大雷雨。得诗一首。

三月晦日题青州寓壁

暮春尽，春服成。桃李卸，草树荣。林鸠呼逐妇，晨鸡唤早耕。升高望墟落，一带烟蒙蒙。欲倩东风留春住，春光已老绿阴中。

四月初一，丙戌日 晴。出郊，农人有喜色。云昨夜雨深寸许，有雹而不伤苗。宿金岭镇。得五古一首。

题金岭镇店壁

昔由淄川来，此地杏未花。今自青州至，垅麦已藏鸦。炊烟浮树杪，溪流带浅沙。郊原夜雨足，晴日到桑麻。田父喜苗新，植杖耘且歌。稚女四五人，携筐挑菜芽。辛苦甘蘩藿，陌上笑语哗。终岁事南亩，穷年不离家。嗟我禄食人，扰扰征途赊。盘餐厌甘肥，蹉跎负岁华。

初二日 大风。至长山。

初三日 晴。将至章丘，游李氏啸园。园在东郭，得山水自然之趣。至章丘，抵公署，复出西关游焦司农园。入门折而西，有井覆以亭，亭东西皆以砖甃泉眼及小沟。井上设桔槔，一驴旋转引之，水伏流地中。遇泉眼则上冲满沟，徐注于花畦，欲其东则塞西，欲其西则塞东，盖西洋法也。西北有堂名斐堂，旁为陶庐。迤东为双芝亭，亭外寒碧轩。西向高敞，茂树攒之。东北小阁，可四眺村墟。觞于寒碧轩，适春尽骤热，改席于井东。坐绿阴下，高柯啼鸟，低枝拂头。斜阳不漏，凉飔微度。取杯置泉，冷辄饮之。抵暮入城，焦氏两令孙复招饮。

初四日 晴。晨起偕鹤言赴焦考功讳毓栋先生酌，在城南别墅，饮于醉耕堂。竹树茂密，亭台清旷。一丘一壑，足以徜徉矣。东有隙地，云尚将多营轩榭也。酒数行，别而起。大风，至济南，抵公署，巡抚以下皆郊迎祝册。

初五日 晴。藩司敬止弟讳敏以卧病，见于榻前。敬止有开济才，军需毕办，而民间不扰。其致疾，未免因劳勚也。又晤吴匪庵银台。

初六日 天寒，雨从巳刻起至五鼓未止。雨虽廉纤，密洒轻飘，深润苗根，麦可大熟，秋禾亦能耕种矣。余为祈岁使，亦因之慰望。薄暮，与鹤言小酌捧日楼之露台，盖喜雨也。看雨中云山，纯是米襄阳妙绘。黄昏，匪庵来辞别。得五古一首。

喜雨吟

衔命来东鲁，祗祀祈黍稌。雨旸冀若时，庶慰三农苦。山海洁明禋，每致随车雨。未敢贪天功，但喜润膏土。驱车至历下，雩祭走仓皇。询知兼旬旱，炎风煽恒旸。海岳有灵祇，曷独困此方。余为祈岁使，对此憯惭惶。同行相慰藉，谓公能作霖。前者有明验，岂其或爽今。闻语心转怍，似誉还似谑。天意杳安知，此幸难屡托。中夜风渐止，晨起阴云生。稍霑阶下草，旋作叶上声。登楼时一望，四山青翠横。廉纤达午夜，霢霂润深耕。匪但二麦起，兼可卜西成。皇心廑民瘼，感召本无形。微臣同草木，沾被雨露零。征途浣行尘，农歌取次听。

初七日　雨竟日。

初八日　晨雨，巳刻晴，自初六日雨至此方止也。为同年陈黼功讳汝明题画册。

为陈黼功题饮中八仙之一

年少胸襟抵海宽，醉乡深处好盘桓。天边也有星名酒，何事犹须白眼看。

初九日　晴。午后，同鹤言载酒泛莲子湖。面南山，背雉堞，瀫纹不起。荷叶拥篙，蛙鼓喧于芦中，水凫唼于柳下，一幅江乡好景也。登古历亭，创于唐李北海，荒废已久。五年前，鹾使李广宁讳兴祖重葺之。亭六角，西缭长廊，东有虚室。杂花密树，环于阶砌。由长廊西南小折，通以略彴，一小亭曰“水镜”。又西为蔚蓝轩，颇高敞。亭与轩皆在水中央，四顾浓绿，映入眉睫，荇藻游鳞，皆出履下。有此亭而湖为增胜矣，壁间碑刻颇多。得诗二首。

游𪩘湖

首夏明湖满，乘舠水气凉。回塘通荻路，敞阁纳山光。蛙部初闻聒，荷钱亦有香。传杯贪泛宅，疑是到江乡。

古历亭歌赠李光宁鹾使

君不见少陵老叟最能诗，诛茅卜筑浣花溪。又不见东坡才笔世无两，所至三作西湖长。江山一旦经品题，至今名胜留天壤。我来访古到齐城，就中最爱古历亭。云谁踵事勤丹雘，李公游赏多逸情。人安事理百废举，肯令名迹久荒圮。拓基面势费经营，岿然亭峙湖中沚。面前宜豁不宜封，屏山一带拖奇峰。月榭风廊环左右，凭虚四望皆玲珑。溪堂窈窕通荻港，凫雁唼喋浮青铜。春来芳杜茁兰芽，夏入香飘君子花。白露苍葭秋瑟瑟，玉壶冰挂冻檐牙。晓日委波光潋滟，旗亭灯火泛星槎。四时朝暮无不宜，争妍献媚若吾私。譬之名姝具倩质，浓妆淡抹斗新姿。北海风流满人耳，千年沧溟差堪拟。二百余年属我公，从今历下称三李。自是胸中有丘壑，布置向背皆有以。嵌壁诗文风雨鸣，行间郁郁蛟龙起。湖水霞蒸云变千万状，想君文字光芒奇丽亦如此。吁嗟乎，湖山胜概几千秋，斯地斯人真济美。

初十日　晴。午后赴杨中丞酌，夜饮谭先生家。先生与先君为殿试同年，屈指壬辰父执，俨然鲁灵光矣。

十一日　晴。作家书，遣仆归磁州。

十二日　晴。午后，赴三司公席演剧，薄暮携箫管放艇湖中。月衔远峰，清歌如丝。举盏细酌，凉飙徐来，归已微酣矣。

十三日　晴。发曲阜之装。晨起趋别臬司苏先生讳昌臣，细述先世交情。其尊人中丞公参藩河北，与先祖大司马交好。先君太史公丙戌举于乡，中丞公亲为先君簪花。时余八龄，屏后窃窥，犹能记忆也。臬司云，司马公所书笺扇，尚藏箧中。中丞善擘窠书，余家堂额“泽润兰芽”，其所赠手笔也。行七十里至长清。

十四日　大风。至肥城，泰安州守章人也，兼摄此邑。恰于两日前到，细谈久之。暮雷雨。

十五日　晴。至宁阳县，将暝，项城旧令君顾讳中方者入都经此过访，即留小酌。

十六日　晴。至曲阜，寓察院。先瞻圣庙，规模宏敞，数年前发帑新葺，益加壮丽。夫子手植桧在殿东南隅，纹理左旋，苔痕苍翠，巨干独挺，旁无枝叶，真奇观也。东为燕申门，堂后有井，围以石栏，短碑勒“孔宅故井”。此夫子蔬食饮水处，慨想久之。

十七日　晴。晨祭庙毕，即诣林致祭。出北郭里许，夹道桧柏蔽天。度文津桥，一石坊额“万古长春”，两旁为碑亭。又行久之，为至圣林，门上有观楼。门以外左右村舍百余家，皆守冢人也。门内即辇路,北隔泗水,跨三石梁。西梁有坊,曰“洙泗桥”。桥阴石兽四,翁仲二,云犹汉高所置也。飨堂三楹,堂后缭以红垣。抚子贡手植楷,根株枯而不朽,恐其颓也,甃以砖。夫子墓在西北隅,前左方为伯鱼墓,右方为子思墓,子白墓又在子思之西南。夫子墓右,面东屋三间。中立木主,题子贡庐墓处。林木蓊郁,蔽亏十余里。上无鸟巢,下无棘刺。泗水绕墓西南流,以旱久,桥下无水也。余自入乡塾,即思慕至圣,欲叩阙里,谒林庙。而今将天子命来此邦,以公事之余,得遂私愿。恭荐涧水溪毛,达其诚悃,拜瞻之下,低徊不能去。归途游孔垣三西园,园仅数弓。石叠小峰,玲珑屈曲。名花嘉树,密覆其上。四周房栊,皆拱此峰。而结构雅靓,湘帘棐几,陈设楚楚。所蓄幽鸟,有鸳鸯、鹦鹉、八哥。坐卧其间,足以娱老。余至他家,凡亭台阑槛不惬意者,辄欲与之改作,若西园,何所置喙乎。午后圣公见招,圣公以持服,命曲阜令讳兴认陪饮。安杯箸竟,即退其后进馔与汤,辄趋出手奉。礼仪不愆,雍雍肃肃,见圣人之家法焉。半席小坐园亭,观岩间瀑布。得诗二首。

恭谒阙里次吴匪庵银台韵

宫墙数仞拜瞻来,仰止斯文万古开。丝竹尚闻留鲁壁,简编曾不厄秦灰。运逢昭代尊经学,职备兰台愧史才。此日庭阶观桧柏,细寻碑版拂莓苔。

题西园次陈黼功韵赠孔垣三

君是西园会里人,一区烟景贮阳春。槛前山石嶙峋叠,几上图书烂熳陈。心静松筠堪作友,机忘鱼鸟亦相亲。壁间镵训能贻后,卜筑还期共结邻。

十八日 晴。晨偕鹤言赴孔垣三招。家童奏丝竹,树碧花香,隐映阶除,忘其坐之久也。起别即之宁阳,午后热甚,至更深抵东乡。是日共行百六十里。得诗一首。

垣三招饮西园再叠前韵赋别

胸中丘壑称幽人，啸傲西园几度春。四海通家皆孔李，千秋交道并雷陈。分甘共宴时时足，豢鹤莳花事事亲。判袂尚携余兴往，天涯回首若比邻。

十九日 晴。行一百四十里，至方山灵岩寺。山如削成，画屏开展数里，寺在其东北隅。度石梁，烟壑环之，辟支塔十三层，高倚殿檐。山无杂树，细青深翠点缀于巅麓者，皆柏也。由塔右累陟而上，登藏经、卧佛、达磨三殿。达磨殿有铁袈裟卓立座下，宛然水田衣也。石色微黑，类铁耳。又东上为朝元殿，北折至大士殿。殿中涌泉名甘露，流于槛外。石亭下，小池澄泓，名甘泉。自亭而西，得平地，正对众峰，下临幽谷，布席豪饮。僧指北山曰"蹲狮"，南山曰"行象"，东曰"朗公洞"。狮与象亦不甚肖，颔之而已。四方进碧霞元君香者，先泰山而后灵岩。山店有十三家，主之者僧也。得诗三首。

游灵岩寺

首夏迂游屐，灵岩蕴秀殊。数回山曲折，一望树模糊。负岭如屏障，前蹊俨画图。所嗟年岁久，名刹任荒芜。

读苏东坡灵岩壁间诗

山海毕祀回，乘兴探岩穴。四月到灵岩，坡陀尽苍碧。参差梵宇嵌林峦，狮象肖形钟异迹。长歌短咏多诗篇，雕镂几碎巉岩壁。耐可游行记岁时，了无奇倔惊人笔。欲携诗句问青天，止有髯苏一片石。

读李广宁鹾使灵泉壁间诗

灵岩诗笔首坡仙，镵壁何人敢并肩。黄鹤楼中崔灏句，争奇唯有李青莲。

二十日 至济南，得仁公札，饷巨虾、海鲚。

二十一日 晴。午后，同登州太守任在庵讳璇、中翰刘子顺讳士聪、朱君、鹤言泛舟莲子湖。先酌舟中，后饮于水面亭，昏黑而归。

二十二日 赴苏臬司先生酌。

二十三日 赴孙怍庭先生讳光祀酌。先生年八十三,自言七十八生一子,今方六龄。引之出见,眉目如画,真瑜珥兰芽也。

二十四日 方与陈黼功谈次,而大儿从家乡来,不见八年。细询故里,旅怀之一快也。

二十五日 赴谭先生酌,夜大雨达旦。

二十六日 午前微雨,午后阴,以小恙伏枕。

二十七日 晴。稍能起行,犹未离药裹也。

二十八日 午后雨,读王孟诗。

二十九日 晴。小瘥。

三十日 晴。辞别诸当事,招魏禹平讳坤游张泗水园。以事阻,留之午饮。夜携大儿赴谭先生酌。

五月朔,丙辰日 晴。

初二日 赴学使刘六皆酌,坐兰石轩。白石广二尺许,长五尺,纹理成横幅兰蕙。花叶生动,披拂湘江之渚,但少香气耳。昔人欲锯而分之,石坚不可断,乃止。

初三日 魏禹平来送别。晨餐毕,快谈久之。大儿将分途,作乡园亲友札,手腕几脱。

初四日 辰刻,同山左诸当事于南察院拜贺皇太子千秋节。黄昏雨。

初五日 明日将去历下,午刻,招陈黼功、朱君过、鹤言别莲子湖。雨后涨波,微云笼日,湖若益广,山若益近。小舟穿葭荚间,鱼鸟鸣跃,皆来亲人。登北城楼,其下水门常闭塞,楼甚高迥。俯视济南,烟火万家。北望华鹊,青黛二点,对峙东西。笑谓诸公,此时各倾菖蒲盏,脱帽大醉,何如我辈于胜地移尊作雅游乎?计四泛此湖,而风日之佳,今夕为最也。方于水镜亭凭栏临流,飞觞欢饮。忽雷声殷殷,催人急归,抵寓大雨雹。余雅有泉石之癖,而自曲阜还,二竖侵之,若妒我游屐,千佛龙洞诸胜,不遑寓目,亦东行一缺陷也。

初六日 启行过齐河,宿禹城桥,将至已昏暝。黑云藏雨,催鞭急驰，抵寓欲餐，雷电大作而雨不甚久。

初七日 八十里至平原。

初八日 七十里至德州，微雨。次儿癸酉同年李君讳炳者移尊来晤，留饮，云罗家酿方可购也。

初九日 巳刻过景州，薄暮至阜城。

初十日 午刻过献县。晚抵河间，仍宿碧霞庵，守土官俱公出。是日行百四十里。

十一日 过任丘，午餐毕，即行。登赵北口高堤，春间之汪洋巨浸皆涸。垂柳浓阴，荷香浮碧，斜阳走马，稍豁倦眸，宿雄县。

十二日 过新城至涿州。

十三日 早抵良乡。

十四日 至乾石桥，门生马晋三等同次儿来迎。

十五日 辰刻诣东宫请皇太子安。适传行在捷音至，想回銮在即。六师凯旋，臣榕端拂拭衫尘，不胜抃舞。仰见皇上文德武功，震詟遐荒，长驾远驭，超越千古。从此丑类屏迹，边陲永靖。谨歌一诗，以志从来未有之盛焉。

辐轩祗祀报丰年，待奏班随鹤禁前。正是皇华衔命至，欣闻紫塞捷音传。桑麻已润千家雨，斥堠全消万里烟。翘首銮回齐拜舞，升平歌永遍尧天。

燕游日记

雷国楫

序

雷君松舟以诗名海内，所著《龙山诗钞》予既序而行之矣。己丑冬以公事入京，庚寅夏归云间，乃出途中所辑《燕游日记》示予，受而读之，叹松舟之才为不可测也。古来诗人未必能著书，著书者未必能诗。盖吟咏之事主于虚，而纪载之事归于实，二者各因其性质之所近而分镳异轸，莫能兼也。是故高、岑、王、孟之伦但能诗，未闻别有所撰述。若杜佑、李吉甫善著书矣，于诗则又不暇及焉。松舟之诗，色俪春兰，响高秋竹，固为艺苑眉目矣。而是编者，自吴达燕往还三千里，所志山川、古迹、风俗、物产、河渠、水利、邮传、关津、舟航、闸堰，历历如披画图、如数掌纹，不必搜志乘、采方言而已得诸一卷中。言简而该，义雅以正。虽其体不越乎说部笔记之流，而宛然有良史之裁焉，甚矣松舟之善著书也，而不谓即得之以诗名家者，岂非兼人之所不能兼者哉？闻之登高能赋可以为大夫，岂不以诗之所载，大抵皆有关于山川、古迹、风俗、物产、河渠、水利之类者居多，故当授之以政而使为大夫耳。乃后世诗人往往驰逐于风云月露、流连光景，能留意实学者卒鲜，遂使吟咏之与著书每不克以兼擅。今观松舟是编，不特服其有兼人之才，而其留意实学，即可为大夫者在是焉，其亦堪为诗人之浮夸而无实者一雪此言也夫，是为序。乾隆三十六年辛卯夏六月既望。西庄同学世弟王鸣盛再拜谨撰。

序

古今说部志林载在丛书者不下数十百种，半皆侈谈荒怪，无当典雅之观，惟郦道元《水经注》、苏东坡《寰宇记》益人神智有足多者。近代周栎园则有《书影》、朱竹垞则有《日下旧闻》、宋牧仲则有《筠廊偶笔》，而王渔洋自《池北偶谈》《分甘余话》而外并有《秦蜀驿程前后记》,洋洋乎典而该,雅而正,诚足以备纪载之一体,而补古今之不及。粤若关中,自昔多生豪俊,班马而后,代不乏著述伟人。或以理学传,或以诗文著,要皆卓然可以自命。近世三李、豹人、黄湄诸君子,尤足动人景行之慕。而蒲城雷君松舟生长其地,濡染乡先辈流风余韵。迩来薄宦江东,能以著述自娱,其胸趣固非凡近之所能易测。丁亥冬予以量移华亭,始识松舟于茸城参军任。得读其尊人年伯洪斋翁诗稿,并读参军诗刻,深佩参军之为雅人,能嗣其家学。顾予以鞅掌簿书,而参军亦于役南北,公廨一见,未遑罄所欲谈也。今岁夏五,参军解帑都门归,而予亦适将随计入都,数日间暂获清闲。参军乃于暑夜星凉,携一僮过予寓馆,清谈娓娓,每至漏下三鼓。谈及途中辑有《燕游日记》一书,尚未诠次成编。冬间予回华亭,参军始出以相示。其书自起程以讫竣事,往返水陆计一百八十有八日。所志城邑、沿革、山川、风景、古迹、遗闻以及南北名流、遐方贡使、邮题偶笔,靡不搜罗选录,以资闻见。独于运道之浅深,闸坝之启闭,入江沿海潮信之异同,淮黄济汶九河分合之源委,尤为详悉而有征。夫古之著书者多成于暇日闲窗,据几染翰。独怪是役也,参军以奉檄之身,其始也,阻风守坝,不无雨雪杨柳之思;其继也,报命遄归,不辞暑雨炎蒸之瘁。而参军反以高古情逸,致博洽文心,一一以笔墨记载而消遣之。洵哉参军之为雅人无愧也。闻友人建水李君文五欲为梓行之。异日有修辑《昭代丛书》者,知必与渔洋《秦蜀纪程》、栎园《书影》、竹垞《旧闻》、牧仲《偶笔》兼收并录,共传不朽,而《水经》《寰宇》诸书不得专美于前矣,予故乐得而为之序。时乾隆三十有五年岁次庚寅除夕前二日,年家寅世愚兄岷江高辰白云氏拜手撰于华亭官署之古柏轩。

序

凡人莫不有所好,好之甚者随身之所历,目之所经,以至于几务之匆烦,道路之奔走,而俱不得而夺之者。何也?志之笃也。若是者，予于蒲城雷公松舟见之矣。余以去岁闰五月始得交于松舟，时松舟以饷务新自京师归。茂苑王公溶川亟称其才，翼日出《龙山诗钞》示予。格高语警，五言律尤工。是能宗仰初盛，不落大历以后名家窠臼者，予既耸然异之。今春上元前四日，复出其《燕游日记》一编，则志去岁入都道中所访葺而订正者也。吁，松舟之志亦勤矣哉。夫松舟以关中俊才，克承祖父家法，读书好古，其天性也。且以生长三秦，其于终南韦杜之灵秀，秦碑汉隶之奇古，无不旁搜博览，而一寄之于诗。顾以自京迄江南三千余里，为往来孔道过者交错旁午，辄掉臂去之。乃于是役也，凡樵夫所指，野老所称，残碑断碣所遗留，靡不考其渊源，核诸纪载，勒成一书。以补山经地志之缺，而正其讹舛，其志抑可谓难矣。昔昌黎为王弘中作《燕喜亭记》，言弘中之至连州也，“次其道途所经，自蓝田入商洛，涉淅、湍，临汉水，以至岘首、荆门、洞庭、湘水，由郴逾岭，极幽遐瑰诡之观”。然窃意其时亦不过俯仰上下、咨嗟叹赏而已，未必为之溯沿革，穷源流，城郭院宇之建竖，邮亭旅店之题署，一一而登之汗简也。且弘中以吏部郎迁谪，彼或藉江山之闳壮，形势之辽阻，以纾其抑郁无聊之况，固宜无足怪。若松舟以公事至京师，王程匆迫，而乃能操笠屐、携翰墨以从事于荒烟蔓草间。每遇绝潢断港，触风雨，冒暑热，燥吻枵腹不少悔，而公事亦不至于弛且废。自非负倜傥奇崛之气，而深致其好于寝食寤寐之中者，其孰能之欤？独念松舟锐志典籍，嗜古不倦，本其学术，以发为经济，当置身显要，庶几一展其抱负，岂区区以末秩浮沉终者耶？然觇松舟之志，若甚乐以萧然吏隐，得肆力于诗古文辞，以偿其夙好，而秩位名禄曾无足介其意者，由其志之笃而好之深也。抑予闻松舟足迹几半天下，所至必访其地之贤而才者，与之上下。其议论，其深情雅尚类如此。观于此编，亦足以知松舟之好也已。乾隆辛卯仲春下浣，娄江愚弟季梦莑顿首拜题。

题 辞

长洲王廷士溶川

惊才大雅藉扶轮,驿路斐然撰述新。车马肯教空跋涉,江山顿觉露精神。搜罗故实宁无补,点染烟云亦有因。却哂丛书徒汗漫,何如史笔属诗人。

书成鞅掌羡缤纷,愧昔空曾往返勤。鼯技易穷应笑我,豹斑难尽共推君。墨花尚滴春江雨,笔势犹含泰岱云。展卷长安浑欲到,铃声帆影似平分。

金堂高辰白云

风雪王程记遄征,山川人物总关情。江梅驿柳无心问,胜迹遗闻待品评。

水志山经自昔详,纪程今又见渔洋。知君别具探奇识,次弟搜来入锦囊。

太仓季梦荃雪堂

轻装来去六千里,一棹淹留半载程。得似参军高致否,墨香毫秃记初成。

奔涛下上闻西东,六幅帆飞舶趠风。我欲问津披卷坐,珠流仿佛溅疏篷。

燕游日记卷一

蒲城雷国楫松舟著

乾隆三十四年(1769年)

十一月下浣,予奉文委解浒墅榷税赴都,于十二月初一日晚开行,丙夜至青浦县。

青浦,即青龙镇,为古由拳地,明割华亭、上海二县地置。九峰三泖,环列县境。推篷遥望,青峦碧波,如拱揖于帆樯左右。

县境旧有孔子庙,在慧日寺侧。宋淳熙间,寺僧浚渠得玉璧三、环二、簪一,藏之郡学。盖孔氏三十四代孙祯宦游至吴,因立庙葬衣冠于此,璧、环乃葬中物也。

初二日 早仍泊青浦,会邑尉张公永锡。托予寄一函于德水罗公。罗,伊外父也。并言渠家故善酿,而其所久弆者为尤妙。予闻之忻然,不知至彼日,罗公能惠一二罂,以解高阳徒之渴否。薄暮,晤大令褚公,启宗。纵谭数刻,颇觉洒然。二鼓始放舟往昆山。

初三日 四鼓过三江口,辰刻过昆山县,遥瞩玉山,岿然在望。时以风利舟驶,未获弭棹一登,殊深怊怅。午过唯亭,经沙湖梢。遥望舴艋出没于洪波巨浪中,若履平地。谚曰"北人乘马,南人乘船",良不诬也。晚抵苏州,泊胥门外大马头。

三江口在昆山南三十里,《禹贡》"三江既入,震泽底定"。注:松江下七十里分流,东北入海者为娄江,东南流者为东江,并松江为三江,意者三江由此分流,故云然欤。

昆山县隶苏州府,本秦娄县地,梁置信义县,大同初分置今县,后俱因之。近析置新阳县。

玉山在城内。杨维祯《玉山草堂记》曰:"昆邑山本号马鞍山,出奇石似玉。烟雨晦冥,时有佳气,如蓝田焉,故人亦呼曰玉,又曰昆。"其西有峰曰"文笔",峰下石最奇特,俗所称"野猪峰"者也。山顶又有玉泉井,深数百丈。

初四日　早,面缴予篆于太守钟公。午由日晖桥往浒墅,傍晚抵关,会同事刘公,奕冲。刘系直隶任邱人,以孝廉一等分试江苏,借补南汇丞。其季父与先君为同年友也,因同寓金龙四大王庙。

初五日　早,晤常熟丞方公、发。华亭丞杜公,嵩。二公皆奉委查榷税者也。

初六日　早,天气晴明,风和日暖。与刘公同登文昌阁,阁踞土山,势甚陡峻。倚山门遥望,虽草零木脱,而田畴绣错。林樾绮列,一目千里。由山门折而东,迤逦至阁后,林木蘩蔚。下有深池,碧水潆洄,金鳞游泳。陆道人曰:"此文昌阁所买放生河也。"中有巨鼋数枚,每于春间出游岸上,见人不避,土人谓之鼋晒衣云。从林际遥望穹窿、灵岩、楞伽、邓尉诸山,累累然如青螺浮于木杪,令人顿生道心。下午杜公招与刘公同饮,至丙夜始归。与刘公剧谈抵晓,奚仆皆齁齁矣,而予二人兴犹未阑也。

初七日　早,天尚晴明,午后阴云幂幂,有雨雪之状。

初八日　早,兑饷装鞘,午后朔风骤起。上天同云霰落,屋瓦铮然有声。晚方公招同刘、杜诸公小集。

初九日　午后买一蜻蜓艇,与刘公同赴吴门,时抚军永公、德。方伯姚公成烈。皆初莅任。开行不里许,北风大作,雪落如掌。推棂一望,大地悉琼瑶矣。晚过枫桥,晤王光禄西庄先生,清谈数晷。漏下二鼓乃抵苏城,城垣帆樯,俨如玉琢,即时过居便民船上。

初十日　早谒抚、藩、臬各宪毕。晚过顾明经,宗泰。索其所选《停云集》,未遇而归。

十一日　早谒制宪毕,将返棹浒墅,忽闻监督萨公载。超擢方伯，遂往贺。薄暮鼓楫，二更至枫桥，遂叩西庄门。时先生已寝，闻予至，即起，立风雪中谈诗移时，然后放棹。

十二日 早至浒墅下鞘，遂过关。泊毛家巷口，去关不一里。

十三日 午后开行，朔风甚厉，牵挽维艰。遂泊北隅汛，去关不过三里。

十四日 凌晨开行，至南望亭，河冰已结，遂泊。午后少泮，复开。至北望亭，日已云暮，恐有流冰刺舟，又泊。晚天色甚霁，皓月当空，俯视河冰，如万道金蛇踊跃于琼屿瑶岛间。

望亭属金匮，在县南四十里，去苏州五十里，本名“御亭”。梁庾肩吾诗“御亭一回望，风尘千里昏”，是也。唐太守李袭誉遂取庾诗“回望”语改为“望亭”。李嘉祐有望亭诗，王维诗“东南御亭上，莫使有风尘”，亦谓此。

十五日 早，打冰而行，晚泊新安汛，去浒关三十里。

十六日 黎明，复打冰而行，流冰触舟，窸窣有声。行不数弓，即泊。午后，与同舟诸公登岸小步，遥见慧锡诸山，如螺如黛，隐见于云端。时河已流澌，因令榜人复行，至晚泊无锡。

无锡有酒名惠泉，最驰名，然佳者颇鲜。

无锡县隶常州府，为太伯封地。汉始置县，新莽改曰有锡，后俱为今县，近析置金匮县。

慧山莅无锡境，《慧山记》曰：“慧山于锡诸山最大，其脉宛转，历天目而来。至是峰九起，故又曰‘九龙’。”慧之为山以泉名，唐人陆羽品为天下第二，故名第二泉。

锡山，慧之东峰也。周秦间曾产铅锡，古铭云：“有锡兵，天下争；无锡宁，天下清。”土人曰，此山不复产锡，于今盖三千余稔矣。

梁溪源出慧山，梁时重浚，故云。一云梁鸿居此，故名。

曲水亭亦在慧山，唐陆羽《游慧山记》曰：“慧山寺前曲水亭，一名憩亭，一名歇马亭。”其水九曲，其中有方池名浣沼，为宋邑令苏舜钦流觞之所。

太伯故城在无锡之梅里,自太伯至王僚二十三君,并都于此。

清閟阁亦在梅里,为倪云林瓒故居。

十七日　河身通结,厚可数寸,尺步难进。予与刘公各持刺往县索舴艋二只,令舟子沿岸敲朴。河开一咫,然后舟由冰中行,轧轧作声。但冰深天寒,旋开旋结,不数武而夕阳已在山矣,遂泊。

十八日　四鼓,闻岸上有人云,制宪欲过,县尹令厮役督数艇沿河敲打,河冰尽开。予闻之,令舟人匆起整棹开行。然天气沍寒,及至东白而凝结已如故矣。午后复开,舟行冰罅,察察有声。未刻,泊皇华亭下。亭上有一联云"津路控吴趋君子,至斯欣得见;邮亭剩惠水好山,相对欲忘疲",为金匮令青田韩锡胙。题。其书法用隶体,亦系韩作。联既典切而书亦古雅,可称二妙。从岸上望慧、锡二山,苍翠直落眼底,塔光炳耀,更眩人目。惜河冻港结,未克一往。晚与刘公同游市梢慈云寺,寺内有巨池,环缭殿基。僧雏曰,中有巨鱼,长可及仞,投以饼饵,则群浮水面。时以日已晼晚,无由觅饼。兼之天寒水冷,鱼伏不出,遂未获见而归。

十九日　风转东南,天亦温霁。河冰悉泮,流澌洋洋。扬帆而行,甚觉便利。午至伍牧,晚至常州府。

常州府,周延陵邑,秦会稽郡地,汉改曰毗陵,东晋曰晋陵,隋唐宋元俱曰常州,明升为常州府,国朝因之,附郭县二,曰武进、阳湖。

武进县,三国吴所改名也。东晋于武进侨置南兰陵郡,梁改曰"兰陵县",后俱为今县。

阳湖县,近析武进县地置。

九龙山,在府城北。自孤陈山起,至此凡九岭,故曰"九龙"。

芙蓉湖在府城东。

夫椒山莅阳湖境,马迹之从山也。东曰夫,南曰椒,春秋吴败越于夫椒,即此地也。

二十日　河冰复结,然不若前此之坚矣。舟人立船舷,持狼头随打随行。午至奔牛镇,镇有巡司署。予与诸公同游香林寺,寺二门内有匾曰“遗音”。匾序云，此余【俞】伯牙先生鼓琴之遗趾也。昔先生隐于琴，钟子期隐于樵，二人相交甚欢。后钟子期死，先生遂投琴于傍支河，终身不复鼓。匾为里人吕宣题。二门外有一碑，云寺内有伯牙琴台，履之，声橐橐然如应答响。寺外有琴渎，渎有鱼曰“琴鱼”，琴鱼弦徽皆备，盖渎即先生所投琴处也。寺僧曰，殿基即琴台故址，琴渎在寺外，琴鱼今不复有矣。寺本名大悲庵，有一乡先生易为今名云。

午后至吕城镇，镇有闸，又有巡司署。晚至大王庙汛，距丹阳四十余里矣。适制宪欲过，遂停。

吕城属丹阳县，为东吴吕蒙所筑，故云。

二十一日 又转西北风矣，河冰复坚，流凌甚多。巳刻至陵口，晚至青阳铺，舸舰蚁集，帆樯林藂。兼之冰深港狭，势难前进，遂野宿焉，此地距丹阳十里。

二十二日 早，即令护卒沿河打凿，斧下冰飏，殆如雪落玉飞。《楚辞》云“斫冰兮积雪”，允不诬也。打至薄暮，始至七里桥，遂弭棹。

二十三日 凌晨，予与刘公并邻舟奔牛巡司商公谨。上岸探视沿河情形，直至城霞阁下。阁后有一塔，高可凌汉，惜板扉封钥，未获登陟。阁前有一石坊，阳曰“丹楼如霞”，阴曰“斡旋风气”。阁下有一金字匾，额题曰“曲阿胜地”，为今皇御笔。阁上匾最夥，其“城霞阁”三字系谷水董尚书其昌作。凭棂四望，则平原云树与丹阳城中闾阎扑地、烟火弥霄之状，一时都落眼前也。

午后，有营弁徐公督汛卒数名，缘岸逐船，意在疏通河路。然船多港小，究不可通。盖其故总由粮艘横踞河心，使渠肯让一二尺即时通便，而渠等坚不肯也。无可奈何，仍泊七里桥。

丹阳县隶镇江府，古云阳地，秦曰曲阿，唐改云州，又改简州，后更今名，历代俱因之。

县境有练湖，一名练塘。《通志》云：“即古曲阿后湖。”《寰宇记》云：“丹徒有高骊山，传云，昔高骊国女来此。东海神乘船致酒礼聘之,女不肯。海神拨船覆酒流入曲阿湖,故曲阿酒美也。”

县东南又有白鹤溪,一名荆溪,其地与金坛北境相邻比。

二十四日 天既回温,风亦停西。惜水涸船蓁,真令人有无可奈何者矣,仍泊七里桥。

二十五日 风又西转,然犹不甚巨。午开,晚届万善寺前,距丹阳城半里而遥矣。因与诸公入寺瞻玩,听自了诵梵书。忽与谷水张省庵、勋。吴兴陈寿轩启宿。二先生邂逅,随邀至伊寓煮茗清谭。娓娓动人,一时郁伊,都归乌有。二公皆馆谷金坛,辞归度岁,因守冻而淹于斯土者也。

二十六日 凌晨,予与刘公进城,欲令县尹吴公汉。拨役疏通河路,适不值。予随与刘公抵二尹王公廨,而彼亦随至。予与刘公遂剀切言之,而渠意殊甚落落也。巳开,午届迎春桥。桥外岸侧不数弓,有汉张留侯良祠,予二人复同游焉。内有一联云“智勇压群雄,笑谈间锤秦折楚;忠贞盟幽独,帏幄内辅汉扶韩”,数语词简意括,可谓道尽留侯平生矣。

二十七日 午后,与严公游准提庵,僧壁有唐崔峒一诗云:“僧家竟何事,扫地与焚香。清磬度山翠,闲云来竹房。身心尘外远,岁月坐中忘。向晚禅堂掩,无人空夕阳。”词甚潇洒,字作八分体,亦甚苍劲,款署无锡秦司寇。蕙田。庵与留侯祠邻比。未刻复开,晚泊小南门外。

二十八日 早,东南风作,天气阴阴,似有雨意。午后风更驶,趁此扬帆,刹那间百里程途可届矣。惜船稠水涸,不克一咫行也,噫。

二十九日 早,风仍东南,天更阴森,雨雪即在眨眼间矣。午后,小步至大南门外,登皇华亭。亭上有榜曰“江南第一要衢”。亭侧有二碑,为尹和靖、韦侍中昭二公神道,系螺川旷鸣鸾。立。石亭南不里许,有留侯祠一区。问之土人曰,丹阳内外公祠盖有七处。正游历间,忽东风飒飒,瑞雪霏霏,行不数弓,而谢庄之衣已湿矣。登舟即开,未刻至万寿寺前,雪冻风驶,遍地泥淖。二三舟子挽曳剧艰,遂泊焉。夜来雪更甚，船顶淙琤，声彻五更不辍。及晓视之，而遍舟皆似玉镂矣。

三十日 早，风雪不止，自辰至巳，愈觉其甚。琼瑶弥霄，圭璧铺地，真不啻大庾梅花、章台柳絮也。午后犹蔌蔌【簌簌】下，未刻遂停，而风亦转而西矣。自旦至晚，行不及五里，泊丹阳北郭。

乾隆三十五年（庚寅，1770）

正月初一日 早，朔风匝地，冻雪弥霄，午后稍霁。登岸闲步，直至七里庙汛，对岸望堤外，一片白茅，浩浩无垠。问之土人曰，此白玉荡也。中有小窦河，水大则决河水以泄之荡，河水涸则放荡水以归之。河旱涝俱济，与山东运河诸湖无异。是日未开。

初二日 半夜风又转而东矣。凌晨开行，巳抵张官渡，午抵新丰镇，始出丹阳境。计去岁十二月二十日至吕城入丹阳境，至今凡旬有三日。濡滞如此，不知何日始抵都也。未刻至丹徒镇，镇有闸，并有闸官，又有巡司署。此地即古朱方也，为齐庆封聚族之所。二鼓至镇江府西门，泊皇华亭下。

自苏至镇计程有四水，皆平行无分上下，故元曰平江路。其土产有四，曰线緞、曰纬、曰酒、曰醋。又有王寡妇膏药，治腰腿痛甚妙。

镇江府，春秋时为吴地，秦属会稽郡，三国吴初都于此，后迁秣陵，乃置京口镇。刘宋曰南徐，隋曰润州，唐曰丹阳，宋元曰镇江。明初改为江淮府，后改今名，国朝因之，附郭县一，曰丹徒。

丹徒县，春秋时朱方邑也，后名谷阳。秦改今名，三国吴又改为武进县。

望海楼在城中最高处，登其上远眺金山、甘露诸胜，历历如画。额为宋蔡襄题，后改为“连沧观”。

千丛楼亦在城中，唐天下名楼有五，此其一也。

勾吴亭亦在城中，唐杜牧诗“勾吴亭东千里秋”，陆龟蒙诗“秋来懒上勾吴亭”，皆谓此也。

藏春坞在清风桥东，本南唐润州节度使林仁肇故居。宋刁约因之筑园，中有逸老堂，其西有万松冈，陆游《南唐书》：“刁衎孙约亦名士，晚筑室润州，号此名。”

研山园在千秋桥西，为宋米元章故居，中有致爽轩、宝晋斋。

西园在放鹤门内，为宋韩蕲王别墅。

铁瓮城即府城楼，为吴孙权所筑，唐杜牧有诗曰“城高铁瓮横强弩”，明僧道衍有诗曰：“江水有潮通铁瓮，野田无路到金坛。”

京砚山在府城东，秦时术者言其地有王气。始皇遣赭衣徒三千，凿为长坑以泄其气。

北固山在府城北，下临长江，其势险固，故名。梁武帝大同十年幸京口，改城楼北固楼曰“北顾”，故又名此山为“北顾”云。山上有寺曰“甘露”，宋吴琚题榜曰“天下第一江山”。王珪诗“北固山随三楚尽，中泠水入九江深”，是也。

焦山在府东北江中，《润州图经》云“焦山为焦先所隐”，故名。山下有瘗鹤铭，陶南村《辍耕录》云：“瘗鹤铭相传为晋王右军书。”惟宋黄睿《东观余论》云“为陶隐居书”，良是。

金山在府西北江中，上有妙高台。释应之《头陀岩记》曰“金山昔名浮玉，因裴头陀江际获金，李锜奏易今名”云。

中泠泉在金山麓郭璞墓侧，唐陆羽以为天下第一元，萨天锡诗所谓“天下知名第一泉”也。

招隐山在府西南，为梁昭明太子读书处，石几至今尚存，下有招隐寺。玉蕊亭，唐李德裕作《玉蕊花》诗刻石。《南畿志》云“招隐寺即戴颙故宅”。

黄鹤山一名黄鹄山，亦在府西南，为戴颙隐处。《南史·隐逸传》云“戴颙，字仲若”，“宋国初建，及元嘉中征，并不就。衡阳王义季镇京口，长史张邵与颙姻通，迎来止黄鹄山。山北有竹林精舍，颙憩于此，义季亟从之游。文帝每欲见之，曰吾东巡之日，当宴戴公山下也”。

鹤林寺在黄鹤山，寺中杜鹃花天下奇绝。周宝守润州时谓殷七七曰，重九将近，能开此花副此日乎。殷曰诺。及九日，果烂漫如春。

丁卯桥在府城南，晋元帝子裒运粮出京口，因水涸奏请立埭用，丁卯日后人因以名桥。唐许浑筑别墅于桥侧，有《夜归丁卯桥村舍》诗。

初三日　早，过居江宁便民船上，甫欲开行而西北风大作矣。是日也，早犹微雨廉纤，自午徂夕，滂沱不辍。

初四日　风仍西北，然雨较昨又巨矣。及夕更似倾盆，淙淙之声竟昔不休，羁人闻之不啻一滴一针也。是日午后通船，至江口大王庙侧。

初五日　风转东北，然北风较大，仍不可开。雨则无异于昨，抵暮更淋浪矣。初昏，方与同舟诸公秉烛剧谈，忽闻船顶必剥作声，急遣伻出视，则雹大如夜光之珠，顷刻间舟首悉满。

是日午后，有关差王三官贻予京口潮信一纸。然以较予所闻于松、太各口者迥然不同，因具录之以为舟行一佽。云京口潮信初一、初二、十六、十七卯酉，初三、初四、十八、十九辰戌，初五、初六、二十、廿一巳亥，初七、廿二大汛换水，初八、初九、初十、廿三、廿四、廿五子午，十一、十二、廿六、廿七丑未，十二、廿七小汛换水，十三、十四、十五、廿八、廿九、三十寅申。松、太缘海，各州县各口潮信，初一、初二、十六、十七子午，初三、初四、十八、十九丑未，初五、初六、二十、廿一寅申，初七、初八、初九、廿二、廿三、廿四卯酉，初十、十一、十二、廿五、廿六、廿七辰戌，十三、十四、十五、廿八、廿九、三十巳亥。

初六日　早，开轩一望，普天大地，皆如玉雕。岭梅谢絮，更因风而飘飘不休也。及午，风声愈狂，雪势愈大，入暮则匝地皆有盈尺之璧矣。是早有丹阳簿谢公育珽。枉顾，谢系甘肃伏羌人。

初七日　早，风转西北，雪溢天衢，午后少霁。上岸小步，遂出昭关游超岸寺。登玉山望大江，浮玉如万顷银陂，千寻瑶岛上下左右皆是精光闪烁，令人不可逼视。薄暮归，登玉皇阁绝顶，游谒金龙四大王庙。有道人李濬川贻王传略一首,云:"大王姓谢讳绪,会稽生员。居钱塘之安溪,晋太傅安石公之裔也。当宋末时不仕,读书金龙山岭,建白云亭,裕洙泗源课徒,以诗自娱。甲戌秋八月大雨,天目山崩。涕泣曰:天目乃临安主山,今崩,宋其危乎。未几宋鼎移,与诸生痛哭。曰:我生不能报国,死亦当灭仇。即赋诗云:"立志生平尚未酬,莫将心事付东流。沦胥天下谁能救,一死千年恨不休。湘水不沉忠义气,淮淝自愧破秦谋。苕溪此处通元塞,惟有丹心万古留。"将赴水死,诸生不敢止。因请曰:先生之志果矣,必灭仇,何以为证?王曰:异日黄河水北流,是我为宋报仇时也,即赴水死。水忽涌起丈余,若有怒气冲激震动之者,时人咸异之。共出尸葬金龙山麓,立祠于旁。后明太祖与元将蛮子海牙战于吕梁,元将上流直冲,明师屡溃。太祖忽见空中三金甲神执鞭,涌黄河水逆流,元将遂败。太祖乃祷之曰,天将乞示名姓以俟酬封。是夜梦一生戴儒冠,衣青衿,披帏入告曰:臣宋时会稽生员谢绪也。祖名达,父叔三人,兄弟四人,纪、纲、统、绪,臣行四。恶元并宋,力不能恢复,赴苕溪死。尸葬金龙山麓,饮恨九泉。今经百年,幸圣主当阳,特拥河北流,为宋报仇以伸生平之志。太祖复问旁二将为何神。对曰:此楠木二神,臣与结为兄弟以报宋仇者也。太祖惊悟,遂敕封为今神云。

夫王乃宋末一诸生耳,乃生则杀身成仁,死犹灭敌复仇。其忠义之气直可回天地、转日月,真可谓旷千载而绝无者也。较之文山、叠山诸公,殆有过之更无不及,而世人乃以寻常水神目之。呜呼,其亦埋没王之苦心也已。

初八日 风雪依旧,仍不可开,真令人有无由缩地欲如何之叹也。

初九日 早,微霞冉冉,金乌隐现。过午则云中君杳不知其所之矣,然风犹如昨。

初十日 天剧晴朗,纤翳都无,然风犹未转。午后往谢金龙王庙观剧,邂逅道人程。明德。程即李濬川。命为予书谢王传略者,字既端楷,人亦秀雅。

燕游日记卷二

蒲城雷国楫松舟著

十一日　辰刻，风转东南，天亦晴霁，但船犹阁浅。未刻潮至，乘势开行，风不鼓浪，潮自送舟。遥望金山，朱栏碧嶂，掩映青霄。瓜洲城堞，历历都落帆前，一霎间已入运河口矣。酉刻过油栅关，独上岸，游吴氏锦春园。园擅淮扬之最，花木蓁蔚，林峦错综。皇上曾经驻跸中厅，有御制七言长句石刻。二鼓至三汊河，遂泊焉。此地名三汊者，盖以其北通扬州，南通镇江，西通仪征故也。其旁有高旻寺，寺内有浮图，予前岁经此曾陟其椒。寺侧有行宫，一路红阑碧水，徐风朗月，甚是宜人。

自运河口上至风神坝，其水皆洪泽湖之所流衍也。洪泽湖，即淮渎之所汇注也。其邮程计共有四，皆系逆行。回忆初二晚抵镇江，至今未刻渡江，计日盖已及旬矣。

瓜洲渡在镇江西北，扬州东南，距扬四十五里。昔为瓜洲村，本杨子江之沙碛也。其所以名为瓜洲者，盖以其状如瓜故耳。白乐天《鹧鸪天》词“汴水流，泗水流，流到瓜洲古渡头”，即此地也。唐曾建镇。《宋史·虞允文传》云“金主率大军临采石，而别以兵争瓜洲”，盖亦以其要害故也。今城隍高深，堞垣严密，俨然为江南北第一要区，内驻一副总兵。其现任者姓陈名奎，浙之定海人，三十年由宝山参戎升。

瓜洲城内有徽人制镊刀，遐迩驰名。其刀外为一方镊，内有一方刀，一鹰嘴镊，皆铦锐无比。然其值甚昂，每柄钱百文，缺一不沽。

十二日　早，旭日曈昽，清风荡漾，舟行甚便。但水溜太急，牵挽颇难。未刻至扬州,酉刻过关,遂泊焉。扬州各铺制香器物剧妙,往来者多市之。又有通草人物及诸竹器亦佳。

扬州府,春秋时属吴,秦为九江郡,汉曰广陵,又曰江都。隋改今名,唐曰邗州,五代杨吴都此亦曰江都,南唐曰东都,宋元仍曰扬州,明初为淮海府,继为维扬府,寻改今名,国朝因之,附郭县有二,曰江都、甘泉。

江都县,汉置,后齐置广陵、江阳二郡,隋改为邗江县,后更名江阳。

甘泉县,新析江都县地置。

甘泉山在府西,上有七峰联络如斗。又有井泉甚甘,故因以名山焉。

蜀冈在府西北,其命名之义有二。一曰以其地脉通蜀,故曰"蜀冈";一曰其上有茶园,其味甘香如蒙顶。蒙顶在蜀,故因以名冈也。又一名"昆冈",鲍照《芜城赋》"轴以昆冈"是也。

九曲池亦在府西北,上有木兰亭,隋炀帝巡幸日曾奏乐于此。宋苏轼诗"稽老清弹怨广陵,隋家水调寄哀音。可怜九曲遗声尽,惟有一池春水深",正咏此事。

邗沟在甘泉,《左传》"吴城邗,沟通江淮",注于邗江,筑城穿沟。东北通射阳湖,西北至京口入淮,古粮道也,今广陵邗江是。

芜城即邗沟城,鲍明远照为临海王子顼参军,随至广陵。子顼叛逆,照见广陵故城荒芜,乃汉吴王濞所都,亦叛逆为汉所灭。遂赋芜城以讽之,后人因以名城。

隋堤在江都,大业初开邗沟入江渠,广四十步,旁筑御道,树以杨柳。

隋宫在府西大仪乡。

文选楼在江都,《大业拾遗记》云:"帝常幸昭明文选楼,先命宫娥升楼迎侍。"

迷楼在府西南部,《烟花记》云:"迷楼经岁而成,幽房曲室,互相连属。炀帝喜曰‘使真仙游其中，亦当自迷也’，故名。”

摘星楼，即迷楼，故址后有摘星亭、摘星台。

云山阁在府南，宋吕公著守扬州时建。值中秋日落成，因宴客其上。时秦少游观以举子入谒，吕素闻其才，命即席题句。秦诗末联云“二十四桥入望处，台星已在广寒宫”，一座叹赏。

竹西亭在江都，杜牧有诗曰“谁知竹西路，歌吹是扬州”。

无双亭，在江都后土殿，宋王禹偁诗序后土殿琼花，天下独一株耳。永叔为扬州作无双亭以赏之。

萤苑在府北，《隋炀帝记》：“上于景华宫，征求萤火，得数斛。夜出游山，放之，光遍岩谷。”杜牧有诗曰：“秋风放萤苑，春草斗鸡台。”

雷塘在甘泉，即汉雷陂。《隋炀帝记》：“上初葬吴公台下，后改葬雷塘。”唐罗隐有诗曰：“君王忍把平陈业，只换雷塘数亩田。”

二十四桥在府西，隋置，并以城门坊市为名。杜牧有诗云：“二十四桥明月夜，玉人何处教吹箫。”“玉钩斜在江都西，隋炀帝葬宫人处。”

十三日　早，大雾弥霄，尺咫莫辨。巳刻，晴霁始开，午刻抵五台。门外有木坊，颜曰“香阜寺”，为今上御笔。对岸有危亭罨桥，榜人曰此名“高桥”，从桥折而西即往平山堂道也。平山堂故踞蜀冈，宋欧阳文忠公守郡时建。登堂遐瞩，江南诸山拱揖槛前，悉与堂平，因以为名。公在官，日时携客登堂，命妓以花传客行酒，往往载月而归。呜呼，公之文章勋业与日月齐光，即此举儒雅风流，岂不更与江山并耀哉。惜自公后，芳躅莫继，令人不得不致叹为广陵散也。东坡词有云“三过平山堂下，半生弹指声中”，亦足以见此老之流连也。巳时，余以公事卒卒，不克游陟，为之怊怅者竟日。夜泊召伯，召伯属江都，因谢安筑埭而名焉者也。《谢安传》“安至新城，筑埭于城北。后人思之，比于召伯”，故名，隐以寓甘棠之意也。其地有扬州别驾及巡司二署，别驾为司河之员。

是日早，予与刘公杯茗清谭。刘公曰：“今十三，杨公忌日也。”杨公忌日之说，予亦闻之而未得其详，因细叩之。刘公曰："杨公名筠松，系李唐人，善阴阳家言，与人指点，无不顺利。虽乞儿所居略为布置，所求亦遂。一时皆以杨救贫目之，常以己意抡拣。周岁中有十三日为必不可用者，曰正月十三，二月十一，三月初九，四月初七，五月初五，六月初三，七月初一、二十九，八月二十七，九月二十五，十月二十三，十一月二十一，十二月十九。"予苦其难志。刘公曰："此不难，前半岁每月由正月往后退二日，后半岁每月由七月二十九往后退二日，即便无讹。"予谛之良然，刘公细心读书，即此已见一斑，可见天下事未有不从细心中得来者也。

十四日　天甚晴明，但风又转西北矣。兼之水逆溜大，挽行不易，二鼓始至露筋庙泊焉。清宵遐瞩，碧水澄霄，徐风朗月。人行堤上，柳映波中，不啻一幅画图也。

露筋庙属高邮，距州城三十里，王象之《舆地纪胜》："旧传有二女子夜过此，天阴蚊盛，有耕夫田舍在焉。其嫂止宿。姑曰：'吾宁死不肯失节。'遂以蚊死，其筋见焉。"宋欧阳文忠公有诗云："常闻高邮间，猛虎死凌辱。哀哉露筋女，万古仇不复。"

十五日　风转东南，舟行甚驶。辰刻至高邮州，晚泊六安沟。

高邮地滨湖河，人家多畜鹜，故鹜卵剧多而盐淡皆佳，溯游、溯洄者无不市焉。又有酒曰"木瓜"，亦佳。第味过于甘，沽者须审之。

高邮州隶杨【扬】州府，春秋时为吴邗沟地。秦筑邮亭于此，故曰"秦邮"。汉为高邮县，宋升为承州，元升为高邮府，明降为州，国朝因之。

州形四面皆下，城基独高，状如覆盂，故一名盂城。宋秦少游观有诗云："吾乡如覆盂，地据扬楚春。环以万顷湖，粘天无四壁。"

州境有甓社湖，宋孙莘老家于其侧。尝夜读书，觉窗明如画，循湖求之。见大珠，其光属天，是年莘老登科焉。孙系黄山谷庭坚外舅，黄尝呈以诗云："甓社湖中有明月，淮南草木借光辉。"又有三十六湖以受七十二涧之水，故王贞简词有云"三十六陂烟雨春"。又有文游台，为宋苏轼、孙觉、秦观、王巩载酒论文处。李公麟绘为图，刻之石。

十六日 早，风甚便利。辰刻即至界首，晤巡司樊公，大佐。樊系韩城人。未刻至范水，即范公湖口也，属宝应县。风顺船驶，正在快意之际，欻然西北风至，而雨亦搣搣落船篷矣。遂停憩，薄暮雨益甚，竟泊焉。

十七日 早，西北风更大，兼有微雨，未开。午后，风雨少止，乃开行十许里又泊，距宝应尚有三十余里。

十八日 早，风仍西北，勉强开行。午后距宝应十里而近，而又泊矣。

十九日 早，风转西南，打戗行。辰刻至宝应县，过闸，泊皇华亭下。亭在迎秀门外，即小南门也。午后南风甚大，舟行颇快。晚泊平河桥，距淮安城尚有四十里强。

宝应亦地滨湖河，村落外半是陂陀，土人云"芙蕖最饶"。想夏日间莲叶接天，荷花映日，别有一番妙景也。廛肆多藕屑，货佳而值廉，返棹日须当购之。

宝应县亦隶扬州府，汉为平安县，东汉改为安直，梁置阳平郡，唐初升为仓州，上元中以获定国宝更今名焉，后俱因之。

县北境有白马湖，又有射阳湖，即古所称射陂也。县迎秀门外有堰，名曰"跃龙关"。康熙二十五年造，以资灌溉。其水历城市，由射阳湖以归海。但木坊上"阳"讹为"洋"，不知是何人所建也。

二十日 早，风转东南，天气微阴，黎明开行。午至军饷关，旋抵淮安府，泊望华门外。望华门者，城之西门也。薄暮至板闸大关，关期已过，遂泊焉。是关一日止放一次，与他关殊，去淮安城十五里。

淮安府，春秋时为吴地，秦曰淮阴，汉曰临淮，晋曰山阳，隋唐曰楚州，宋、元、明俱为今名，国朝因之，附郭县一，曰山阳。

山阳县，本汉射阳县地，晋改今名，后俱因之。

钵池山在府西，相传王子乔炼丹于此，冈阜盘旋，故以为名。

南昌亭在山阳西，淮阴侯所从寄食处也。

胯下桥在府西，淮阴侯所受侮处也。

刘伶墓在山阳东北，唐许浑有诗曰：“刘伶台下稻花晚，韩信庙前枫叶秋。”

枚皋宅在淮阴旧县南，唐赵嘏诗“家住枚皋旧宅边”，正谓此也。

韩侯钓台在府西北，今上曾临幸焉，有御制诗刻石。其侧有漂母祠，祠额曰“一饭千金祠”，扉有联云“姓氏隐同黄石远，英雄识在酂侯先”。稳括雅切，惜不著姓名。祠内题咏甚夥，而佳者最鲜，唯安南阮探花辉僜。一绝，清微澹远，不缘恒蹊。予因亟录之，云“咄嗟一饭进王孙，何似晨炊不耐烦。立志本无关望态，千金难买怒时言”，其后署曰安南探花阮辉僜丁亥春书。夫探花入聘上国，其所经名山胜区，昔贤遗迹，凡有可慨于中者，靡不见之于诗。予所已见者有三，燕子矶二律，山左旅壁一绝，汉宪王墓一绝，予皆已笔之于《龙山诗话》中。及于今又为四矣，予又录之，而予所不及见者更不知几何也。呜呼！若探花者，可谓以山水风雅为性命者也，能不令人钦仰而欣慕之哉！而予之急急收拾编辑，若与探花相逐者。然假使探花见予所著诸编，予不知更当何如也。昔山左旅壁曾有一诗赞探花云“欲将菊秀兰衰句，持比安南阮探花”，可谓不泛不溢，予亦曾同笔之于《龙山诗话》中。

千金亭在清河境，《史记》“信为楚王，召漂母，赐千金”，后人因以建亭。

忆庚午岁，予侍先明府。府君赴任端江，道经淮阴，游韩侯钓台、漂母祠诸名胜。先君作诗数首，命伻书之于壁。及予今复过游，风景如昨，墨迹犹存，而先君弃不肖已十稔矣。予因涕泣而录之，《漂母祠》云：“系缆春城下，真王旧此游。谁言诸母漂，只有一双眸。不为娥姁妒，宁因相国求。盘餐聊复尔，祠宇几经秋。”《韩侯钓台》云：“细草蒙茸岸，台荒势尚尊。人言争霸日，曾此钓王孙。水静庐花阔，云浮剑气存。欲将淮海迹，共向磻溪论。”《胯下桥》云：“桥犹名胯下，人已擅英豪。不到穷愁日，焉知际遇高。由来能忍耻，强半在吾曹。寄语诸年少，凭君作意挠。”后丙子岁先君入觐，过淮阴，复作《漂母祠》七古一首，云：“淮阳城下一老媪，竟年业漂随风絮。忽开老眼看王孙，飘萧认出凌云趣。王孙此时最落魄，少年揶揄态更恶。君有何术如止水，独向春城恣探索。伐魏吞齐定三秦，举足刘项势绝伦。萧何犹待交臂语，愧尔深闺一妇人。殷勤长跪进盘盏，岂为片时通曲款。坐阅江湖岁月深，旁睨天地精诚满。自是英雄共此心，侠骨肯受形骸管。至今淮水向东流，痛哭老母非常俦。祠前舟楫还飘泊，安得倩尔一凝眸。”夫先君之于诗，积学苦吟，继以终身。凡所经历名区胜迹、遗垒故墟可慨可咢者，莫不一一见之于歌咏，故生平所为诗不下千余首。今予所刻之云间者，尚不及十分之四。呜呼！痛哉！不肖楫位薄名微，不克表章先业，俾之远传遐布。每一抚卷，未尝不涕泗沾膺也，因具录之以志予痛云。

二十一日　午后过关，二鼓至清江浦，泊副马头。副马头，即俗所谓张家马头也。

清江浦，土名乌沙河，千樯麇集，万户鳞居，诚为南北往来第一要区也。其地属清河县，在淮安城西，去板闸关十五里。

清河县隶淮安府，本泗州清河口地，宋咸淳九年改置，后皆因之。

二十二日　榜人购买渡河物料，西北风又大，因未开。适与松江提台杨巡捕邂逅，予与刘公各寄皮衣数事回松。

二十三日　早，西北风更大，仍泊清江浦。午后同刘公由副马头至大王庙后观河，见狂风横空，巨浪拍岸，堤堰皆摇摇欲动。回视堤内居民，其势反在河身之下，真令人心悸也。刘公欲归，适见村店青帘飐扬。予强之入，共饮数杯乃行。

舟中无事，偶阅张相公鹏翮。《敦行录》，内载司马温公遗事一则，真为读书人砭针，因录之。云：“温公读书堂文史万余卷，晨夕披阅，虽数十年皆新若手未触者。尝诫其子曰：‘贾竖藏货贝，儒家唯此耳，当知宝惜。吾每岁初夏视晴明日，即设案向日，侧群书其上，以暴其脑。至启卷必先视几案净洁，藉以茵褥，然后端坐看之。或欲行看,即承以方版,未尝手汗沾渍以触其脑。每看竟一版,即侧右手大指面衬其褚,而覆以次指面捻而挟过,故得不至揉熟其纸。每见汝辈以指爪撮起,甚非吾意。浮图老氏犹知尊敬其书,吾儒反不如耶?汝曹念之。'”吾窃见世之诵读者往往纵横案头,卷折手内,毫无敬惜。呜呼!其亦温公之罪人也已。

二十四日　辰刻过清江闸,午刻抵福兴正闸。予与刘公至闸口观水势,见波浪横激。舟船逆推,如渴龙怒马互相踢啮,扬嘶喷沫,凛然可畏。遂渡小溪,谒惠济祠。祠正对河口,俯压河堧。风涛攻冲,势甚危岌,全赖神灵呵护。思欲一状其景,而学识疏浅,不克摛笔。因忆先府君过此曾有二诗,遂并录之以自勖焉。《谒天妃庙》云:“天妃水府圣,势与穆清絜。分职司百川,临胜敞千阙。碧瓦气盘郁,灵旗风骚屑。门吞黄河水,檐突青霄月。吴楚纷潆带,乾坤共超越。侧闻红足栖,海鸟绿嘴红足,为天妃引舟使。瞥见玉颜悦。挥霍笻竹杖,飘动藕丝发。积微仇海心,《琉球使记》云:“天妃蔡姓,闽猴屿人,为投海身亡,因父后封天妃。”散作导江烈。图马息惊涛,雨龙收奋鬣。浪花立渐平,闸口开如橛。安澜催旅滞,风帆迅林樾。明德今古赐,神功钟鼎揭。我来斋宫下,时值朱炎结。心香叩明灵,俯仰真愁艳。”《过天妃闸》云:“筑闸束百水,渴龙怒中流。浪花拥层叠,石齿森剑矛。不有推挽力,何以到上头。铁絙绊船底,竹箬裹四周。牵丈千夫叫,钲鼓震岩幽。半渡人无色,忽脱鱼惊钩。幸沐神明惠,长怀旅次愁。留滞已七日,后来慎沉浮。”

是日,因粮艘拥挤,闸口未过。晚与徐别驾世灿。遇,徐系福建闽清人。以庚辰贡士分试江苏,借署江宁通守,因解漕饷往徐州者也。

二十五日　巳刻过福兴闸,未开。晚由福兴至通济越闸,四更末乃过焉。

二十六日　午抵惠济,正开闸,薄暮始过。

二十七日　辰抵运口,旋由运口抵清口。因黄河水未经探试,不敢遽渡，遂泊于此。

运口外水，即淮渎也。运口内以下至瓜洲运口，其水亦皆淮渎之所分注也。盖淮渎自泗州龟山东流汇为湖，名曰洪泽。一支南流由运入江，一支又东流至清口，黄河自北来会，东北入于海。

清口即俗所谓风神坝也，出此不里许即黄水矣，故曰“清口”。口东西坝上各有木坊，俱颜曰“埽工”。东坝上有今上御诗亭，亭北不数弓有风神庙基，故踞淮堧，与惠济祠无殊，噫！亦甚危矣。

甘罗城去运口不远，秦甘罗建。土人云“其地往往有钱，出钱有篆文”，俗所谓甘罗钱也。

燕游日记卷三

蒲城雷国楫松舟著

二十八日 辰刻出清口，东南风微作，舟甚便利，顷刻间已达彼岸。因粮艘丛集，暂泊杨家庄运河口外。薄暮，刘公命移至口内，倏然狂飙骤起。辛已入口，得无虞，此地有淮安别驾之署，别驾专司河务。

有人言渡河必须逆风者。予以问之土人，土人曰："不然。逆风溯洄之艰，与内河同。若顺风，亦不妙。"盖河溜甚急，又值顺风，势必缘流奔飘，恐一时不得入口，且有意外之虞。不若微风荡漾，轻橹送迎，庶可一苇而航也。

二十九日 仍东南风，辰刻至双金闸。午刻至三汊，此地为清河、桃源二邑交界。未刻至众兴集，属桃源县。距县城十余里，往县须渡运、黄各一重。酉刻，倏转西北风，又微雨溇溇，遂未开。去杨家庄已七十里矣。

桃源县亦隶淮安府，本宿迁之桃园镇，宋兴定初置淮滨县，元置桃园县，后讹"园"为"源"，明与国初俱因之。

二月初一日 仍西北风，辰后始开。晚至复古镇，去桃源、众兴各三十里。

是早，挽夫言："前去四十里，河水浅涸，舟不能进。欲舣此以待上游坝开水涨，然后开行。"予命至彼以待亦属无碍，及行未至半，而已坝开水至矣。问之土人曰："定例。"南旺闸及峄山湖各坝口俱于每年二月初二日始开，今缘扬州鹾贾往天津协办大差，故于正月二十六日即开。而往来舟行者，俱获不至淹滞也。

初二日 未刻至白家渡。此地属桃源县，河水甚溜，雇短纤十名帮挽。晚泊鲁家墩，去复古镇四十里。

初三日 早，风转东南，辰至宿迁县，未刻过关。晚泊九龙庙，去县城二十里，去鲁家墩五十里。

宿迁地多陂陀，故鱼夥而价廉。又有高粱烧春，味醇而直亦不昂，予往来曾屡沽焉。

宿迁县隶徐州府，春秋时为钟吾子国，秦置下相县，汉置厹犹县，晋置宿豫县，又置角城县，唐改今名，后俱因之。

是晨，宿尉蒋公信。遣力招饮，因风顺舟驶，遂辞。

初四日 东风甚驶，辰至皂河，未至窑湾口。此镇为宿、邳交错之地，中有界坊，南属宿迁县，北属邳州，前距州城八十五里。晚泊猫儿窝，去九龙庙九十里。

邳州亦隶徐州府，本夏时邳国，秦置下邳县，梁置武州，魏改州曰东徐，后周改今名焉，后俱因之。

州境有圯桥，即张留侯遇黄石公处，圯即桥也。楚人方言谓桥为圯，李青莲“我来圯桥下，怀古钦英风”句，圯桥尚误复。

初五日 巳过河成闸，未过河定闸，晚泊伽口汛，去猫儿口窝五十里。

初六日 辰过河清闸，午至黄林庄。入山东峄县界，距台庄五里。未刻至台庄闸，有闸官，又有峄丞分驻焉。北距峄城六十里，去伽口汛三十里。

峄县隶兖州府，周初为鄫子国，春秋时属鲁，其东为鲁次室邑，南为偪阳国地，战国时属楚，楚改次室曰兰陵，汉为承、兰陵、缯三县地，金置峄州，明降为县，国朝因之。

予族曾祖伊蒿先生故居在赵村，距台庄八里。予向过此曾访之，桂花零落，苏叶肃条。今重戾止，殆又甚焉，不觉盛衰之感，更加于昔矣。闻石佛寺地方尚有先生次孙，小字丙子者居焉。身为诸生，家亦颇殷，子侄辈尚有名噪于艺苑者，返棹日须当访之。

自丹阳吕城闸起至台庄共计十一闸。

台庄以下至丹阳吕城为下八闸，以上至韩庄为东八闸，韩庄以上至清宁州为中八闸，济宁以上至临清州为西八闸。自台庄以南例不下板，自台庄以北始用板起闭，以蓄泄水势。总之漕运定例，粮艘正行时，无论何船，随粮搭放。如粮艘未动，三日一放，以便行旅。

初七日　黎明过台庄闸，十二里候迁闸，八里顿庄闸，八里丁庙闸，过闸已暮，遂泊焉。

运河定例于每岁十二月内收水入湖，河水即浅涸，舟楫不通。于二月初二日放水归，河水势汹溜，河道复通。兼之通漕并不下板，直待三月间江西、湖北漕艘至，始行下板蓄水。盖以彼二省船身厚大，入水颇深，故必蓄之使盈，然后可行。若三月以前由此河者，并无守伺之虞，亦水程一大快事也。

初八日　黎明开行，十二里万年闸，八里张庄闸，忽西南风大作，遂憩于闸内。

万年闸水即伽河也，河堧有三公祠，三公者舒公、应龙。刘公、东星。李公，化龙。俱前明进士开此河者。祠为总漕杨锡绂。建，文亦佳，惜匆匆未克录也。

初九日　黎明过张庄闸，六里六里石闸，六里德胜闸，二十八里韩庄闸，因风又大起，遂泊闸内市口。

自台庄闸至韩庄共计九闸，八十八里。

韩庄闸以下之水，皆由此闸西首双闸及各小闸口而出。水势甚属汹涌，喧豗之声数里外即闻，上游者牵挽剧苦。双闸北有一坊曰“滚水坝”，南游一坊曰“湖口”，双闸西首大小各闸口所出之水即峄山湖水也。若此闸以上之水皆由分水岭而来，势极平夷，溯游溯回，各适其便。盖分水岭之水即为汶水，本向东流，而白老人英。遏之，使南北流，所谓三分下江南者，即此也。

初十日　黎明过韩庄闸，八里吴家桥，入滕县界。四十六里彭口闸，二十里夏镇闸。闸西有城垣为沛县收漕之所，内有沛邑巡司署，东岸有兖州别驾之署。

夏镇产五花土，可以饰壁。燕齐人恒用以代灰，往来者多市之，至泊头即售，其子可倍于母。

夏镇为沛、滕二县犬牙之区，其镇约长五里。唯东北一隅属滕县，余俱属沛县，南距沛城四十里，北距滕城七十里。

镇南西岸有“泗亭问渡”一坊，即泗水亭故址也。

沛县亦隶徐州府，本春秋时偪阳国地，秦置今县，后俱因之。

县境有歌风台，即汉高祖击筑作歌之地也。

滕县隶兖州府，周时为滕、薛、小邾三国地，汉置蕃县，隋改为今县，宋改为滕阳军，金改为滕州，明降为县，国朝因之。

十一日 辰刻自夏镇开行，八里杨庄闸，三十里珠海闸，即俗所谓宋家闸也。十二里徐家堡，因天已晚，遂泊。二更后忽狂风大作，震天撼地，彻夜不息。

珠海闸尚属沛县，至徐家堡即属滕县。自此以北皆隶山东，并无江南所属矣。

徐家堡上游东西两边皆有湖，东曰独山，西曰刁阳。此二湖上通济宁，下通韩庄，绵亘数百里。从岸上遥望，东北有山岿然，在水中央俨如岛屿者，即所谓独山也。

十二日 早，风少息乃开，三十里邢庄，十二里利建闸，十八里南阳闸，有鱼台簿分驻于此。

邢庄闸以南属滕县，以北属鱼台县。

鱼台县亦隶兖州府，周为鲁棠邑、重乡郎邑兼宋之方与、湖陵地，秦置方与、湖陵二县，唐置今县，后俱因之。

县境有观鱼台，即鲁隐公观鱼之地也。与邹县接壤处，又有凫山。

山东运河自南阳起至临清州，每闸一官，唯仲家浅一官三闸。

十三日 四更，风又大作，至辰稍息乃开。十二里枣林闸，五里至鲁家堡，风起又泊。

枣林闸属济宁州，闸坝神祠壁上有安南阮探花一诗云："四序分司造化功，玄冥戒令已成冬。朱提染出江湖色，白玉妆来世界中。插汉苍松偏傲雪，迎风柔柳欲鞭空。春光走漏好消息，先到梅梢露粉容。"后署安南探花阮辉僜。待闸遇雪赋。

土人为余言："探花修身银面，乌鬓飘然。冠峨冠，衣赤博衣，阔领长袖，翩翩欲仙，俨然画图中人也。"

十四日 黎明开行，五里师庄闸，六里仲浅闸，此闸闸官管师、仲、新三闸。六里新闸，八里新店闸，十八里石佛闸，因闸上有石佛寺，故名。五里赵村闸，六里至济宁州在城闸下。

仲浅闸地即仲夫子故里。闸北西岸有仲庙，予晨入肃谒毕，展视庙垣，见往来题赞者，如林如总。即殊国，如安南、琉球诸使臣所咏亦甚夥。予因抡其尤雅者笔之，其爵里、款式一仍其旧焉。安南正使陈辉淧。云："小子生自逖，维夙钦遗载，诵其言，究其行，想像其英风休烈，顾所谓容貌之粹，谱系之繁，庆泽之流衍，每恨其欲见而无阶也。乃今叨奉国书，猥跻庙闬，亦既见止，静言思之，德厚流光洵不爽。已谨述赞扬二律，少伸高山仰止之忱。"其一曰："函丈初霑化雨滋，砥镞加箦迈修为。愿如得羽贞奚吝，知即更衣悔敢迟。三善移仁蒲邑乂，一军试勇费城隳。拜瞻行行威颜古，长为儒绅凛表仪。"其二云："天于圣道借干城，为笃雷精间气生。孝乐事亲藜藿饱，谊隆与友马裘轻。弦歌以外消荆棘，俎豆之中矫甲兵。仲浅庆流洙泗共，也从高哲树风声。"后署安南国正使丙辰科进士、荣禄大夫、赐金紫入内侍大参僚、刑部左侍郎、惠轩居士陈辉泌。爱春拜题。

副使黎贵惇。云："藜藿怡怡道味腴，圣门御侮力驰驱。楚王知将还求将，鲁国尊儒不用儒。千乘未能令治赋，三家才可试堕都。遗编炳炳征言行，志士仁人仰范模。八卦言健，三德言勇。健故存诚，勇故任重。恭惟夫子，一代之英。闻过则喜，见义斯行。器艺超群，行能拔俗。三善临民，片言折狱。衣裘许友，藜藿娱亲。缊袍对客，赤羽麾军。学已升堂，才堪从政。噫嘻斗筲，不以国听。治蒲宰费，仅试一方。作为手段，亦出寻常。春秋大势，臣强君弱。首议堕都，何等胆略。晏婴叔向，齐晋著称。裁制私门，竟是难能。定哀之后，三恒衰歇。参较彼此，方见功烈。圣师为王，夫子为侯。斯世斯民，岂不虞周。五臣十乱，功在一世。四科十哲，道并天地。风声弥远，永裕来兹。呜呼，君子式念前徽。"后署安南国副使、特进荣禄大夫、赐金紫翰林院侍讲学士、颖城伯延河黎贵惇。允厚拜撰。

又副使郑春澍。云："强哉岂直可行军，道德纲常系此身。负米奉亲家孝子，结缨狥节国忠臣。片言之下无疑狱，一信于中有善邻。天理人心元不泯，千秋俎豆世冠绅。"后署安南国副使、特进荣禄大夫、赐金紫翰林院待制、会芳伯东岸郑春澍。作霖拜题，其时则乾隆二十六年四月也。

夫安南蕞尔国，而能文之士，乃层见叠出，可见文教之远敷，而中土誉髦之士愈可以奋然而兴矣。余初入庙时，与夫子六十六代孙振蒙。遇。蒙，字养正，为邑诸生。人既谦冲，词亦风雅，斯须间道夫子世系甚悉。时予以舟行既远，凡一切纸笔之事皆贷于蒙，因牵连书之。

十五日　辰刻过在城闸，一里三分天井闸。酉刻至通济闸，属巨野县，西距县城七十里。去天井闸三十里，天井闸在济宁州宣阜门外。宣阜门者，城之南门也。

自韩庄闸至天井，共计十六闸二百四十八里。济宁产烟与茧绸。

济宁州亦隶兖州府，周为任、郝二国地，汉置任城县，元隶济宁路，明升为州，国朝因之。

州城宣阜门内东不里许，城上有太白酒楼，予昔年经此曾登眺焉。朱阑粉壁，巍乎轮焕。今再过之，业已槛折墙欹，岌岌有欲倾之势。嗟乎！一楼榭也尚且如此，而况于人乎，因不胜今昔之感矣。昔李太白客任城时，县令贺知章觞之于此，后人因以建楼云。又州城南河名会通河，即元时所开以通漕运者也，于今漕务亦甚赖之。

巨野县隶曹州府，古大野地，汉置巨野县，五代周于此置济州，后皆为今县。

县东南有金乡山，《水经注》云："汉司隶校尉鲁恭穿山得白蛇、白兔，不葬，更葬山南，凿而得金，故曰'金乡山'。"

十六日　黎明开行，三十里寺前闸，十二里南旺下闸，五里分水处，五里南旺上闸，十二里开河闸。寺前闸以南属嘉祥县，以北属汶上县，西距嘉祥城五十里，东距汶上城九十里。

嘉祥县隶兖州府，古大野地。春秋时为鲁之西鄙，汉为巨野县地，宋为山口镇，金改今名，后俱因之。

县南有南武山，即古南武城地也。人相传为曾子故里。又有澹台山人，亦云灭明家于此。

汶上县亦隶兖州府，古厥国。春秋时为鲁中都邑，后属齐为平陆邑，汉置东平陆县，北齐改为乐平县，金改为汶阳县，后改今名，元明及国朝俱因之。

分水处属汶上县，在南旺上下闸之中。其地有三庙，中为禹祠，南为龙王庙，北为宋尚书礼。祠，其侧有白老人英。祠。宋系胜朝开浚此河者，白系献分水之计者。盖此河本元运河故道，岁久淤塞。宋用白计筑坝于戴村，横亘五里，遏汶勿东，尽归于南旺。又分为二，以其三入南以通淮、吕，以其七入北以会漳、卫，而漕运遂通利无碍矣。宋祠有一联云"力挽长川通国脉，手分巨浪夺天功"，白祠有联云"天下无二老，泉河第一功"，亦可谓无溢美矣。其东岸夹汶水有二坊，南云"五汶关键"，北云"全运枢机"。

自济宁州至分水处，计路共七十有七里。

十七日　早开，十二里袁口闸，会闸官马公。颙。马系咸宁人，寓居秦州，笃念乡谊，委曲周旋，遂免守候。十八里靳口闸，三十里安山闸，有东平州判分驻于此。

靳口闸以南属汶上县，以北属东平州，东距州城二十余里。

东平州隶泰安府，春秋时为鲁附庸须句国，后属鲁。战国时属齐，秦置须昌县，汉为东平国，治无盐。北周置鲁州，随【隋】置郓州，宋为东平府，金谓之东京，明降为州，国朝因之。

州治有岁寒亭，宋待制李诚之建，尝与苏轼会饮于此。又有安民亭在州西，即《水经》所谓西界安民亭南者也。又有无盐城在州东，即齐宣后故邑，所谓无盐丑女也。

十八日 黎明开，三十里戴家庙闸，三十里张秋镇，镇属寿张、东阿、阳谷三县。有兖州府二别驾及寿张、阳谷二县簿四署四员，皆管河务。十里荆门上闸，因天晚风大，遂泊闸内。

张秋产诸绒货，袜帽尤佳，然其直甚昂。

镇南有小马头，自马头以南属寿张县，以北至大王庙属东阿县，自大王庙以北属阳谷县。西南至寿张城三十里，西北至阳谷城四十里，正东至东阿城六十里。

镇南五里许有吴季子挂剑台，台边有草名曰剑草，可疗心疾。台三四年前为秋潦所冲，尽已倾圮。内诸碑碣，土人裒而嵌于镇南小寺破壁中，然亦残缺甚矣。

寿张县隶兖州府，春秋时为齐良邑，战国时曰寿邑，汉置寿良县，东汉改今名，南宋改曰寿昌，唐析置寿州，后俱曰今县。

东阿县隶泰安府，春秋时为齐柯邑，又为小谷邑。汉置今县，东汉析置谷城县，后俱为今县。

县东有谷城山，即黄石公所云济北谷城，山下黄石即我之谷城山也。

阳谷县亦隶兖州府，春秋时为齐阳谷地，汉为须昌县，随【隋】析置今县，后俱因之。

十九日 早，过荆州门上闸，一里荆门下闸，十里阿城上闸，有阳谷县丞署，三里阿城下闸。是日西北风竟日，二更乃抵阿城下闸，过闸遂泊。

二十日 早开，十八里七级上闸，二里七级下闸，十二里周家店闸，十二里李海务闸，十八里东昌闸，闸在东昌府大东关外。

运河诸闸，唯荆门、阿城、七级三处有上下闸，余俱无其三闸，闸官俱住上闸。

周家店南四里官家口,为阳、聊分界处。其地以南属阳谷县,以北属聊城县。

东昌府,春秋时为齐、卫、晋三国地,战国时为齐、卫、赵、魏四国地,秦为东郡巨鹿郡,汉曰济阴、曰清河,魏曰阳平,唐曰博平、曰博州,宋曰濮州,元初隶东平路,后改曰东昌,明为东昌府,国朝因之,附郭县一,曰聊城。

聊城县,殷微子国,周为齐聊摄地,秦置今县,后俱因之。

绿云楼在府城西北隅,旧名自公亭。元改为绿云亭,今为楼。

望岳楼在府城东南隅,可登以望岱岳,故云。

鲁连台在府城东门,即鲁仲连射书喻燕将处。

二十一日　黎明过东昌闸,十八里新闸,十八里梁家乡闸,十五里土桥闸,天晚遂泊闸内。

新闸以南东西两边俱属聊城,县以北西属棠邑县,东属博平县,西距棠邑城三十五里,东距博平城三十里。

棠邑县隶东昌府,古清国地,汉为发干县,随【隋】置今县,后俱因之。

博平县亦隶东昌府,齐阳陵邑,汉置今县,后俱因之。

二十二日　早过土桥闸,八里魏家湾,有巡司署,二十二里戴家闸。午刻西南风骤起且大,至晚乃抵闸下,遂泊。

土桥闸北三里许,两边俱属清平县。魏家湾北距清平城五十里。

清平县亦隶东昌府,齐贝邱地,汉置贝邱县,隋改为清阳,复改今名,后俱因之。

二十三日　早过戴家闸,二十里二十里铺。遄行之际,西南风忽又大起,尘氛弥霄,尺咫莫辨,遂泊焉。

二十里铺以南属清平县,以北属临清州。

二十四日　五更开行,二十里临清州临清关,抵关。未时许即过,抵砖闸下,因水浅闸闭,遂又泊焉。

临清州亦隶东昌府，本汉清渊县地，晋改曰清泉，石赵改曰临清，明升为州，国朝因之。

二十五日 闸仍闭。

二十六日 早过砖闸，二里板闸，晚次半边店。

自济宁州天井闸至临清州板闸，共计二十四闸四百二十三里。

通计运河自丹阳县吕城闸起，至临清州板闸止，共六十闸。

自分水处至板闸，其水皆汶水也，亦皆为下流。然其溜亦不甚汹，出板闸往北至天津，则又合卫水而汪洋矣。

半边店以南三里许属临清州，以北至狐仙庄东属夏津县，西属直隶清河县，东南距夏津城五十里，西北距清河城四十里。

夏津县亦隶东昌府，本汉鄃县地，隋析置今县，后俱因之。

清河县隶广平府，本周甘泉市地，春秋时为贝邱地，汉为清河郡厝县地，后汉改曰甘陵县，晋改今名，后周置贝州，五代晋置永清军，后俱为今县。

燕游日记卷四

蒲城雷国楫松舟著

二十七日　早过油坊镇。镇东西分属夏、清二县，西有清河县丞署，午至武城县，城内有东昌别驾分驻于此。现任者姓赵名，宏汉。系兴安州人，晚泊周家楼。

武城去临清州水路一百五里，陆路七十五里。

武城县隶东昌府，本夏后子武之封国，战国时为平原君封邑，汉置东武城县，晋去东字，隋改曰清河，后俱为今县。

县西有弦歌台，上有子游祠。

二十八日　午至甲马营，土人云为宋太祖诞处。予往岁经洛阳路，傍有碑曰“甲马营”，人亦云为宋祖诞处，二者未知孰是。此地属武城县，镇西梢有巡司署，晚泊郑家口。

是午也，天气清明，惠风和畅，河流荡碧，岸柳摇青。予与刘公由甲马营渡河彳亍而北，不三里许至一村曰“孟家庄”。庄侧有废寺曰“三岛”，四边地基甚宏，惜殿宇皆已倾颓，所存者仅前后六楹耳。予与刘公趺坐殿除，遐睇平原。但见野马软红飞扬于麦陇河堤间，因不禁兔葵燕麦之感焉。

临清州往北连岁歉收，麦、粟、米石、青蚨二千四百余。

郑家口市南东西两边俱属武城县，市北东属武城，西属直隶故城县，有故城巡司署。

郑口产氆氇，然其货甚丑，价亦不昂，青蚨四百可市褥一具。

二十九日　早霞亘长天，雾迷大地。金乌隐约，石尤勃兴，俄顷间夕阳已在山矣。二更乃至直隶故城县，去武城县水路一百四十里，陆路七十五里。

故城县隶河间府，本汉厝县地，晋改为东武城，随【隋】分武城置历亭县，唐改今名，宋升为恩州，后俱为今县。

三十日 风又大至，鼓波作浪，如银花琼蕊翻腾于急流中。同事刘公曰："此浪开花也，舟不可行。"予因戏为口号云："同刺兰舟向日边，水程缥缈路三千。中途忽遇开花浪，聊舣荒村二月天。"傍晚至德州，去故城县水路七十里，陆路三十五里。

德州产罗酒最佳，郡西门内罗姓绅家始为之。今遍城皆造矣，而名仍不改也。

德州隶济南府，春秋时为齐重邱地，汉为安德县，晋析置东安陵县，隋又析置将陵县，元升为陵州，明移德州治此，国朝因之。

三月初一日 封姨逾肆其虐矣。舟行波涛中，如躄人履淖，蹩躠数晷，不过数尺咫。颠摇至午后，约行十余里，势不可行，遂野泊焉，亦不知其地为何名也。

初二日 辰至桑园，属德州。去州城水路七十里，陆路五十里。未刻至安林，晚泊十五里口。

桑园北行三里许，即入直隶吴桥县界，自此以北并无山东所属。

吴桥县隶河间府，隋将陵县地，五代周置保顺军，金改为今县，后俱因之。

县南门外有吴川，即古黄河堤也。

初三日 早至连儿窝，去桑园水路七十里、陆路五十里。午至东光县，水次距城五里，晚至泊头。

连儿窝市南东西两边俱属吴桥县，市北东西两边俱属东光县，市中西属景州，东之南属吴桥，东之北属东光。西距景州城四十里，东南距吴桥城四十里，东北距东光城二十里，水路三十里。

景州隶河间府，春秋时为晋地，名条。汉为修、广川、观津三县地，隋改"修"为"蓚"，唐升为观州，后改今名。宋改为永静军，后俱从今名。

州东有广川台,上有杰阁,旧为官僚游憩之所。元蓚尹吕思诚移董子祠于此,因以为名。又有董子故里在东光驿,离州五里。又有董子下帷读书处,一名董学村,在广川镇。朱绍明有诗云:“连村禾黍名犹昔,故址荒芜草自春。慨自江都为相日,高风千古更谁论。”

土人云:“州境又有细柳营,为汉周亚夫屯兵处。”姚平山《类掖》亦云,然余窃以为误矣。按《汉书·文帝纪》云:“六年冬,匈奴三万骑入上郡,三万骑入云中。以河南太守周亚夫为将军,军细柳。注:‘细柳在昆明池南,今有柳市是也。’”夫匈奴入寇,帝命将授师,本为藩卫京畿,而顾乃令远屯幽燕乎? 窃料文帝必不若是之悖也。况帝本因劳军至亚夫营,天下岂有天子越数千里而劳军者乎,此亦不待辩而可知其谬矣。何平山犹踵习俗而公然笔之于册乎。呜呼! 亦甚疏已。

东光县亦隶河间府,汉始置,后俱因之。

县南有天胎山,一名天台。又有窦氏青山在县西北,即汉文帝窦后父少翁冢也。少翁遭秦之乱,鱼钓隐身,坠渊而死。景帝立,后遣使填渊以葬父,起大坟于观津城东南,故民号曰“青山”也。《汉书·地理志》“县境又有胡苏亭”,今不知其址在何处。

泊头市以南十二里口外东西两边俱属东光县,市中东属南皮县,西属交河县。东有主簿署,西有巡司、闸官二署。东距南皮城二十五里,西距交河城五十里,去连儿窝水路七十里,陆路六十里。

南皮县隶天津府,秦始置,后俱因之。

县境有九河故道遗址,《通志》云:“渠岸尚存,徒骇在西北,太史在古皮城南,马颊在城南,覆鬴在东南,胡苏在西城下,简、洁在城西,钩盘在西北,鬲津在东南,其一则河之经流也。”又有射雉台,《魏武帝纪》注云“太祖才力绝人,手射飞鸟,躬擒猛兽,常于南皮一日射雉获六十三头”,后人因以建台。县东又有燕友台,《统志》云:“魏文帝为五官中郎将时游南皮,筑此台以燕友。”

交河县隶河间府，本汉中水县地，金置今县，后俱因之。

初四日 黎明北风大起，竟日夜不少辍，至初五日晓犹呜呜也。予因赋《大风篇》，其辞曰："北风北来夜不息，天地茫茫皆一色。河流鼓浪如默号，孤舟颠摇行不得。忆余去岁初开行，朔气凛凛冰光凝。三冬冻合平江路，十日宛转丹阳城。春来忽然石尤发，渡江却近上元节。不尽云衢九万程，一片扬州三五月。时光荏苒及仲春，行人络绎过河津。南船北船动成聚，坝口闸口时经旬。于今更遭风大至，尘埃沙砾纷然致。蹒跚欲开仍未开，吁嗟何日毕吾事。"

初五日 辰刻风稍息，遂行。约行二十余里，风又起，又泊岸侧。有寺曰化城，予与诸公同游历焉。寺内花木极多，有龙爪槐、柳各一，可拱把，桃杏正蓓蕾，嫣然可爱。正殿题寺名，一匾为圣祖巡幸时所作，寺属河间县。傍晚至砖河。

砖河南三里许有地曰杨家坟，自此以南东属南皮，西属交河，以北两边俱属沧州，去泊头水路七十里，陆路五十四里。

初六日 午刻至沧州，去砖河水路三十六里，陆路三十里。晚至兴齐，属青县，有巡司署。

沧州有沧酒最佳，人家家酿者更妙，沿河诸铺零沽者断不可用。

沧州隶天津府，汉为渤海郡，后魏改置今州，隋初名隶州，唐为景城郡，后俱为今州。

州境有中条山，即阳城所隐处也。又有清风楼，今不知其坐落何处。

州城小南门外有渤海书院，人文剧盛，为畿甸最。

初七日 辰至青县，去沧州水路七十六里、陆路七十里。风又大起，遂泊。午后风稍缓又行，晚至流河镇。

青县亦隶天津府，周时为清国，唐为芦台军地，宋置乾宁军乾宁县，后改军曰清州，金改县曰会川，元升为清宁府，明降为今县，国朝因之。

县南有中山，岩悬瀑布，俗呼为高士冈。县西南又有西山，山高峻顶平,茂林修竹,景极萧洒。县境又有峭帆亭,今亦不知其址在何处矣。

县文庙、城隍庙俱在城外,不知何故。

流河镇东属静海县,西属青县,西有巡司署。

初八日 早至唐官屯,屯东属静海县,西属青县。东有二弁署,一管河道,一管营伍。午刻狂飙骤起,上下四方,一时皆黄。对面茫茫,跬步不分,浪过船巅,缆舞云际,榜人舣舟不及。予因作《后大风篇》,其辞曰:"寒食之日日正午,西北风来色似土。浪腾空际虎豹吼,缆翻天外蛟螭舞。岸上行客皆逡巡,河中停艘悉崩奔。咫尺茫茫不可辨,上下四面唯黄尘。咄咄此异真难究,前日阻风风今又。于役只期无误违,斯征那知屡逗遛。"呜呼,岂敢故逗遛,未后风稍息乃开。然不数里而青山已衔半边日矣,遂泊。

是日为寒食,寒食即熟食,《杜陵集》有云"《熟食日示宗文宗武》",是日也。其《又示两儿》云:"今节成吾老,他时见汝心。"今予先人坟墓远在西秦,祭扫不知,予心亦何自而见哉!因作诗一首以代哭,云"朔风凛凛路迟迴,客里逢寒食更哀。眼底空余游子泪,陇头曾否纸钱灰。三千里外身难到,一百五来梦几回。冀北登高瞻渭北,松杉无限望中栽。"

初九日 辰至杨家马头,风又大起,又暂泊。午至静海县,去青县水路一百三十里、陆路九十里。晚至独流,属静海,有巡司署。

静海县亦隶天津府,本清州涡口寨地,宋改置静海县,明改"靖"为"静",国朝因之。

县境有天津。

是日为小寒食,《杜陵集》有云"《小寒食舟中作》",正谓此日,故诗曰"佳辰强饭食犹寒"也。总之禁烟节凡有三日,从至后数起至一百四日、五日、六日三日皆禁。其一百五日即寒食,乃清明之前二日也。小寒食,寒食之次日即一百六日,乃清明之前一日也。

初十日 五更即起大风,午后始开,晚至杨柳青,有巡司署。

杨柳青在天津县西南，本属静海，雍正八年改属天津，即古所谓柳口也，以四面多植杨柳故名。于慎有诗曰："鸣榔凌海角，捩舵破江烟。杨柳青垂驿，蘼芜绿到船。"

是日为清明节，予有诗云："瞳瞳旭日映边城，岸李村桃各自荣。刮地欻然风又起，清明难得是清明。"

十一日　早至天津，遂抵关，下关正对天津北门，去静海县水路九十里、陆路六十五里。晚会云南解铜委员谢公，佐邦。谢系广东平远人，现任云南宣威州知州。

天津产蟹最佳。

天津府秦为上谷、渔阳二郡地，汉初属燕国，后分置涿郡。晋属范阳国，唐属幽州，宋属燕山府，元初属大兴府，后改属大都路。明初属北平府，后改为天津卫，属河间府。国初因之，今升为府，附郭县一，曰天津。

天津县新设。

天津城即小直沽，地见《畿辅志》。

府东有渤海，一名北海，一名东海，跨盐山、静海二县境。

自临清州板闸外至此，皆汶、卫合流之水也，亦皆为下水。但中途湾曲甚多，舟行总以无风为妙。盖有一湾顺，即有一湾不顺，故虽顺风亦为不妙也。

十二日　午刻过关，抵三汊河口。未刻风又起，至三鼓不休。势不可行，而又泊矣。

三汊河者一曰卫河，南通山东、河南；一曰潞河，北通张湾、通州，其一则二水入海之道也。

十三日　午刻又起风。

十四日　黎明即起大风，天又阴阴，有欲雨之势。午后会河南解布委员布都厅黄公、继伯。二尹朱公。广钦。黄系福建南安人，朱系大兴人，其父则原任广东臬司闲圣。也。薄暮雨蔌蔌【簌簌】矣，亦复竟昔不休。

十五日　早犹微雨，巳刻已海云滃滃。午则一望青空，纤翳都无矣。

十六日　天气温和，春辉鼓荡。午后布船黄、米二公招，同刘公小饮。

十七日　早，天气微阴，谷风徐动。午后阴云又密，而且风震船舷矣。

十八日　半阴半晴，不寒不暖，颇宜游览，因上岸者数次。午后招黄、朱二公至舟小饮。

十九日　剧晴。

二十日　早，天色犹晴，午后阴云沉沉，微雨霅然，入夜以后摵摵不辍矣。

二十一日　早金乌虽现，然云中君犹未归也。午后忽狂风骤起，黄尘弥天，对面昏如。自十一日早至天津，至今二十一日，凡十有一日皆停泊三汊河口。

二十二日　早开行，辰刻至西沽，巳刻至丁字沽。午刻又起大风，暂泊者数时，晚至桃花口。

西沽、丁字沽皆去天津不远，并为禹迹疏导之处。王懋德有诗云："极目沧溟浸碧天，蓬莱楼阁远相连。东吴转海输秔稻，一夕潮来集万船。"

二十三日　五鼓开行，辰刻又起大风，薄暮至杨村镇。镇属武清县，西北距县城五十里，去天津水路九十里、陆路六十里，有管河别驾及武邑丞簿巡司四署。

武清县隶顺天府，汉雍奴县地，唐改今名，后俱因之。

从杨村而上，河狭水浅，兼之流沙浮动，河道中横子甚多，而又无定处。每岁粮艘经过时，官令土人两边插柳如甬道。然舟须由甬中行，庶可无虞。倘有尺寸差池，必然搁滞。牵拽数时，步武难竟。抑且舟载沉重者水不能胜，必须另雇剥船为妙。凡经此者，断不可猛浪行也。

二十四日 黎明开行，傍晚至八伯户，去河西务三里而近矣，因筑坝，遂泊焉。

二十五日 午后坝开，始开行，未刻至河西务，晚泊鼋将军庙前。

河西务属武清县，西南距县城三十五里，去杨村水路五十里、陆路六十里，有管河司马及武邑巡司二署。

鼋将军者，河内一老鼋也。村人有拿食其类者，必幻老人形赴村落中虐詈，或作他祟，在河中亦时时现真形。常有德于江西粮艘，其帮旗卒因为立庙于岸侧焉，武邑护役李二云。

二十六日 黎明开行，巳刻至石灰场，因筑坝，又泊焉。石灰场属香河县，东南距县城八里。

香河县亦隶顺天府，本武清地，辽置今县，后俱因之。

二十七日 午后坝开，始开行，晚至何家庄。

二十八日 黎明开行，旋起大风，竟日不息。至晚始抵马头，属通州，去河西务水路七十里、陆路四十里。

二十九日 黎明开行，晚至崔家楼。

三十日 午刻至张家湾，属通州。去马头水路四十里、陆路二十五里，有东路厅及巡司二署。

自天津府至此，其水皆为上水，抑且横子甚多，又无定处。虽有标识，残缺亦多，舟行者须谛视之。

四月初一日 起早十二里至通州，十五里至三间房中伙，二十三里至齐化门外，宿兴隆店。店内客强半往髩髻山上香者，与职方司主政舒公端。遇，舒系满洲镶白旗人。

通州亦隶顺天府，本汉潞县地，后魏置潞郡，唐置玄州，金改今名，后俱因之。

自江苏苏州至镇江府皆为平水，渡江，自瓜洲运口至山东汶上县分水处皆为上水，自分水处至直隶、天津府三汊河口皆为下水，自三汊河口至张湾又皆为上水，自张湾至齐化门皆为陆路。

初二日 辰刻进城，午刻鞘入户部，拨役看守。晚出城，寓杨梅竹斜街西永丰店内。

是日也,黎明即微雨霅霅,辰刻则大雨如注。一眨眼,顷行潦满于天街矣,申刻方息。

初三日 投交、挂号诸事咸毕,鞘劈批掣即可回苏矣。自去岁十二月初一日自松江动身至今,共计一百二十有三日。

燕游日记卷五

蒲城雷国楫松舟著

五月十三日　午刻出彰义门。是时新雨初霁，尘埃顿息，清风徐至，爽气宜人。二十五里抵卢沟，古卢罺也。城外有桥，桥系金明昌初建，明正统间重修之，长二百步。桥下水即桑干也，出太原天池，伏流至马邑，从雷山阳发为浑泉，雁门、云中水皆会，经太行，入宛平境，其分支东由通州注白河，南由霸州会易水。又南经丁字沽注运河，此水之源流也。桥地势最高，天下月晦皆不见月，唯此处五更见一线金钩挂于碧霄，故为燕台八景之一。五里抵长新店，已暮矣，宿。

十四日　黎明，发长新店，霾雾弥霄，尺步不辨，车马征人如奔驰于烟云中。二十五里抵良乡县，雾始开。凭轼四顾，麦菽与槐柳青青，亦堪舒远目也。二十五里抵窦店，土人云为窦燕山禹钧故里。二十里抵琉璃河，或曰刘李河，即古圣水也。河有石桥，甚长。二十里抵涿州，渡涿水，《列仙传》"琴高乘赤鲤于此"。涿州为出都首郡，故城门有联云"日边卫要无双地，天下繁难第一州"。三十里抵三家店宿。

良乡县隶顺天府，本燕中都地，汉置今县，唐改为固节，后俱为今县。

涿州亦隶顺天府，古涿鹿地，即黄帝擒蚩尤处。秦为上谷郡，汉置涿郡，曹魏改为范阳郡，唐初降为范阳县，后升为今州。宋改为涿水郡，辽置永泰军，后俱为今州。

州南门外有张桓侯庙，又有桓侯井，相去不远。刘侗《帝京景物略》云："恒侯张，涿人。"今州城西五里洗马潭，桓侯迹也。又州东南二十里有楼桑村,《蜀志》:“刘备,涿郡涿县人。少孤,与母贩履织席为业,舍东南角篱上有桑树,生高五丈余。遥望见童童如车盖,皆谓当出贵人。”潘自牧《记纂渊海》云:“涿州,即汉昭烈故居,东南旧有桑,高五丈,因号楼桑村。”唐刘禹锡有《楼桑庙》诗云:“天下英雄气,千秋尚凛然。势分三足鼎,业复五铢钱。得相能开国,生儿不象贤。凄凉燕故妓,来舞魏宫前。”又督亢陂,相传亦在涿鹿。其地沃美,即燕丹使荆轲赍图以献秦皇者也。又有华阳台,则燕丹与樊将军饮,出美人佐酒之地也。

是早,在窦店与新娄尹李公士珠。遇。李系山左历城人,以名诸生贡入成均起家。令尹初任山右,历著贤称。与余邂逅,京邸一见,即情义恳挚,不翅骨肉。杯酒相谭,意气豁如。性喜风雅,上下古今澄澈源流。常诵其往泰安省墓一律云:“夹岸众峰幽,连村万壑秋。人行穿诘曲,鸟语听钩辀。红叶铜林寺,青山瓦屋头。凄然风木戚,心共白云留。”明雅工秀,颇有王孟笔意。京邸少暇,未克采录,因补笔于此。公又许饷余以渔洋先进三十六种,因并笔之,以为左券云。

十五日　晓发三家店,二十里新城县,三十里高桥。桥北五里许有河,不知何名。五十里雄县,县北门外有河,或云即琉璃河也,未知确否。县城内有雄山书院。是晚与武甲黄公奎举。遇,黄系广东嘉应州人,以考试坐京提塘回南者也。

新城县隶保定府,古新昌国地,汉名北新城,唐置今县,元升为新泰州,后俱为今县。

县城西有白沟河,《水经注》:“督亢水南谓之白沟”,《水统志》云:此地为宋辽分界之处。元刘因有诗云:“蓟门霜落水天愁,匹马冲寒渡白沟。燕赵山河分上镇,辽金风物异中州。”

雄县亦隶保定府,本汉易县地,东汉号易京,曹魏改为易城县,唐改为北义州,后降为归义县。五代周升为雄州,宋改曰归信,后升州为郡,名曰易阳。金改为永定军,明降为今县,国朝因之。

县境有瓦桥关,为三关之一。宋沈括《梦溪笔谈》云:“瓦桥关北与辽人为邻，素无关河为阻。何承矩守瓦桥，始议因陂泽之地，潴水为塞。欲自相视，恐其谋泄。日会僚佐，泛船置酒赏蓼花，作《蓼花游》数十篇，令客属和。画图传至京师，人莫喻其意，自此始壅诸淀。”县境又有大雄山，山左有小雄山。山多奇石，石罅有泉，甘而且洌。

十六日 五鼓发雄县，十五里抵赵北口，时犹未曙也。一轮明月照耀碧波，微风鼓动，如金蛇黄龙腾跃于青空间。十五里郑州，即古郑地也，有土城垣半颓矣。四十里任邱县，明季掘李闯祖坟，边令尹长白大绶。即其邑人。二十里至石门，有子路宿处碑。二十里三十里铺，路经北村，有西汉儒毛公祠。又十里二十里铺，属河间县宿。

赵北口即古所称燕南赵北之地，盖燕之地至此终，而赵之地又从此始也。此间诸淀皆易、滹沱、濡、滱诸水所会，盖燕赵巨浸也。至口则水列两淀，自分南北，长桥中亘，雁翅连排，绵延五里余。此地乃公孙瓒徙镇处，案《后汉书》：“公孙瓒，字伯珪，辽西令支人，破禽刘虞，尽有幽州，猛志益盛。”前此有童谣云：“燕南垂，赵北际，中央不合大如砺，惟有此中可避世。”瓒自以为易地当之，遂徙镇焉。建安三年袁绍大攻瓒，瓒乃悉缢其姊妹妻子，遂自焚。

鄚州本汉县，今废。距鄚二里为汉吾邱寿王读书处，鄚之南为王嫱故里，鄚之北为扁鹊故里，今有碑。

任邱县隶河间府，本汉鄚县地，后遣任邱城此，因以为名，后俱因之。今西关尚有鄚城驿。

县境有颛顼城，旧传为颛顼所造。又有谒城，则汉桓帝时太后使窦武诣河间迎灵帝，群臣朝谒于此，因以为名也。又有鱼君陂，为唐令鱼思贤所凿。又有掘鲤淀，则九十九淀之一也。盖《唐志》有鄚州有九十九淀之说。县西北又有桂岩，以其地多桂树，故名县。南又有莲花，泊莲舟、渔艇，交杂柳阴，微邑之胜区也。

边令尹长白先生所著《虎口余生》内有《塘报稿》载掘李闯祖坟事甚详，因录之，云：陕西延安府米脂县为塘报事：职自正月初二日奉制台密札，随唤贡士艾诏面谕机宜，寻访李成去讫。至初八日艾诏回县，云自榆林寻得李成来见。职随进后堂询问，称言伊系闯贼里人，曾为贼祖葬坟，因识其墓所。贼祖李海、父李守忠，系本县双泉都二甲人。闯贼名李自成，幼曾为僧，俗名黄来僧，为姬氏牧羊奴。自崇祯三年西川贼不沾泥作乱，流入贼营，不知下落。至崇祯九年贼领人马千余来县城外，自通姓名，回家祭祖，号称闯将，人始知其姓氏。今年月已深，不记其祖葬处。当日葬时，开土是三空穴，内有黑碗一个。因填其二穴，用一穴安葬，仍以黑碗点灯置墓内，今但伐有黑碗者，即贼祖也。职随唤练总黑光正、堡长官王道正，率领箭手三十名、乡夫六十名即刻起身入山。一昼夜行二百里始到其地名三峰子住宿，是为初九日。夜下大雪，深二尺余，山路陡滑，马不能进。职下马步行五六里至其山，鸟道崎岖，久绝人踪，旋开道攀缘而上。又一里许见窑舍十余处，墙垣尚存，即闯贼庄村。再过一山，则其墓也。四面山势环抱，气概雄奇，林木丛杂，不下千余。大小墓二十三座，伐五六冢，其骨皆血色油润，不似远年枯朽，然皆无黑碗踪迹。天晚难以下山，遂坐贼旧窑中，向火至天明。再撅数冢而黑碗见，即李海也。其骨黑如墨，头额生白毛六七寸许。其左侧稍下一冢，是李守忠墓，项上长榆树一株，其粗如臂。根枝四围笼罩，用斧砍断，其墓始开。中间盘白蛇一条，长一尺二寸，头角崭然，扬起三寸高，向日张口，复盘卧。随取装入黑光正顺带中，伐其骨骸，凡骨节间皆绿如铜青，生黄毛五六寸许。其余骨骸有毛者七八冢，尽数伐撅，聚火烧化。大小林木千余株，悉行砍伐，断其山脉。贼墓已破，王气已泄，贼势自败。其黑碗、白蛇呈验军门讫，理合塘报。崇祯十五年正月十四日塘报。

陕西总督军门汪讳乔年手札：读来谕，足见门下报国热肠。第须体访的确，莫使波及无辜，庶天理顺而人功亦易成也。他日灭贼，当以门下之功为首。此复。

汪制台再札：接来扎，知闯墓已伐，可以制贼死命。他日成功，定首叙以酬。草复。

夫闯贼以一亡命，乘间窃发，据关陇上游之势，不逾年而中州陆沉。帝后并殉，竭四方之师，悉武臣之力，不能以一矢相加遗。海水群飞，白日昼晦，从风流毒，播于寰宇，真千古所痛恨。独先生运密谋，出奇计，灰产逆之枯骨，使王气尽泄，而贼事于以不成。然则舒明十四帝之愤，与慰明忠臣义士之心者，惟先生一人而已，其功岂不伟欤？呜呼！若先生者，真人中之杰哉。

十七日 四鼓发二十里铺，二十里黎明过河间府，五十里臧家桥。桥北有河，土人云即滹沱河也。十里献县，南渡浊漳水。县境有河间献王墓。四十里富庄驿，属交河县，县名交河者，以高河与滹沱河合流故也。

河间府，《禹贡》冀州之域，春秋时为晋东阳地，战国时为燕、赵、齐三国境，秦属巨鹿、上谷二郡，汉置河间国，东汉并入信都，后魏置河间郡，宋为今府瀛海军，元为路，明复为今府。国朝因之，附郭县一，曰河间。

河间县，本秦武恒县，隋置今县，后俱因之。

府城内有日华宫，汉河间献王德所筑。置客馆二十余区，以延文学之士。又有瀛海楼，在府治西南。又有瀛台在府治东南。又有高阳台在府治东北，与瀛台相望。郡宅后又有瀛洲第一亭，亦名蒲萦台。传是秦始皇东游海上，于此萦蒲系马。府城西南又有武垣城，相传汉武帝东巡至武垣望气者，言有异女访之，得赵氏以为钩弋夫人。

后汉城上乌童谣云："车斑斑，入河间，河间姹女工数钱，以钱为室金为堂，石上慊慊舂黄粱。"车入河间，即指窦武等诣河间，迎灵帝时事。姹女数钱、金堂黄粱，言永乐太后好聚金钱以致天下穷困，吏民舂黄粱而食之也。河间，即此地也。

献县亦隶河间府，本汉乐城县，东汉改为乐陵，隋改为广成，又改曰乐寿。金升为寿州，寻改为献州。明降为今县，国朝因之。

县东有万春山，春时桃花放烂如锦绣，故名。县境又有乐陵台，元萨天锡七夕后有忆李侍御诗曰："乐陵台上悄无人，独忆梧桐看秋月。"

是日也,午后忽西南风大作,飞沙扬尘,不克举目。欻然着人,如火燎肌,芦篷之下,汗落如雨,旋拭旋出,淙淙不休。兼之炎气恶氛,薰入脑髓,真令人闷煞也。

十八日 五鼓发富庄驿,四十里阜城县。二十里漫河,属阜城。三十里景州,城内有浮屠,高可凌霄,从十许里外即望见之。四十里留智庙宿。

阜城县,亦隶河间府,汉始置,后改名昌城,唐改曰汉阜,后俱为今县。

县西北有胡卢河,即衡漳下流,一名刘鳞河。

漫河旅壁诗甚夥,今抡其尤者二首于此。颖【颍】川陈伯子云:"柳花飞遍漫河堤,扑面尘埃逐马蹄。一片离愁消不得,乱烟茆屋午鸡啼。"又无名氏一首云:"身似苍鹰项下韝,又随英俊入皇州。乘风亦有他人志,叱驭元非此日谋。孤戍离亭春草合,乱山斜日暮云收。归田有策吾何恋,款段常思马少游。"后署辛巳二月朔日题。此诗词旨沉郁,气格苍雄,书亦古劲可喜,惜不知为何人所作也。

留智庙镇中有小桥,桥以北属景州,桥以南属德州,由此而南皆隶山东。元吕思诚常行田至留智,社民李姓愬其弟匿羊,思诚叱之。有王青者,兄弟友爱,思诚造其家,取酒劝酬,欢如骨肉。李之兄弟各悔过,析居二十年,复还同爨,则刘智之名由来旧矣。

三辅之地,芟刈二麦必于小满、芒种之间。故谚有之曰:"大麦必过小满,小麦不过芒种。"又曰"芒不见麦",盖至芒种之日,业已收除净尽,故田内不见麦也。今过芒种将已浃旬,而河间南北陇上犹青青也,可见幽并之苦寒不及丰镐之温煦多矣。

是日,午刻西南风又作,较之昨日更甚。

十九日 四鼓发留智庙,二十里黎明过德州,水半涸矣。四十里甜水铺,铺北属德州,南属恩县,三十里恩县,宋贝州也。询无文潞公专祠,亦缺典矣。城内有崇恩书院。三十里腰站,属平原,宿。

恩县隶东昌府,本齐里邱地,战国时为平原君封邑,汉为东武城县，隋析置历亭县，宋属恩州，元省历亭，入恩州。明降为县，国朝因之。

县西有紫微山，一名西山。又有白马营，夏秋之际，清晨辄现城郭、人物，林木郁葱，日出乃不见。

恩县人有孙太师者名铎，字振之，金明昌中擢户部尚书。考满进一官，再任时同列二人俱入相。振之贺，席中戏举青州布衣张在《老柏院》诗，云："南邻北里牡丹开，公子王孙去不回。唯有庭前老柏树，春风来似不曾来。"为御史所劾，降授同知河南府事，或以诗送之云"想到洛阳春正好，南邻北里牡丹开"，闻者皆大笑。后入相。振之有清明日绝句云："翛然一室暗尘疑，兀兀端如打坐僧。习气未除私自笑，短檠还对读书灯。"见元好问《中州集》。

平原县隶济南府，周为齐地，秦置今县，后俱因之。

二十日 五鼓发腰站，四十里高唐州，二十里新店，五十里茌平县，宿。

高唐州隶东昌府，本齐高堂邑，汉置县，隋改曰章丘，唐改曰崇武，五代梁改曰鱼邱，石晋改曰齐城，元升为今州，仍领县。明省县入州，国朝因之。

州东北有高唐山。又有鸣石山，《广舆记》云："山岩高百余仞，扣之，声甚清越。晋太康中，田宣隐岩下，每见一人着白单衣徘徊岩上，及晓方去。宣尝拊石潜伺之，复来，执其袂。具言姓王，字中伦，周宣王时入少室山修道，往来经此。爱此石清响，故辄留听。"州南又有鸣犊河，《家语》云"孔子自卫将入晋，至河，闻赵简子杀窦犨鸣犊及舜华，乃临河而叹曰'美哉，水洋洋乎，邱之不济，此命也夫'"，即此地也，后人遂以鸣犊名河也。

茌平县亦隶东昌府，本齐牧邱地，汉置今县，后俱因之。

茌平为周末淳于髡、鲁仲连，唐马周、张镐故里。县东门外三里许有马周墓，东北二十里外有鲁仲连墓并祠。闻康熙初年县尹李公曾葺缭垣，严樵采，立石以表于道后，迄今阒如矣。县北门外又有鲁仲连、马令二村，土人云，马令村每于夏秋清晨辄现城郭人物，此与恩县白马营正同，盖山市海市之属，陆地亦有之。予庚午岁侍先明府府君过此，曾作怀古五绝四首，兹因不复题句。

茌平人又有师欢者，常买得石勒，令屯耕于野。勒闻鼓鼙声以告欢，欢奇其状貌而免之，见《十六国春秋》。

县人又有马定国者，字子卿，为唐中令周裔孙，宋宣政末人。常题诗酒家壁云："苏黄不作文章伯，童蔡翻为社稷臣。"时人称之。

二十一日　黎明发茌平，六十里铜城驿，四十里东阿县，十里旧县镇，宿。

东阿地产阿胶，然佳者绝鲜。予闻诸前民云，真阿胶必合阿井、狼溪河二水，如法修制，乃为有益。考阿井在东阿县城迤西五十里。邑乘云，昔有虎踞西山，爪跑其地，得泉饮之，久化为人，后人因以凿井，盖此井乃济水之眼。其色绿，其性趋下。又狼溪河经东阿县城内，北流，乃洪范九泉所汇归，为漯水之源，其性甘温。故制胶者必合此二水乃为佳妙。土人又云制胶法，春日选纯黑犍卫，饲以狮耳山之草，饮以狼溪河之水。至冬取皮投诸狼溪之内，浸一月，刮毛涤垢。汲阿井水，用桑柴火，熬三昼夜，洒极清。又用银锅、金铲再熬一昼夜始制为胶。其色光亮，味甘咸，而气清香乃为绝品。呜呼！执此二法以求阿胶，则阿胶甚难矣，然亦不可不知。

东阿城北黄山、鱼山诸峰环抱，济水横贯之，浪溪水流两城间，北注于济，山水洵为诸邑之冠也。

东阿人有侯中丞者名钺，字义甫，前明嘉靖辛丑进士，官大同巡抚。性有殊巧，善写人形。一识面，虽数十年皆能默肖之。举进士时同榜三百人，钺皆画而志之，比再见，无不识者。常山行遇盗被劫，呼盗坐盘石从容笑语，盗不敢逼。钺跨驴吟啸而返，乃图盗衣冠状貌送吏，尽捕获之。

旧县镇北不里许，有狮耳山。又有华山与狮耳山相对。镇南有西楚霸王墓碑。

二十二日 四鼓发旧县镇，碻磝诸山，迤逦掩复。晡后，望蚕尾、黄华诸山，错落林樾。过峗山六十里，东平州州北门外有汉东平宪王苍墓并祠。墓前茶棚有安南阮探花辉僜。题句。又有冉子祠。又有河，土人曰，即东阿县北门外河也。州南有坎河，汶水支流也。六十里汶上县，将至县八九里许，有镇曰草桥店。店西有河即汶水也，上驾草桥故名。由此下即通分水处矣，此地距南旺三十里。

东平地沮洳上受岱西诸山之水，有安山小洞庭诸湖。

汶上县为济宁、兖州二处孔道。欲往济宁者，由草桥店东往南，宿汶上西关；欲往兖州者，由草桥店东往北，宿汶上东关。

汶上有南旺、蜀山诸湖。

汶上平原村有汉卫尉衡方墓，碑尚完好。又有浚仪令衡立墓，见都穆《金薤琳琅》。

汶邑南北，闻四月间落雨二次，皆有一犁。其粮值昂贱，较之畿甸，迥然不同。即田间气象亦异，亩亩之内，青黄纷拿；陇畦之中，芰芸交作。亦且拾穗之妇，无间于田；荷锄之夫，不辍于野。真熙朝太平景象也。

是夕雷电交作，风雨并臻，然不斯须而即息矣。三更后又摵摵落一食顷。

二十三日 晓，又复风而雨之出《列子》。矣，辰刻始息，遂发。行六十里高吴桥镇，渡洸水，洸亦汶之支流也。镇南三里许有卞庄子祠，三十里兖州府渡泗水，三十里东滩店，俗讹为中山也。

兖州府，《禹贡》徐、兖二州之域，春秋时为鲁地，战国时属楚，秦为薛郡，汉曰鲁国、曰山阳，东汉曰任城，晋曰鲁郡，隋唐曰兖州，宋曰泰宁、曰袭庆，元明俱为今府，国朝因之，附郭一，曰滋阳。

滋阳县本鲁负瑕邑，汉置瑕邱县，宋改曰瑕县，后改为嵫阳，明改“嵫”为“滋”，国朝因之。

岳云楼在府城内，古兖州城楼也。唐杜甫登此赋诗，后楼毁废，人遂呼其故基为“杜甫台”。

和圣柳下惠墓，在府北五里许，有碑。

泗水桥在府东南，蜿蜒如青龙浮游于水上。

陋巷在滋阳县，署前为颜子故居。

二十四日 五更发东滩，二十里始明。至邹县谒述圣书院，次谒亚圣庙。庙内殿宇宏敞，阶下翠柏参天。中有天震井，两庑及左右门外题咏碑如林。正殿曰“亚圣殿”，殿榜有先贤乐正子配享之位。庙门外有孟氏祖宅，游历二时遂行。一路青山翠柏缭绕，车前良菽佳禾纷纭。平野不风不雨，半阴半晴。征行之际，颇觉适意。五十里界河驿，驿名界河者，以其为邹、滕之界也。渡沙水，四十里滕县。渡漷水，十五里南沙河镇。镇有南北两处，皆有店可住。

邹县隶兖州府，周为邾国，后改为驺。秦置驺县，唐改为驺为邹，后俱因之。

县南有峄山，《秦始皇本纪》云：“始皇东行郡县，上邹峄山。立石，与鲁诸儒生议，刻石颂秦德。注：‘邾峄山亦名邹山，在兖州邹县。’”予所谓青山缭绕车前者，即此也。县境又有凫山，山势亘长，亦八鱼台县境。

滕县城外有滕文公祠，并行井田处。县东南有狐骀山，臧孙纥侵邾败处。

二十五日 晓发南沙河，六十里临城驿。临城者，古临王城也。五十里阴平，远望峄山，如螺凌汉，微风徐至，翠光扑人眉宇。

临城为四达之衢，欲往安徽、楚、粤诸省者，由临城并昭阳湖行渡运河，宿利国驿，赴徐州一路。欲往江苏、浙、闽诸省者，由临城往阴平赴台庄一路。

二十六日 天大明始发阴平，东北风大作，天忽沍寒，俨如隆冬。车中加绵衣数事，犹觉战栗不已。四十里马兰屯，十八里又至台儿庄矣。时因大差甫毕，帆樯云集，舟值甚廉。雇鸭嘴一只，仅用青蚨八千文，即于是晚开行。

二十七日 午至宿迁县，遂过关，盖台庄以下皆属下游，兼之风势便利，故顷刻数百里也。

二十八日 午至杨家庄，遂渡河。天色晴霁，风势夷犹，一霎时已入运河口矣，遂过天妃三闸。水虽汹涌，然舟子当行，船驶而稳，并无倾侧冲激之虞。晚泊清江浦副马头，微雨溇溇，彻夜不辍。

二十九日 黎明至板闸关，犹微雨廉织，午刻天大晴。薄暮查验，初更给票开行，二更过宝应县。

闰五月初一日 辰后至高邮州。时海天初霁，炎云悉收，堤柳河苇，绿荫交错。舟行其际，清凉宜人，不啻北窗高卧时也。二鼓抵扬州，平山堂又在睡梦中过矣，曷胜怊怅。

初二日 辰刻过扬关，倏然黑云四布，冻雨如注，满船跳珠，惜无龙井、雨前以烹之也。巳刻始止，遂开。午后抵油栅，犹罩罩然，及出运口，乃遂豁然矣。微风淡沱，江波荡漾，遥望金山，颎颎煌煌，照耀空际。本拟登眺，因川江大涨，舟不得近。欲停泊而冲激回者数次，遂由银山下入运口，顷抵镇江府。

初三日 五鼓过丹阳县，巳刻至奔牛镇，未刻至常州府，三更至无锡县，慧山青翠，不复寓目矣。

初四日 黎明过南望亭，巳刻至浒墅关。方、杜二公皆不遇，时查榷务者为金匮簿戴公纪。也。下昼至苏州，泊胥门大马头。随与娄簿孙公炳。遇，获悉家口平善。孙系山西代州人，为前明督师大司马讳傳庭。公元孙，平日道司马逸事甚详。

初五日 谒见各宪并销差。

初六日 雇鸭嘴一只，午后开行。回松三数日，暴热非常，吴门屡昔皆不能寝。是晚舟轩四启，酣眠至晓，真有黑甜之乐矣。

初七日 早过昆山县，下昼过青浦县，九峰缭绕，三泖潆洄，舟行柳阴，炎歊顿息。

初八日 早抵松江，自去年十二月初一日自松起身，至今闰五月初八日回松，共计一百八十有八日，亦半载余矣。

《燕游日记》卷五终

《中国近现代稀见史料丛刊》已出书目

第一辑

莫友芝日记
汪荣宝日记
翁曾翰日记
邓华熙日记
贺葆真日记
徐兆玮杂著七种
白雨斋诗话
俞樾函札辑证
清民两代金石书画史
扶桑十旬记(外三种)

第二辑

翁斌孙日记
张佩纶日记
吴兔床日记
赵元成日记(外一种)
1934—1935中缅边界调查日记
十八国游历日记
潘德舆家书与日记(外四种)
翁同爵家书系年考
张祥河奏折
爱日精庐文稿
沈信卿先生文集
联语粹编
近代珍稀集句诗文集

第三辑

孟宪彝日记
潘道根日记
蟫庐日记(外五种)
王癸避难日志　辛卯年日记
嘉业堂藏书日记抄
吴大澂书信四种
赵尊岳集
贺培新集
珠泉草庐师友录　珠泉草庐文录
校辑民权素诗话廿一种

第四辑

江瀚日记
英轺日记两种
胡嗣瑗日记
王振声日记
黄秉义日记
粟奉之日记
王承传日记
唐烜日记
王锺霖日记(外一种)
翁同龢家书诠释
甲午日本汉诗选录
达亭老人遗稿

第五辑

袁昶日记
吉城日记
有泰日记
额勒和布日记
孟心史日记·吴慈培日记
孙毓汶日记信稿奏折(外一种)
高等考试锁闱日录
东游考察学校记
翁同书手札系年考
辜鸿铭信札辑证
郭则沄自订年谱
庚子事变史料四种(外一种)
《申报》所见晚清书院课题课案汇录
近现代"忆语"汇编

第六辑

江标日记
高心夔日记
何宗逊日记
黄尊三日记
周腾虎日记
沈锡庆日记
潘钟瑞日记
吴云函札辑释
新见近现代名贤尺牍五种
稀见淮安史料四种
杨懋建集
叶恭绰全集
孙凤云集
贺又新张度诗文集
王东培笔记二种

第七辑

豫敬日记　洗俗斋诗草
宗源瀚日记(外二种)
曹元弼日记
耆龄日记
恩光日记
徐乃昌日记
翟文选日记
袁崇霖日记
潘曾绶日记
常熟翁氏友朋书札
王振声诗文书信集
吴庆坻亲友手札
画话
《永安月刊》笔记萃编
浙江省文献展览会文献叙录
杨没累集